ダブルてりやきチキン
ill. ふーぷ
童貞チート
The Virgin Wizard
最強社畜、異世界にたつ

「シェルは全身全霊をもってご主人さまに尽くします！」
シェル
イヌ族中型種で、響の永久奴隷。探査&戦闘能力が急激にUP中。しかしイヌ族ゆえかご主人さまへの愛が大きすぎて、ちょっと心配。
「これはご褒美なのか？」
小鳥遊 響
［たかなし・ひびき］
三十二歳、社畜、童貞。座右の銘は〝情けは人の為ならず〟。チート魔法の無限大スキル＋異常な高MPを使いこなすため、現在特訓中!（白ワイシャツに水球を当てるだけの簡単なお仕事）

〝ただ今、特訓中！！〟
「全力を挙げて回避する！」
末飼結衣
［みかい・ゆい］
かつてヒルデと名乗っていた、長い銀髪と紅い瞳が印象的な美少女。ゴスロリの鎧下に巨乳を隠す、恐ろしい子。実はぶっ壊れ系かも？

俺は、お前が泣いて謝るまで
パイを投げるのを止めない。
——決してな。
「えっ……なんで、なんで？」
宇野香織
［うの・かおり］
眼鏡の似合う参謀系美少女。オールラウンダーなオタク（＋腐要素大）。イケメン冒険者を伴って登場したはずが……なぜこんな事に。

童貞チート

最強社畜、異世界にたつ

Cheat & Harem

ダブルてりやきチキン
Double Teriyaki Chicken

ill. ふーぷ

Contents

End Of The
Unrequited
Life

プロローグ

「遭遇した童貞について」

小鳥遊《たかなし》響《ひびき》という男の人について考えてみる。

彼は日本からの転移者である。

ボクはスティアの街で響に会った。付近で有名な冒険者、竜殺しの英雄の一人の『猛剣《もうけん》のスミス』を彼は訪ねてきたらしい。

ちょうどボクはヒルデと名乗って『猛剣』を護衛として雇い、周辺の黒髪の人間を調査していた。

黒髪の人間は、この世界では珍しく、概《おおむ》ね転移者だからである。中には、髪を染めた人もいるので、怪しそうな人は名前を確認する。

響は、黒髪であり、また名前もあきらかに日本語だったので、すぐに転移者だとわかった。

響は食事をしながら上手く誤魔化そうとしていたけれど、『猛剣』がいろいろと説明してくれた。

しかし転移者であると知っていれば、虚偽《きょぎ》の中の真実は、容易に推測できる。

――転移直後に魔山と呼ばれる魔物の巣窟《そうくつ》で、高名な冒険者を救う。

単純な攻撃能力では考えられない行動は、チートスキルを持っている可能性が高い。

だからボクは響に同行し、調査することにした。

ボクがあの街にいたのは、それが目的だったたから。

──転移者を見つけ、思想が危険ではないか調べる。

それがボクに与えられた仕事だった。でも響を調べていて、罪悪感が心の中に徐々に生じていく。彼にはあまりにも毒気がなかったからだ。

響を一言で言うと、素朴で普通の人だ。

長くも短くもなく、無難な髪型。細くも太くもなく、そんなに逞《たくま》しくもない身体。身長はボクより高いけど、とうてい長身とは言えない。顔についても、特徴がなく普遍的な男性だった。自信のなさそうな表情が常で、眉毛はいつも困ったように下がっている。

はっきり言って冴えない外見であり、更に言うと、あまり女性に慣れていないっぽい。ボクと会話するときや他の女の子と話すときに、戸惑う様子を見せるのだ。

三十二歳という年齢で、あの動揺。コミュニケーションは大丈夫だろうかと心配したが、不快感はなかった。話題も豊富だったし、響のスキルの料理魔法で出した食事や飲み物を中心に盛りあがり、とても楽しい夜だったと覚えている。

……ちょっとご飯が美味しくて、調子に乗ってしまった気もするけど。

ごほん。でも、まあ。それもそうだ。

口説《くど》くためでもなく、まるで天気の話をしているように美少女やら可愛いやらと、裏もなく言われる褒《ほ》め言葉を聞いたのは久々だった。

……よくよく思い返すと、ボクは響に襲われても文句が言えないような行動をしていた気がする。

無事だったけど。

でも視線は感じていた。チラチラと。顔とか脚とか、……胸とか。少々恥ずかしかったけど、そのお陰で響の性格が理解できた。

全般的に自信を持っていない。冴えないサラリーマンと称するのが、最も彼に適合した表現だ。それでいて、ちょっぴりスケベだと。決して直接的な行動には移さないけど。

戦う姿も二度ほど確認した。

一つは街外れの雑木林の中。まずビッグボアと呼ばれる巨大な猪《いのしし》を一閃《いっせん》で倒した。

その後に出てきた森の主と言われる強い魔物、オーガイーターを退《しりぞ》ける。そのときの『猛剣』の反応から、響の戦闘力が非常に高いと知る。詳細《しょうさい》は響も『猛剣』も深く語らなかった。

スキルを隠そうとしていると、そのときは思った。

確認した戦闘の残る一つは、スティアの街のダンジョン。

わかったことはいっぱいあった。響が恐ろしく膨大なＭＰ、魔法力を有していること。

『魔剣』を使った戦闘能力が極めて高いこと。そして――、

――誰かのために役に立つことを信条としていること。

なぜそのようなことをしているのか、その理由はわからない。でも、間違ってないと思う。

最初に会ったときから、別れる最後まで。響はそんな行動を取っていたから。

転移してすぐに可愛い奴隷を入手したのも、それは廃棄寸前の少女の命を救うため。オーガイーターを足止めしようとしたときも、ダンジョンのボスと相対したときも、響は率先《そっせん》して前に出た。

その理解し難《がた》い行動に、ボクは悩んだ。


——強力な力を持っているから、他者を庇護《ひご》し優越感に浸《ひた》る行為なのか？


ある種、他者を見下すような行為とも取れる。でも響の自信のなさから、この考えは棄《す》てた。

たぶん、むしろ逆だ。響は、自分の力を今一つ理解していない。響は彼が持つ強大な力に怯《おび》え拒絶する『猛剣』の態度に戸惑っていた。それこそが、自覚がない証拠だった。

『猛剣』から別離を言い渡されたときのショックの受け方から、心も強くなさそうだと感じる。

ドラゴンを前にして倒れる冒険者を助けたことを覚えていないのだろうか。誇って良いはずの行動なのに、自分の取った行動に後悔しているようにさえ見えた。響の表情から、そう思う。

イラっとした。理由はわからないけど苛立《いらだ》ちを覚え、そして同時に思った。


——ああ、この人をこのまま放置してはいけない。


放置しておけば、響の人の好さを誰もが利用するかもしれない。

保護する必要があると思ったボクは、響をカンダル王国に呼び寄せることにした。


響は無知すぎる。

魔法の使い方もおかしければ、そもそも魔法力の多さで何が起きるかも知らない。

勧誘方法はこれまでと同じ。

他の転移者にしてきたのと同じ強引な方法で、命を盾《たて》に迫る方法で。


――後悔した。


あのときの響の表情を、今でもはっきり覚えている。思い出すと心が締め付けられる。

『猛剣』に拒絶されたすぐ後にしたのも最悪だった。響の信頼を裏切ってしまった。

酷いことをしたと今でも思っている。

でも響は不服だったはずなのに納得する。理解がとても早かった。

そのときに付けた『首輪』が今、近くに響がいることをボクに伝えている。急いで来たのだろうか、予想よりも早く辿《たど》り着いたみたいだ。

もうすぐ、響と会うことになる。恨《うら》まれるだろうか、――それとも。

今の困った状況に、あのお人好しは率先して動くのかもしれない。

もしそうなったら、ボクはどんな顔をすればいいのだろうか。

再会することへの恐怖と、もしかしたらの期待。きっとボクは不思議な顔をしていると思う。

同行者が首を傾《かし》げてボクを見ていることに気付いた。

そうだ、のん気に考えごとをしている場合ではない。

状況に対処するため、ボクは唇を引き締めた。

第1章
「童貞と銀と金の美少女」

End Of The Unrequited Life

見渡す限りの木々。濃厚な森の香りに包まれながら、響は地面から大きく飛び出た根を跨《また》ぐ。

（大きな森だ。中々歴史がありそうだなぁ。それに紅葉が綺麗でいいねぇ）

響は太い幹の木を見上げて感嘆交じりの息を吐いた。赤や黄色に染まった葉は、秋を感じさせる。

異世界の四季も日本と変わらなく存在しているようだ。散る葉を見ながら響は地図を思い描く。

（この森を抜けて、街道を進めば、やっと王都か）

目的地は魔法国家カンダルの王都。目的となった経緯《いきさつ》を、響は思い返していた。


——資材運搬車に轢《ひ》かれそうになって、気付けば真っ白い世界にいた。そこで女神と会い、説明もないまま異世界に転移する。転移された場所は、強力な魔物が跋扈《ばっこ》する魔山キッサだった。

瀕死《ひんし》の冒険者のスミスと出会い、女神に授《さず》けられたチート能力の回復魔法で救った。

スミスからステータスについて学び、検証をした結果、他のスキルも持っていると知る。

それは水魔法と料理魔法のスキル。

試しに使ってみた結果、制御の練習をしなければならない危険な力だった。

響はスミスの同行者の遺《のこ》した魔剣を手に修行を始める。数カ月間に渡る修行を経て、響は近隣の街スティアに向かった。道中、奴隷商人のハングを助け、イヌ族の獣人、シェルと会った——。

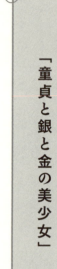

響はぼんやりと前方を見る。目の前にはそのシェルが歩いている。

周囲の物音に警戒しつつ、彼女は鼻歌交じりに歩いていた。

（今日もご機嫌ですな）

可愛いシェルの歌声に頬を緩めて響は鼻頭を擦《こす》る。

シェルの種族であるイヌ族中型種はこの世界では虐《しいた》げられている存在だった。奴隷としての契約先がなければ使い捨てられることを知り、響はシェルと永久奴隷契約をした。

（一カ月ですっかり馴染《なじ》んでもらえたようだな）

響はシェルの後姿をじっくりと観察する。

背中に綺麗な装飾のミスリル製の長槍《ちょうそう》とバッグを背負い、艶《つや》やかな黒髪を後頭部でまとめている。

黒の上衣に白のショートパンツ。鈍色《にびいろ》の肩当てを装備したシェルは、時たま振り返り、響に笑顔を向けながら、気持ち良さそうに歩いていた。

（感情が見てわかるっていうのは、便利なような不便なような）

少女の感情を示唆《しさ》する部位を眺めて、響は苦笑する。少女の頭と尻には、普通の人とは異なり、雄弁に感情を語るモノが生えていた。犬のような耳と大きな尻尾。響の視線に気付いたのか、シェルは小首を傾げる。唇が魅力的な美少女が、鶯茶色《うぐいすちゃ》の大きな瞳で響を見ていた。

「ご主人さま、どうかされましたか？」

「ん。シェルが楽しそうで、何よりかなってね」

シェルは後ろ歩きをしながら、響の返事に笑みを浮かべた。

「それはもう！　ご主人さまと一緒にお散歩しているのは楽しいです！」

「散歩なのかなぁ。けっこうハードだと思うけど」

王都と近隣の小さな村の中間にある森を響は進んでいた。深く広い森であり、本来ならば街へのショートカットに通る道ではないが、深く考えずに敢行《かんこう》した。

(俺はキッサ山で森に慣れちゃったし、シェルは獣人だから平気って言ってたしな)

シェルの獣人の聴力と嗅覚。響は魔山で培《つちか》った危険察知の感覚。体力は魔法で常に回復できるため、方角さえ間違わなければ問題なかったが、それでも歩き続けることに飽き始めていた。

「そろそろゆっくりとベッドで休みたい」

「シェルは野宿も好きですけど、もしかして寝づらかったりするです……?」

「いや毎晩毎晩、膝枕《ひざまくら》は快適なんだけど、そろそろ悪いかなぁと」

「膝枕は、その、別にシェルは問題ではないですけど……」

「けど?」

シェルは口元を手で押さえて立ち止まる。シェルの顔は赤く染まり、もじもじしていた。

何かあったのだろうかと響は首を傾げてシェルに近寄る。

シェルは口元から手を離し、首に付けられた赤い首輪に触れた。

奴隷契約を結んだ日に、響がシェルに付けた首輪である。

「えっと、シェル？　どうしたの？　ひょっとして寝てる間、俺なんかしちゃって……?」

シェルの様子の変化に響は考え始める。

寝相や寝言で迷惑を掛けているのだろうかと悩み始めたところ、シェルは上目遣《うわめづか》いで響を見た。

少し熱を帯びたシェルの瞳に、響は思わず喉を鳴らし、硬直する。

何かを思い出すような表情になったシェルの思考が、急に読めなくなった。

（なんだ、何をした。俺は寝てる間に何をしたんだろう？）

寝ている間の、全く身に覚えのないことに対して後悔を始める響の服の裾《すそ》を、シェルが摘まむ。

「……えっと。………シェルは、もっと、……して、欲しいです」

（何をだ⁉　何をだ‼　俺は何をしてるんだ⁉）

恥ずかしいのか、少しだけ顔を伏せて告げられた言葉。響の混乱は収まるところを知らない。背中に冷たい物が流れる。どうしたらいいかわからない桃色の空気が辺りを支配し始めていた。

（なんなのこの空気⁉　童貞にゃ拷問《ごうもん》だぞ、おい⁉）

シェルと旅をして一月あまり。会話をしていると時たま甘い雰囲気に包まれることがあった。

三十余年、童貞を貫いてきた響には未だ慣れないものだった。

手を出したい欲望と、社会人として身に付けた良識が響の中でせめぎ合う。

現在の戦歴は、良心と童貞の矜持《きょうじ》が勝っていた。

一カ月に渡って夜を共に過ごしてきたが、辛くも勝利を掴《つか》み取り、シェルの貞操は守られている。

（甘えて欲しいとは言ったけど、こうまで理性を削られるのはなぁ！　生き地獄だ！）

スティアの街を出てすぐのころ、シェルは畏《かしこ》まり主従関係をきっちりと取ろうとしていた。それは正解だったのかもしれないが、信頼できるパートナーとしての関係を響は望んだ。

そうシェルに率直に伝えると、シェルも響の意思に応えるように、距離を近付けてくれた。

徐々に甘えるようになり、最近では隙あらば響への想いを全力で表明してくる。

（ただ出会った始まりが問題だよな、命の恩人的な認識じゃなきゃな）

美少女の好意は嬉しくもあったが、それが命を助けたことから生じる感謝の気持ちの発展と考えると、響には安易に踏み出すことができなかった。

（願わくば、主従の関係を抜いて、いちゃつきたいんだがな）

力関係がある状態で関係を進めても、それは無理強《じ》いの派生。可能ならば純粋な恋愛感情をベースとした上で発展してもらいたい。いずれ訪れるはずの嬉し恥ずかしの初体験は、愛し愛される関係の中で行いたいものだ。そのような童貞のロマンが、響の獣性の解放を妨げていた。

（ええい！　こんな空気、俺が耐えられるか！　やめやめ!!）

響は一度自分の頬を張る。突然の行動にシェルが目を丸くし硬直していた。

シェルの手は首輪に触れたままである。響はちらりと赤い首輪を見て苦笑した。

「……そろそろ、休憩しよう。シェルもお腹空いたでしょ？」

「え、え？　あ、はい。わかりました」

響の言葉に驚くシェルだったが、すぐに動き出し昼食の準備に取りかかる。

森の少し先の開けた空間に駆け出すと、倒木の辺りを整理し始めた。

枯れ葉や枝を手や尻尾で掃《は》いて清掃するシェルを見ながら、響は自分の首を摩《さす》る。

（『首輪』……か）

響は自分の首に手を当てて、目を伏せた。響の首には見えない『首輪』が巻かれている。

『首輪』はスティアの街で出会った銀髪の少女、ヒルデの魔力で作られており、彼女の意思一つで響の首ごと破壊することができる。

（カンダル、か）

首に付けられた脅威を指でなぞりながら、魔法国家カンダルへの旅を始めたきっかけを思い出す。

理由は簡単だ。二人にカンダルへ行けと言われたからである。

一人はヒルデ。『首輪』を首に嵌《は》められ、脅迫された。

もう一人は『猛剣』のスミス。キッサ山で命を救った面倒見の良い冒険者。友人と思っていたが、ダンジョン攻略の際に知った響の力を恐れ、明確な拒絶の後に告げられた。

(拒絶しても、それでもアドバイスとかな。本当、人が良い)

スミスを思い出しながら、響は自分の掌《てのひら》を眺める。

二人からは共通して魔法の使い方がおかしいとも言われた。

有り余る億を超えるMPから強引に発生させる魔法は、概ね大規模の魔法だった。

響の有するスキルの水魔法、回復魔法、料理魔法はいずれもレベルが∞である。

料理魔法は別として、残る二つのスキルは扱い切れていないと自覚していた。

魔法力を全開にして異常な威力で、または極小規模で放つかのどちらかしか使えていない。

その上、極小規模でも一度に消費するMP量は尋常《じんじょう》でないため、間違いなく矯正《きょうせい》すべきなのだろう。

(それにしても、指導してくれる人って見つかるんだろうかなあ)

まずは『首輪』を付けた張本人と会おうと思っている。呼ばれたからには何かあるのだろうし。

終わり次第、魔法の使い方について指導してくれる者を見つける。響がそう考えている間に、シェルは昼食の準備を終え、倒木の上に座り目を輝かせていた。

隣に響の座るスペースを作って待ち構える彼女の姿に苦笑し、響はシェルの頭を撫《な》でる。

「ご苦労様。さて。なにか、食べたいものある?」

「ご主人さまに、お任せです!」

いつもと同じシェルの言葉に、響は笑顔で頷《うなず》く。そして魔法力を起動させようと口を開いた。

「『起動《スタートアップ》』……って、どうした?」

全身を黄金色の光で包んだ響は、動きを止める。シェルが横を向いて固まっていたからだ。

見ているのは休憩の後、進もうとしていた方向だ。

シェルは耳を立てて、全神経を聴覚に集中して微動だにしない。

その姿は実家近郊で見た鹿《しか》のようだった。何か物音を感じ取り、警戒態勢に入った動物のように、シェルは真剣な眼差しを森の奥へ向け続けている。

だが、その硬直はすぐに終わった。シェルは慌てた顔をぐるりと響に向ける。

「ご主人さま……、なんか変です」

「魔物？」

「い、いいえ。わかりませんが、妙な音です」

「……ちょっと詳しく。というか聞いたそのままでいいから、教えてよ」

もし山火事の類いであれば、消火するなり即座に場所を移動する必要があった。

響はシェルの感じた異変の詳細を聞こうと身を乗り出す。

シェルは左のこめかみに指を当てて、耳をピコリと一度動かした。

「えと、多分馬車です。お馬さんと車輪の音が聞こえます。凄い速度で走っているみたいです」

「凄い速度、か。何かから逃げる感じ？」

「おそらく。その後ろから、あまり聞いたことのないドドドって音が。多分たくさんの魔物が集団で走ってるみたいな感じです。かなりの速度です。そんな魔物が出るって村の人たちも言ってませんでしたし。なんでしょうか……？」

（予想以上に詳細に判別できるんだな、凄いなシェル）

指でこめかみをトントンと叩き、整理するようなシェルの説明に響は感心する。

脳裏に地図を展開して、シェルが異常を感じ取った地点を照合すると、カンダル王国に続く街道だった。単純に考えれば、街道で行商人か何かが襲われている可能性が高い。

シェルが妙と口にしたのは、聞き覚えのない足音に困惑したためだろうか。

これから向かう先で起こっている事態に、どうすべきかと響は視線を森に向けた。

「あと、時たま、すっごい大きな音が聞こえます」

耳を押さえながらシェルは、響と同じく森の奥を見る。

「どんな音？」

「ドーンって音です」

手を広げる動作で響に音を形容するシェルを見ながら、響は音の正体を考える。

「それって、魔法か何か？」

「ううん、どうでしょう？　ただ、ドーンってなる前に女の人の声が聞こえたりしますし」

「そっか。何にせよ、人が襲われているのは確定だな」

「はい。でも正体不明なことが幾つかあるので、どうしましょうか？」

「急いだ方が良さそうだから、お昼は後で。ごめんな？」

「だ、大丈夫です。まだお腹は、そこまでペコペコじゃないです」

「なるほど、わかった。なるべく早くご飯にするから耐えてくれ」

響は苦笑すると背中のバッグと剣を背から前に移す。続いてシェルに背を向け、膝を突いた。

突然の響の行動に意図を図りかね、シェルは問いかける。

「あの……、ご主人さま？」

「乗るんだ」

響は背を向けたままシェルに真面目に答える。動かないシェルに響は更に続けた。

「早く」

「……えーっと、背中に乗ればいいんですね？」

「肩車でもいいけど。とにかく急いで。あまり拒否権はない。肩車でもいいよ？」

「……頭を足で挟むのは、ちょっと恥ずかしいので、背中を失礼します……」

気恥ずかしそうにシェルは響の背中に身体を預ける。感じたのは幸福な柔らかさだった。そして響は目を見張ることになる。背中の感触が予測を超えていた。ごくりと喉を鳴らす。

（あれ、大きくなってない？　あれ？）

硬直する響に、シェルは何か失敗したのかと慌て始める。

「ご、ご主人さま⁉　ど、どうかしましたか？」

「い、いやなんでもない。気にしないで」

戸惑うシェルの声に我を取り戻した響は立ち上がった。シェルは響から落ちないようにと首に手を回してしがみつく。密着度が上がった。シェルに見えないように響は拳《こぶし》を握る。

「行くぞ。しっかり掴まって。枝の上を走るから」

頬が緩むのを無理矢理引き締め、シェルの臀部《でんぶ》を下から押さえながら、響は一息に近くの木の枝に跳ぶ。シェルは身体が引き剥《は》がれそうな勢いに、響にしがみ付くことで懸命に堪《こら》えた。更に上がる密着度。手には自然と力が入る。掌から伝わる滑らかさと柔らかさが、この上なく幸せだった。

枝の上に立った響は何かに感じ入るように、そして噛み締めるように瞑目《めいもく》し天を仰《あお》ぐ。

「ご、ご主人さま？　あの、どうかしましたか？」

「いや、生きとし生けるもの全てに感謝を」

疑問符を浮かべるシェルの気配に苦笑しつつ、響は前方を睨《にら》んだ後、枝を蹴った。

シェルの慌てる声が耳元で聞こえる。怖いのか、首に回されたシェルの腕の力が増し、響の腰はシェルの脚で締めつけられる。がっしりとホールドされ、益々《ますます》密着度が上がった。

少しだけ上下の移動が増える。ふよん、とした背中の柔らかい感触に頬を緩め、高速で移動すること一分少々。目の前に立ち並ぶ樹木はまばらになった。森を抜けたその先には街道が見える。

「着いたっ！」

響は街道脇の樹木の上へ跳ぶと、身を伏せて状況を確認した。

目の前には開かれた平野と街道しかない。緩やかな曲線を描いている街道の遠くから二頭立ての馬車が一台近付いて来ていた。その後ろからは土煙を上げて追走する集団。

（なんだ？　魔物か？）

響は目を凝《こ》らし、確認する。対象はすぐに目視可能な距離に近付いた。馬車を追っている集団は盗賊だった。統一感も何もない装備で、汚れた外套《がいとう》で身を包んでいる。土煙でよく見えないが、魔物か何かに乗っているようだ。

盗賊は徐々に近付いてくる。下卑《げび》た笑みを浮かべる盗賊の表情が見えるほどだ。

本来ならば、響は馬車を助けるために、すぐに動いただろう。

だが、響は動けなかった。盗賊の乗る移動手段の生物が問題だった。

二足歩行で走るそれは、首の長い生物。黒や茶色の羽毛でおおわれたそれは、盗賊を乗せ街道を爆走していた。その異形《いぎょう》に、響は見覚えがある。

ダチョウだった。

響はどうしようもないほどの脱力感に襲われた。

（まさか、あのダチョウか、おい⁉）

この世界でシェルと会ってからすぐに、盗賊に襲われた。倒すことは容易だったが、そのときは料理魔法を駆使し、大量にダチョウを出して混乱を生じさせ切り抜けた。目前の生物は間違いなく響が出したダチョウと同一だと思われた。よく見れば、盗賊の顔も見た記憶がある。

（……世間って狭いなぁ）

出会った場所から遠く離れたこの場所で、再びダチョウと遭遇するとは思いもよらなかった。だが呆然《ぼうぜん》としている場合ではない。自分が生み出したダチョウを駆り、盗賊が人を襲っている。

（責任の一端《いったん》は俺にあるな。でもあいつらなんでダチョウに乗ってるの）

おそらく何かのきっかけで有用性に気付いたのだろう。

ダチョウは時速七十キロで四十キロの長距離を走り続けることが可能な驚異の生物だ。

現に一頭六足、計十二脚を活かして走る二頭の馬車の速度に簡単に追いつこうとしている。

盗賊が近付く度に、馬車を操《あやつ》る御者《ぎょしゃ》が魔法を放ち、牽制《けんせい》していた。炎や爆発が馬車の周囲で生じるが、両側面から波状攻撃を仕掛ける盗賊に上手く対応しきれていない。

（……護衛が足りていないみたいだな）

追いつかれるのは時間の問題と思われた。馬車が響たちの潜んだ木の下を通過する。抵抗を続ける御者がふと顔を上げる。瞬間、視線が合う。

（――あれは）

響は首を撫でた。嫌な記憶が思い浮かぶ。指に力が入り、立てた爪が首を傷つける。

だが痛みは響の突沸《とっぷつ》する思考を冷静に戻させた。

（まずは状況を解決して、それから、だ）

響はシェルに視線を向ける。シェルは響の指示を待っているのか、まっすぐ響を見ていた。

「シェル、まず事情を確認しに行こう。大丈夫？」

「はい、問題ありません。でも、あの魔物については、どう対応すればいいのか」

「戦闘になったらだけど、脚が強いから蹴りに注意して。あと速い。でも頭はあまり良くないから、攪乱《かくらん》するようにすれば多分大丈夫だ。基本的に右回りに移動する習性があるから、上手く利用して」

「お、お詳しいんですね。ご主人さま」

「まあね、まず馬車に追いついてから、中の人と相談しよう」

「はい！　わかりました！　頑張ります！　でもどうやって追いつきましょう」

「走る」

響は一言シェルに告げると背中を向けた。だがシェルは躊躇《ためら》うように唸《うな》り始める。

「どうしたの？」

「……また、おんぶですか？」

「えと、ダメかな？」

響は己《おのれ》の邪《よこしま》な欲望を見透《みす》かされたかと警戒し振り向くが、シェルは自分の身体を隠すように腕で身体を抱き俯《うつむ》いていた。恥じらうようなその様子に響は片眉を上げる。

「ど、どうかした？」

「その、最近服がきつくなってきたので、多分重くなってるんだと。ちょっとそれが恥ずかしくて」

（軽かったけどね。服がきつくなった？　腰は細く体重は変わらない。先ほどの感触。つまり――）

響は視線を一度下に向ける。シェルはなんだろうと胸に手を当てて、首を傾げた。

再び響は顔を上げて、シェルに向けて口を開く。

「是が非でもおんぶで行きたい。頼む、シェル。お願いだ」

知らず言葉に力が入った。こんなに真剣に頼むなんて人生で初めてかもしれない、そう思いながらシェルの瞳を強く見続ける。なぜかシェルの顔は徐々に赤くなり、目が泳ぎ始める。

「……シェル、頼む!!」

シェルの目を見ながら響は頼み込む。シェルは茹《ゆ》で上がったような赤い顔を俯かせた。

「……そんなお願い、ずるいです……」

ぼそりと呟《つぶや》いた言葉は意味不明だったが、シェルは決心してくれたようだ。

シェルは恥ずかしがりながら響の背中に乗る。先ほどよりも首に回った腕の力が強かった。

（さすがだ。状況のヤバさを理解しているんだな。……邪悪なことを考えていて申し訳ない）

心の中で謝罪しながらも、響の爛《ただ》れた欲望は内面で膨《ふく》らみ続ける。漠然《ばくぜん》と感じていたシェルの胸の成長は先ほど背負ったことで確信した。押し当たる膨らみに、響は全神経を集中させて唸る。

（……D。いやEに迫る。たぶん）

元々はCカップほどだったはずだ。わずかな期間で二カップほど成長したシェルに深く感謝しつつ響は立ち上がる。背中に身体を預けるシェルの鼓動がいつもより速かった。戦闘に備えて緊張しているのかもしれない。

（そうだ。戦闘だ。このままでいたいけど、ダメだ。そもそも、そういう感情を持ってはいけない）

緩み切った頰を両手で叩く。自罰と共に気合いを入れた響は、木から跳び下りた。

そして全力で走る。シェルが振動と速度に耐えるように腕と足の力を込めた。

響のテンションが知らず上がった。だから、人を一人背負ったまま、懸命に逃げる馬車とそれを追うダチョウに簡単に追いつくという、己の脚力の異常に響は気付くことができなかった。

(この馬車は、また……)

響は馬車を眺めて溜息《ためいき》を吐《つ》く。走る馬車は真っ白で、豪華に装飾されていた。

窓にはこの世界では珍しい、透明度の高いガラスが使われている。二頭立てということからも、明らかに身分の高い者が中にいることが推測できた。

(一目でやんごとなき人が乗ってるのがわかるな、おい)

もし貴族などが乗っていれば、いきなり乗り込むと余計な事態が起こりかねない。

非常時とはいえ、避けるべきだと思った。響は走る速度を上げ、御者台に回り込もうとする。

(さて、どうしたもんか……)

心の中で対応を迷いながら、御者台の横に並ぶ。そして馬車を操る人物に視線を向けた。

手綱《たづな》を捌《さば》く、その人物と目が合う。

長い髪を二つの房で頭の両脇でまとめた、ゴシックドレスを着た背の低い少女、ヒルデだった。

銀髪が風に激しく揺らされている。髪の一部は汗ばんだ額に張り付いていた。

響を見る赤い瞳は、固く厳しい。響は深く息を吐き、ヒルデが緊張している原因を考える。

(盗賊の対処か。……それとも、あの夜のことか)

脳裏に浮かぶのは、別離の夜。スティアのダンジョンに仕掛けられた罠により、響たちはボスのドラゴンの間に転移させられた。生命力を吸い取り攻撃力を増す『吸生血刀《ブラッディソード》』と、振れば魔力を回復する『剣舞魔刀《アブソーバー》』の二本の魔剣の性能と回復魔法のスキルを活かすことで簡単に倒せたのだが。

代償に得たのは冒険者スミスからの拒絶だった。

ショックを受ける響を待っていたのは、ヒルデによる脅迫。

響に魔力の首輪を付けたのはヒルデだった。

命を盾に、ヒルデは響にカンダルへ来ることを強制した。理不尽な脅迫に対する怒りは未だ覚えている。同時に命を掴まれ続けることに心が疲弊していた。

一月の間、ヒルデの気まぐれや手違いで死ぬのではないかと怯えてきた。

自分が死ぬだけなら、まだ良い。響の中で、己の命はそこまで大きな問題ではない。永久奴隷契約により、主《あるじ》が死ねば隷属する者も死亡する。シェルが死ぬこと、それに恐怖した。響の心は怒りの炎と怯《おび》えの氷で潰されそうなほどだった。そんな響の心を癒やしたのは、シェルの笑顔だった。

楽しそうに話し、嬉しそうに笑い、美味しそうにご飯を食べ、響が眠るときも微笑みを送るシェルの姿に響の心は守られてきた。ヒルデは響だけではなく、そんなシェルの命も脅《おびや》かしている。

シェルの命を守ること、響にはそれが何より重要だった。故に響は悩んでいた。

悩んで、悩み抜いて、ヒルデの始末も辞さない覚悟を響は完了している。一カ月間、考え抜いた迷いは決して消えることはなかった。決して許されてはいけないことを、ヒルデはしたのだから。


――でも。


ヒルデから伝わるこの緊張感。

おそらく未知の魔物を駆って襲い来る盗賊のせいだ。今の状況に加え、ヒルデに恨みを抱えている響が現れた。響が敵対する可能性を考えると、ヒルデにしてみれば絶体絶命の状況である。

困り果て硬直するのも頷けた。強張るヒルデの姿を前に、ある考えが浮かび、響の顔が歪む。

――馬鹿か俺は。

覚悟を覆《くつがえ》して浮かんだ感情と言葉が、とても馬鹿馬鹿しかったからだ。

困り果てたヒルデが目の前にいる。それが響の中にあった負の感情を消し飛ばそうとしていた。

迷う響の視界に、ヒルデ以外の人物が飛び込んでくる。

（くそ、が！）

それは咄嗟《とっさ》の行動だった。響は御者台に跳び乗り、シェルを背中から下ろす。剣の柄《つか》を握り、鞘《さや》に入ったまま突き出す。ヒルデは響の攻撃に目を瞑《つむ》り、腕で顔を覆う、が――。

「ぐあっ⁉」

響の攻撃が捉えたのは馬車に追いついた盗賊だった。

盗賊は剣を振りかぶり、ヒルデに襲いかかろうとしていた。ダチョウから転げ落ちる盗賊を目で確認した後、響は長い溜息を吐く。

「はあ……、やっちまった……」

顔に渋面《じゅうめん》を作った響は、視線を腕の中に向ける。そこにはヒルデの身体があった。

懐かしい香りがふわりと響の鼻を襲う。

銀の長い二つの房を揺らし、身を固めるヒルデは、ゆっくりと響に顔を向けた。

紅《あか》い瞳と視線が合う。目を大きく開け硬直するヒルデへ、響は口を開く。

「えっと。ごきげんよう、ヒルデさん。いきなりですけど……手助けしていいですか」

ヒルデは響の腕の中で目を瞬《しばたた》かせた。

驚いている理由は、幾つも思い浮かぶ。

突如馬車に現れたこと。響が渋面を浮かべていること。いきなり抱き留めていること。そして、

（まあ、助けようとしていることは、理解できないわな。自分のしたことを覚えているなら）

考えた想定のどれであってもヒルデの驚愕《きょうがく》が納得できる。

だがヒルデが落ち着くまで、待つ時間はなかった。

ヒルデを腕から解放し、頭を撫でながら響は言葉を続けた。

「混乱しているところ、申し訳ありません。状況を確認させてください。あの盗賊を止めるか、逃げ切るかで良いですね？」

「それは、そう、だけど。でも――」

ヒルデは頷いた後、言葉を続けようとしていたが、今はゆっくり聞いている暇はない。

「シェル。俺があのダチョウの動きを止める。そのまま、逃げるとしよう」

響はシェルに視線を動かし、方針を伝えた。なぜか少し拗《す》ねるような表情のシェルは不服そうに、だがしっかりと頷く。

「……わかりました。シェルはどうしたらいいです？」

「牽制《けんせい》を頼む。あと撃ち漏らしたら、撃退も任せたい。……ってどうしたの？」

「……なんでもないです。ヒルデさんはお知り合いですし、いいです、いいんです。ご主人さまが他の女性にベタベタするのなんて、シェルは慣れなきゃいけないんです……」

「ちょ⁉　どうして、そうなる⁉」

「いいですよー。ご主人さまは、どーぞ盗賊対策してくださいですー」

つんと顔を逸《そ》らすシェルに響は慌てて宥《なだ》め始めるが、シェルの機嫌は中々直りそうになかった。

シェルはヒルデを挟んだ反対側に座り、膨れっ面のまま後方の盗賊を見張り、憂さ晴らしをする

かのように、追いついた盗賊を槍で突き崩す。

（なんという盛大な勘違いをしやがるんだか……。後で謝るとして、まずは盗賊だな）

響は苦笑しながら事態の解決を目指す。ダチョウの動きを止めるための構想を練り始めたそのとき、袖《そで》が引かれた。視線を向けると、

「ま、待って。お、おかしいよ。なんで、ボクを……」

理解できないと言わんばかりに、ヒルデは顔いっぱいに困惑を浮かべて響を見上げていた。

響は片眉を上げ、ヒルデの頭に再度手を置く。ヒルデの細く柔らかい髪が心地良かった。

「まあ、なんだ。美少女が困ってるんです。助けたくなりますよ、童貞なら」

「どうて……、それ、関係ないよね⁉　馬鹿にしないで‼　そんなアホな理由なわけ――」

からかうような言葉に、ヒルデは響の胸元を掴み、食って掛かった。

唾《つば》のかかる距離のヒルデの顔を押し返し、更に微笑みを重ねて、ヒルデの言葉を遮《さえぎ》る。

「男ってのは意外と単純ですよ。それに対処は簡単そうだし、深く気にしなくても良いかと」

「簡単って、そんなわけないだろ⁉　ダチョウの機動力とあの数だよ、下手に行動しても反撃を受けるじゃないか⁉　できるんだったら、とっくにしてるよ‼」

「あー。ヒルデさん。忘れてるのかもしれませんが、自分の魔法力はかなり異質なんですよ」

響は頬を掻きながら、魔法力を起動するための言葉を口にする。

「『起動《スタートアップ》』」

響の身体から魔法力が光となって噴出する。起動した状態の魔法力の光は黄金色に輝き、馬車を明るく染め上げる。そして次第に黄金色の光は赤い色に変わっていく。

「膨大なＭＰを全力で使って、ダチョウの機動力を奪えばいいんです」

響はヒルデに考えついた策を説明しながら、イメージを固めていく。

思い浮かべるのは海の幸。寿司のネタとしての姿が最も見慣れて思い浮かびやすいが、生きているときの姿が、今は必要だった。

記憶から形状を明確に思い描いていく。

「覚えています？　俺の持つ『料理魔法』。料理や飲み物だけでなく、生の食材も生み出せる」

響は両腕を赤い魔法力の光で包んで、高く掲げた。

身体の中でカチリと歯車が噛みあった感触が生じる。

「このように！――サモン‼」

両腕を振り下ろしながら叫ぶ。地面に赤い光球が生じた。馬の脚は止まらず、生じた光を置き去りに進んでいく。

響は御者台の脇に移動し、身を乗り出した。何が起きたかわからないという表情のヒルデは、響の下に身体を滑らせて、同じく後方を確認している。

馬車を追う盗賊たちが光球に差し掛かろうとしていた。赤い光は円となり、眩《まばゆ》い光を放ちながら文字や三角などの模様を生み出しつつ、巨大な魔法陣となる。閃光《せんこう》に響を含めた全員が目を閉ざした。光が消えたことを瞼ごしに感じ取り、響は目を開ける、その先には――、

「……？　栗？　いや、ウニ⁉」

「いやー。剥《む》いた栗は知っていても、イガグリには馴染みがなくて」

棘《とげ》を持った大量の黒い球体が、びっしりと街道を埋め尽くしていた。少しだけ磯の香りを感じ取ったヒルデがその正体に驚く中、大量のウニ絨毯《じゅうたん》に向けてダチョウが突っ込んでいく。

時速七〇キロで走ることのできるダチョウではあるが、急には止まれない。

突然の光と生み出された得体のしれない黒い物体に気付き、戸惑いつつもダチョウの群れは、ウニの地雷原に脚を踏み入れる。

ダチョウの体重にウニは耐えられず、簡単に潰される。だが、その棘は無防備な足に突き刺さる。

ダチョウは痛みから跳びはねようとしたが、棘は更に深く食い込んでいく。

脚を襲う激痛に耐えかねたダチョウは、背に乗る人間ごと地面に崩れ、倒れた。勢いそのまま放り出された盗賊は、大量に撒《ま》かれたウニ絨毯の餌食になり、悲鳴を上げて、のたうち始めた。

「うっし、逃げるぞ。ヒルデさん、手綱をよろしくです」

響は呆然とするヒルデの肩を叩き、馬の操縦を促《うなが》した。ヒルデは呆然としながらも響の言葉に従い、馬に鞭《むち》を入れる。その間に、響はシェルに近付く。

(さあ、盗賊退治よりも厄介だぞ)

シェルは御者台の端に座り、未だに膨れっ面を維持していた。

響の接近には気付いているのだろう、耳がぴくぴくと動いていることから、それはわかる。

しかしシェルは響を見ない。尻尾のみが不機嫌そうに一度ゆらりと動く。

怒りの圧力に頬を引き攣《つ》らせる響は、躊躇《ためら》いながら口を開いた。

「えっと、シェル？」

「……なんです？　ヒルデさんがお働きになられてるので、もっと頭を撫でてあげてはどうです？」

ヒルデの頭を撫でたことが余程不満だったらしい。

シェルの言葉は鋭角的だ。響はどうしようかと悩みつつ、シェルにかける言葉を考える。

だが思い浮かぶ言葉はどれも有効には思えなかった。宥めるだけの言葉は、嘘を並べて積むように思え、誠意に欠けると考えた。

（言うべき言葉は、違うはずだ）

響はシェルの背後に立ち、手を伸ばす。獣耳の間に手を置くと、くしゃくしゃと頭を撫でる。

「……ご主人さまは、頑張ったヒルデさんを労《ねぎら》えば良いと思うです」

「……頑張ったのはシェルもだろ。ありがとな、盗賊を牽制してくれて。そのお陰でベストなタイミングで魔法使うことできたよ」

不服そうに俯くシェルだったが、尻尾は心に正直らしい。

響の足を何度も叩くように振られる尻尾に頬を緩めつつ、ゆっくりとシェルの頭を撫で続けた。

「その、機嫌を直してほしいんだが、どうしたら良いかな？」

「……ずるいです。わかっているのに、そんなこと言うなんて」

拗ねるシェルの声は変わらないが、内に秘める感情は変化したようだ。耳が徐々に垂れていく様に安堵《あんど》しながら響はヒルデを見た。馬を操りながらだが、響たちを横目で窺《うかが》っている。

（何を考えてるのやら）

ヒルデの視線には様々な感情や思惑が混ざっている。

なぜ盗賊に追われていたのか、そもそもヒルデが馬車を操っている理由もわからない。響は溜息を吐きながら、背後の豪華な馬車を見る。

（誰が乗ってるのかね）

かつてスティアのダンジョンで、流されるまま行動した結果、待っていたのは友人からの拒絶だ。

流動的に動けば、今回も何かを失うことになるかもしれない。

（今度は失敗しない。失わない。……失いたくない）

掌に感じる温もりを惜しむように響は、何度もシェルの頭を撫でる。

嬉しいのかシェルの口からは笑い声が漏れ始めた。

耳に伝わる幸せそうな声は、響の守るべきものを再認識させてくれる。だが――

「うへへへ……」

少々残念な笑い声だなと、響は苦笑した。


馬車を走らせること一時間。ヒルデは小川の畔に馬車を止めた。

（良い景色だけど、どうかね）

周囲は開け、視界は良好。異常があればすぐに察知できる。盗賊の追撃に備えてのことだろうと理解しつつ、見える範囲を警戒しながら響は馬車から降りた。

（久々の座ったままでの移動は、存外に疲れるもんだなぁ）

馬車の振動で、腰や背中に違和感を覚えていた響は、両手を上げて伸びをする。

すっかり機嫌を直したシェルと一緒に、固い座席で疲れた身体をほぐしていたところ、

「響、ちょっといい？」

ヒルデが声を掛けてきた。振り返るとヒルデの横にもう一人、少女が立っていた。

馬車に乗せていた人物なのだろう。見るからに高価そうな服を着て微笑んでいる。

横に立つ黒のフリルとレースのドレスに身を包んだヒルデとは対照的に、白で構成された上品なドレスを纏《まと》う、腰より長い金髪の少女の姿に、響は思わず頬を引き攣《つ》らせた。

搭乗者は、豪商か貴族か何かだと響は考えていた。

だが品の良い上質で、高級そうなレースと刺繍《ししゅう》で飾られた衣服と、背筋を綺麗に伸ばしたその立ち姿。僅《わず》かな挙動に見える気品溢れる仕草は、ただのお嬢様が持つ雰囲気から乖離している。

響は嫌な予感に襲われた。戸惑う響の目前にまで近付いて、少女は口を開く。

「ヒビキさん、と言いましたか。お陰で盗賊から逃げることができました。助かりました」

「い、いえ。通りかかっただけなので、お気になさらずに」

苦笑した響は視線をちらりと移すと、ヒルデは居心地の悪さと不機嫌さを隠そうとしていない。

不貞腐れるヒルデの様子が面白いのか、金髪の少女は口元に手を当て、ころころと笑った。

「まあ。ユイがそんなに感情を表に出すなんて、珍しいですね」

「……うるさいよ、ルティ。ボクにだって不機嫌なときくらいあるよ」

二人の会話に響は片眉を上げる。金髪の少女はルティと言うのだろう。会話の様子と口調から、ヒルデとルティはとても仲が良いことも窺《うかが》える。だが、問題はそこではない。

(ユイ、だと?)

顔に大きな疑問符を浮かべる響の様子に、二人が気付く。

ああ、と口にした後、ヒルデは髪の房を掻き上げて、挑発するような不敵な笑顔を向けた。

「まず紹介しよう。ボクの飼い主。カンダル国は第三王女のルティ様だ」

「ルティと申します。お噂はかねがね。以後よろしくお願いします」

穏やかにルティは微笑むが、響はルティの緑の瞳を見ながら身体を硬直させた。かなり高い身分だと思ってはいたが、まさか王族とは想像していなかった。

何に巻き込むつもりだと、響は瞳に抗議の意志を込めてヒルデをちらりと見たが、ヒルデはそれを無視して、先ほどとは打って変わった晴れやかな笑顔を向ける。

「さて。響。話をしたい、というより話の前に確認したい」

「は、はあ。なんでしょう」

「攻撃や害意はないか。その他、邪《よこしま》な意図がないか、改めて確認したい」

「はあ、ないですよ。あるなら助けに入らないですし。それに、わかってるでしょう？」

首を撫でながら笑顔を作る。

細めた瞳には怒りを込めて。ヒルデは響の感情を察し、目を伏せる。

「……まあ、そうだね。それにルティ王女を見てからの嫌がりっぷりが演技だとしたら理解できないし。多分助けに入ったのは本心だって思う。取り入るためじゃないみたいだね」

ヒルデは頷いた後、ルティに視線を向けた。ルティはヒルデの視線を受けとめ、頷いた。

「それじゃあ、次に響。謝らなければいけないことが一つある」

「……一つ、だけですか？」

「……うん。今は、一つだよ。改めて、自己紹介をしようと思う」

ヒルデは左手を響に向けて伸ばし、芝居がかった口調で言葉を続けた。

「ボクの名前は、実はヒルデではない」

「先ほど、王女にユイと呼ばれてましたね。そこはわかって――」

「――ないと思うよ。ボクの名前は、未飼《みかい》結衣《ゆい》。高校二年さ」

「みかい……？　いや、それに高校ってことは」

「そうだね、この世界には高校なんてない。つまりボクは高校のある世界、つまりは日本から転移してきたってこと、だね。君と同じだよ、小鳥遊 響さん？」

響は口を大きく開け、間抜けな顔をヒルデ――結衣に向けた。頭の先からつま先までを何度も繰り返し見る。響のあまりの驚きようを見て、結衣は余裕を持った微笑みを浮かべた。

「ふふっ。驚いたみたいだね。ヒントも多少与えていたけど、転移者は君だけと思ったかい？」

女子高生だと明かした結衣の言葉に、響は片眉を僅かに動かす。

結衣の表情が原因だった。余裕を装った笑みと発言が、不思議で仕方ない。

（……余計にわからないな。こんな芝居じみた口調をする理由が思い浮かばない）

響を脅迫したことについての負い目を隠そうとしていること、それとも若者らしく後に中二病と呼んで後悔する独特な世界を構築していることなど、原因を検討すれども、今ひとつピンと来ない。

（そんなことより表情が硬いのが気に食わないっての）

響は口を一度引き締めて結衣を観察する。しばらく悩んだ後に、まずは最初に浮かんでいた疑問について、響はそのまま尋ねることにした。

「そんなことよりも、その銀髪と紅眼はなんなんですか？　名前が超日本人なのに」

本来は自分以外の転移者に驚く場面なのだろうが、響にとっては些末《さまつ》なことである。結衣の日本人離れした容姿についての疑問を、空気も間も読まずに響はぶつけてみた。

「そ、そこなんだ」

結衣は虚を突かれたのか、少し眼を見開いた後に、ツインテールにまとめた銀髪の房の先を指先に絡ませる。目を逸らし、言い辛そうに口を尖《とが》らせた。

「えっとね、その、転移するときに、髪の色と眼の色を……」

「なんだと⁉　容姿の変更できたのか……っ‼」

結衣の言葉に響は悔しがった。拳を固く握り、震えながら慟哭《どうこく》する。

「それを知ってれば、イケメンになったものを……っ！」

「残念だけど外見良くても、そんなにモテないからね。特にこの世界」

「……え、そうなの？」

「モテたかったんだ。いや良いけど。一般的には魔物を倒せるマッチョメンがモテるよ、ここでは」

結衣の言葉で、響はスミスを思い浮かべた。想像の中でサムズアップしているスミスが浮かぶ。

いい男だと思うが、イケメンではない。ムサく、がさつな雰囲気の方が強いが……。

「ほら、スミスがまさにそうで。あれで実はモテモテ」

「なんだと、くそが。しかし、それでもイケメンになってみたかった」

「そ、そうなんだ」

「外見を変更した貴女なら、顔の良い人間になってみたいという願望がわかるはずだ。そんなありえんくらい美少女で、更に銀髪紅眼が実在するのが不思議だった。正直納得しましたよ」

響が真剣な眼差しを結衣に向ける。少しだけ探るような視線を向けられた結衣は、

「あー……」

額に指を当てて呻《うめ》き出した。響は結衣のリアクションが不可解と言わんばかりに首を傾げる。

手で顔を隠した結衣は、躊躇いながら響に答えた。

「い、いや。その、外見まるっきり変えられるなら、ボクはまず身長を伸ばすかなぁ」

響は瞳を丸くする。結衣が暗《あん》に言っているのは、特定の部位はいざ知らず、大きく外見は変えられないということだ。背は低いものの、メリハリのきいた体型の凄さは、スティアの街で堪能している。結衣の顔の可愛さも至近距離でマジマジと見てきた。それら優れた特徴の全ては、変更して整えた物ではないということは。

（つまり身長とか体型は……？）

響から眼を逸らしながら、髪の房の先端を指で弄《もてあそ》ぶ結衣。

その横でルティが笑顔で口を開く。

「ユイは、顔と体型は元のままらしいですよ」

「髪と目の色変えただけで、後はそのままだったり……」

響が愕然と呟くと、結衣は躊躇いがちに頷いた。不思議と怒りに似た感情が響の胸を占める。

思わず響は立ち上がった。視線を集める中、固く握った拳を隠そうとせず、震える唇を響は開く。

「ありえん‼」

叫び声が周囲一帯に響き渡る。テンションが突沸した響を全員がぽかんと口を開けて見ていた。

だが響は両手を振り上げ、吠えるように語り始める。

「なんだっ、なんだとっ！　それが人工じゃなく天然だと⁉　アイドルやモデルなんぞより可愛い顔しやがって！　テレビやＳＮＳで見たことねえぞっ、話題にならないのがおかしいレベルだろうが‼　ああんっ⁉　喧嘩売ってんのか⁉　スカウトは何見てんだ‼　くそがっ」

「げ、激昂しすぎだよ。ってか、え？　どうしたの突然。そんなにコンプレックス強かったの？」

「その身長低いのも‼　身長低いくせに胸が大きいのも‼　しっとりふわふわなのに天然だと‼」

「こ、答えになってない‼　いつの間に見たんだよっ⁉　というか、あれ？　しっとりとか直接？

……えー、ちょっと、うん、まあ、いいけど……。あとチビを凄く良いモノみたいに言わないでよ！」

「あれだけ接触しておいて今更もじもじとすんな！　あんな極上体験させやがって‼」

「よ、酔ってたから、その、仕方ないだろっ！　い、嫌だったの？」

「ありがとうございました！」

「響、なんかわけがわからないよ⁉」

「というか、だ。胸以外の脂肪が少ねえとかなんだよ。なんだその腰や腕や脚の細さは。世間のチビ巨乳は大体ふくよかだっていうのに、上の重たいモノに誤魔化されてほとんど注目されてないという実情を無視して世界の法則を捻《ね》じ歪《ゆが》めやがって。どういうことだ」

「どさくさに紛《まぎ》れて世間に喧嘩売らないでよ⁉」

「チビで巨乳だぞ⁉　人類の求めて止《や》まない究極の姿の一つだぞ⁉」

「そんな究極知らないよっ⁉」

「ぐあああああああああああっ‼」

「うえっ⁉　もはや言葉すら⁉」

「があああああああっ⁉」

「なんなのっ⁉　君にとって、ボクの存在はそこまで受け入れられない存在なの⁉　ねえ⁉」

響は頭を抱え、言葉にならない叫びを上げ続けた。

取り乱す響の胸元を結衣がガクガクと掴み揺さぶる。その後、響が、そして結衣が落ち着くまでに数分の時間を要した。ぐったりと地面に座る結衣と響。

「お、落ち着いたかい、この大アホめ……」

「も、申し訳ない。あまりの悔しさに全てを忘れた」

「忘れないで、王女の前ってことも忘れないで。疲れた、ボクは。なんかもう、自分のことを公開した上で非常にアレだけど。年上だからって敬語とかいらないよね、めんどくさい」

頬を押さえて長い息を吐く疲れ果てた結衣の言葉から、響はちらりとルティを見る。

ルティは笑顔で結衣の疲弊《ひへい》する姿を見ていた。

視線を感じたのかルティは響に視線を移し、じっと見た後、くすりと笑う。見透かすような態度に響は肩を竦《すく》め、結衣に向き直った。結衣は顔を上げて、半目で呆《あき》れた視線を響に向けている。

視線から逃れるため頭を掻きながら顔を逸らす。

（ま、こんなものか）

響は少しだけ口元を緩めた。

しかし今の会話の流れで笑うのはよろしくない。

響は疲れた表情を作ってから結衣に向き直ると、心底くたびれたと言わんばかりに片手を上げた。

「良いんじゃないか？　元から使ってないし。俺も使わんぞ、今更だ。アラサーのおっさんが女子高生に敬語とか、なんだよ如何《いかが》わしい」

「その発想が酷い。第二ラウンド始める気？」

「嫌だよ疲れる。で、そろそろ真面目な話をしようか。あの盗賊になぜ追われていた？」

響は真剣な目で結衣、そしてルティを見る。結衣とルティは顔を見合わせ、困った表情になった。

「そうだね。上流階級の美女だから単純に盗賊が狙ったってのが一つ。お金持ってそうだからってのがその次かな？　どれだと思う？」

「どれもあり得そうだわ」

響は停まっている馬車を見ながら頭を振る。

このような豪華な馬車に乗っていれば獲物として狙う理由に事欠かない。たまたま通りかかっただけの盗賊が標的と見なしたとしても誰も疑問に思わないだろう。だが、

「でも、実は他にもまだ原因が思い浮かんでてさ」

結衣の言葉に、響は眉を顰《ひそ》める。

「ちなみに、どんな？」

響は結衣に向けて訊《たず》ねたが、ルティが先に口を開いた。

「先ほど伝えましたが、私は第三王女です。上に二人の姉。また姉以外にも兄が三人ほどいます。悩ましい話でありますが、王位継承権についての問題が最もわかりやすいと思います」

「継承権、ですか。でもおかしいですよね。兄が三人もいてなぜ、第三王女が狙われるのですか？」

響は首を傾げる。カンダル王国が単純な世襲制だとした場合、ルティの上に継承権が高い者が五人。ルティを襲う理由に繋がりにくい。

「この国の継承権は、年齢順で決まるわけではないのですか？」

「ううん、基本的にはそうだよ。ただね……」

響の疑問に結衣が答えた。ルティは微笑みに苦い物が混ざった顔で響を見ている。

「言ってはアレだけど。ルティは優秀なんだ。上の五人が霞《かす》むほどに」

結衣が説明する内容を聞いて、響は眉間に深い溝を作った。

曰《いわ》く。まずルティは国民の人気が異常に高いとのことだった。

この数年、彼女は国民のために尽力してきた。税制の変更から農業改革、新しい商売など諸々に取り組んできたらしい。その上、いずれも成功を収めてきたことから、国民だけではなく、国の上層部の面々も一目置《いちもく》く存在になった、と。

（才能に溢れていて、その上でこの容姿じゃあ、国民の人気は高いだろうな）

響はルティを眺めて溜息を吐く。

結衣は紛《まが》うことなく美少女である。そんじょそこらの可愛い女の子では太刀打《たちう》ちできず、横に座れば存在すら忘れられてしまうほどだ。

その結衣を横に置いてなお霞《かす》まないルティの存在感。

結衣を美少女と称するならば、ルティは美女と呼ぶのがふさわしいと響は思っていた。鼻筋の通ったバランスの取れた顔立ち。スレンダーな体型はモデルを彷彿《ほうふつ》させる。

整った容姿だけでなく、年のころは十八歳前後で若干の幼い雰囲気を持っていた。普通の男ならば見惚《みほ》れることは間違いない。もっとも、王族としての圧倒的な気品が注視させるのかもしれないが。

「なるほど。だいたい理解した。ルティ王女の人気が高いことも、それで他の王族の方々が妬《ねた》んでいる可能性が高いってことも。潰して自分の権利を守ろうとする王子、王女の行動も」

「ね。確定じゃないけど、ありえるでしょ?」

「……まあ、な。ところで、王女なんだし、他に護衛とかいなかったの?」

「いたよ。でも、さっきの盗賊に分断されて……」

盗賊から逃げてきたが、護衛は追いついて来ない。護衛がどうなったか推測したのだろう。

結衣は沈痛な表情で顔を伏せた。ルティも哀しげな顔になり響を見ている。

「……まあ、盗賊も追いついてこないから、この場所がわかんないだけだろ、たぶん」

響は立ち上がると結衣とルティに近付いた。結衣の頭に手を置き、少々乱暴に撫でる。結衣は突然頭を撫でられて驚いた声と共に顔を上げた。少々抗議の籠《こ》もった結衣の瞳に響は笑いかける。

「でだ。俺に事情を説明したってことは、何をさせるつもりだ?」

からかうような口調の響の言葉に、結衣は目を丸くした。響は再度結衣の頭を撫でた後、ルティを見る。ルティも一度驚いた顔を浮かべたが、くすりと笑う。

「ヒビキさん、その様子だと理解されているのではないですか? 少々意地悪ですよ」

「何を言われますか。人を使う以上、せめて依頼の言葉をください」

響は両手を広げて芝居じみたように首を振る。ルティは同意するように微笑むと立ち上がり、響の前に立つ。そしてスカートの裾を摘まみ、背筋を伸ばしたまま足を交差させ、軽く膝を曲げた。

「では、改めて。異世界の来訪者、そしてスティアのダンジョン踏破者《とうはしゃ》のヒビキ様。どうか、この非力な第三王女をお助けくださいまし」

「……王族が平民にカーテシーってどうなんですか？」

カーテシーとは、西欧で女性のみが行う、相手に敬意を表するための伝統的な挨拶の一つだ。テニスの表彰式やバレエなどでも見られる挨拶であり、響からすると異世界にも同じ文化があったのかと驚くが、王女が自分に跪礼《きれい》をしたことの衝撃が上回った。思わず苦笑する響にルティは頬に手を当て微笑む。

「敬意を、そして本当に困っていると考えてくださいな」

「別にそんなこと言わなくても、助けますすよ」

「どうしてですか？」

ルティの問いに響は後頭部を掻きながら視線を下げ、座ったままの結衣を見つめる。そしてルティに視線を移し、深く長い息を吐く。

「困っている人がいて助けを求められてる。ましてやそれが美人でしたら、男なら動きますよ」

響はこれで、この話は終わりというつもりで言い切ると、自分の同行者に顔を向ける。

先ほどから一言も発していなかったシェルは居眠りをしていた。

座った状態で頭を前後に揺らしている。

（まあ、寝るわな）

シェルからすると難しい話だったのだろうか、それとも単に興味を持っていない可能性もある。

とりあえず起こそうとシェルの肩を揺らそうとして、響はふと思い留まった。

（そういえば、昼休憩しようとしてそのままだったな）

結衣たちを助けに入り、今まですっかり忘れていた。思い出すと途端に減ってくるのが胃袋というものだ。響は振り返り、結衣を見る。

「昼飯って食べた？」

「う、ううん。まだだけど」

「とりあえず飯にしようか。食べながら諸々考えるとしよう。『起動《スタートアップ》』」

魔法力を開放し水魔法で結衣とルティ、そして眠るシェルの手を洗浄した響は、続いて料理魔法を使うため、昼食の献立《こんだて》を考える。

女性の胃袋に、遅い昼食。

食器は二人分しか持っていない。食器を使わず食べられる物を選択する必要がある。

（更に言うと、日本人とわかった結衣）

スティアの街で食事を共にしたとき、結衣が要求したのは鰻《うなぎ》であり、響が出したのは鰻丼だ。

食べたときの恍惚《こうこつ》の表情から、相当日本食に飢えていたのだろう。

スティアの街で別れてから一カ月。

（そろそろ米が食べたいだろうしな）

黄金色に輝く魔法力で身体を光らせ、響は頷く。

メニューを決めた響はバッグから皿を二つ出し、結衣たちの前まで歩く。

イメージは固まり、発動の準備は整った。

不思議そうなルティと、そしてどこか期待に満ちた結衣の瞳を見て、不敵に笑いながら発する。

「サモン！　正式名称ってサケなのシャケなの⁉」

響が叫ぶと同時に皿の上に二つの黒い三角形の物体、おにぎりが生み出される。結衣の瞳が見開き光り輝き始めた。ルティも同じく目を見張っているが、こちらは単純に驚いているのだろう。

「まずは基本の鮭と梅だ。茄子《なす》のしば漬けも付けておいた。お好みで」

響は皿を二人に渡す。ルティは結衣の反応を見てから口にしようと決めたらしく、結衣を観察し始めた。結衣は震えながら手をそっと伸ばす。そっとおにぎりを手に取り、小さな口を大きく開けて一口かじる。噛み締めるように咀嚼《そしゃく》し、嚥下《えんか》した後、蕩《とろ》けるような顔で悩ましい吐息を吐いた。

「ふわあ……」

(そんなに美味いのだろうか)

長期で海外出張した際は、二週間で味噌汁と白米が恋しくなる話を社畜時代に耳にしていた。

止まらない止められないとばかりに、おにぎりに齧り付く結衣を横目に見ながら、響はシェルへと足を向ける。シェルは俯きながらまだ眠っていた。座ったまま器用に寝るシェルの頭を指で軽く叩くと、身じろぎをしながらシェルは目を開けた。

「ん……、あ、ごしゅじんさま……」

「よ。おはよ。ご飯の時間だよ」

響は微笑みながらシェルの目の前に鮭おにぎりを差し出す。目を擦っていたシェルは鼻をひくつかせて匂いを確認し、口を大きく開けた。そして響の手のおにぎりを、そのまま食べ始める。

(いや、受け取ってから食べなさいよ。別に良いけど)

おにぎりを完食し、響の掌に残る米粒も丹念に舐《な》め取るシェル。得《え》もいわれぬ感触に背筋を震わせた響は、じっと自分の掌を見る。次いでシェルを眺めた。どうやらまだ満足していない様子だ。

頬が若干紅潮しているのは、おにぎりが予想外に美味しかったからだろう。

（………別に、良いけど。………もう一個作ろっと）

追加のおにぎりを作り、そのまま食べさせてシェルの指舐めをもう一度味わうことにした。

「……ふう。さて、俺も食べるか」

シェルが満足そうな表情となったので、響はそのまま自分の分を作り出し、ルティに向かって歩き出す。ルティは結衣の食べる姿を見ながら、小さく嚙っては目を輝かせていた。

「どうです？　お味の程は」

「不思議な食事ですね。カトラリーを使わずに食べることは初めてですが、楽しいです」

「……ああ、確かに。すみません、王女だということを、失念してました」

「いえいえ。こういう旅の最中には最適だと思いました。それにユイが喜ぶ食事を出してくれたのでしょう？　ありがたく存じます、とても喜んでいるようです」

ルティが視線を向けた先で結衣は、漬け物をぽりぽりと食べて目を細めていた。

（まあ、お米は美味しいからなぁ）

響はそっともう一つ、結衣の皿におにぎりを作り出す。そして結衣が食べるのを眺めながら響も食事を始めた。ルティは食べる手を止めて響を見ている。どこか不思議そうな顔をするルティの視線に、響は急いで口の中の米を飲み込んで応えた。

「ん？　何か？」

「いえ、正直なところ、このようにあっさりと協力いただけるとは思いもよりませんでした」

「そうですかね」

「ええ、事前情報でいろいろと取り込むために検討してた案が無駄になってしまいました」

「……何を検討していたんですか？」

響はそこはかとなく嫌な予感を覚えつつ、バッグから茶器を取り出し、ルティに緑茶を渡す。受け取った茶を冷ましながら口にしたルティは穏やかに微笑む。

「はい。転移者のヒビキさんが、嫌がるような内容がちょうどありまして」

「……ちなみに、どんな？」

「有名な冒険者には『二つ名』が与えられることは、ご存じですか？」

「それは、まあ……」

響はスミスを思い出す。『猛剣』という名を与えられていた。

結局、名の由来となるような戦いは目にできなかったが、皆が猛き剣を振るうと言っていた。

戦い方から名前が付けられるのだろうかと漫然と考える響に、ルティは含むように笑いかける。

「スティアのダンジョンを攻略したヒビキさんにも、二つ名が付けられているんですよ？」

「そうですか、自分にも……、ちなみにどんな名前が？」

「『両刀使い』です」

朗らかに告げられた言葉に響は硬直した。聞こえなかったと判断したルティは、再度口にする。

「『両刀使い』ですよ」

「……え、冗談じゃなくて？」

「はい。それほど世間に広まっていないですが、時間の問題ですね」

両刀使い。元の世界では男女隔《へだ》てなく愛することができる者を指す。

響は性的な意味で男性に興味がない。

それなのに、付いた二つ名は男も対象に含まれる言葉だ。

この世界では違うと思いながらも心に負ったダメージは大きい。響は掌で目を覆って顔を伏せた。

ルティは響の嘆きように目を丸くして首を傾げる。

「あら？　見たところ刀を二本使われているようですし、どこかおかしいのですか？」

「……そ、そうですね。おかしくないですよね。武器を見ての二つ名ですし」

今更遅い気もしたが、取り繕《つくろ》うために響はルティに対して笑顔を浮かべる。少なくとも考えたことを見破られてはいけないと考えたが、ルティの顔は笑みの形で固定されていた。

「あらあら。どうかしましたか？　何やら不審な様子ですが、何か気になることでも？」

ルティの口調が妙に気になった。

僅かに喜色が込められた声なのはなぜだ？　と、感じた響は片眉を上げる。

ルティは笑顔だった。瞳を細めて響を見ている。

そして穏やかな口調だが、何かを確信している口調で響に語りかけた。

「もしや、両刀使いという言葉はヒビキさんの世界では、別の意味で使われているのでしょうか？」

「…………そんなことはないですよ。ええ、お、おかしなところはないです」

「そうですか。ところでヒビキさん。食後の余興《よきょう》として、ちょっとした問答遊びはいかがですか？」

追及に備えて身構えていた響は、想定外の話題転換に肩透かしを受けた気がした。

微笑みながら、人差し指を立てるルティの姿に響は安堵し、笑いながら響は口を開いた。

「え？　はあ、いいですが、なんでしょうか？」

「そうですね、ちょっとしたお遊びですから、構えず気軽に答えられる物にしましょう」

ルティは咳払いした後に、問答遊び、有り体《てい》に言えばクイズを開始した。

「本当に簡単な質問ですので、考えずに答えてください。薄いの反対は？」

「はあ、厚いですか？」

「そうですね。その調子で答えてください。開くの反対は？」

「閉じる？」

「はい。続けます。熱いの反対は？」

「冷たい」

「寒いの反対は？」

「温かい」

「攻めの反対は？」

「受け」

「軽いの反対は？」

「重い」

「有益の反対は？」

「無益」

「正義の反対は？」

「悪」

他愛《たあい》のない質問をリズミカルにルティは繰り出す。質問の意図はわからなかったが、問われた問いが簡単でリズムが小気味良かったため、だんだんと響は楽しくなり、反射的に回答を続けた。

「少し毛色を変えましょう。水、お酒、パン。仲間外れは？」

「食べ物が一つだけだから、パンですか？　あとは飲み物」

「そうですね。続けます。剣、槍、盾。仲間はずれは？」

「盾」

「スカート、シャツ、ズボン。仲間はずれは？」

「えっと、シャツ？」

「薔薇《ばら》、百合《ゆり》、蒲公英《たんぽぽ》。仲間はずれは？」

「蒲公英」

「なるほどなるほど。ヒビキさん、一つよろしいですか？」

何かを確信したように、ルティは一度頷くと、響を見て満足そうにルティは微笑んだ。

「な、なんでしょうか？」

「素養を、お持ちのようですね」

喜色に満ちた満面の笑顔のルティ。思わず背筋に寒気が走る。

響は突然様子が変わったことに瞠目《どうもく》するが、ルティは楽しそうに語り始めた。

「『両刀使い』、という言葉を嫌そうにされたので、もしやと思いました」

ルティは両刀使いの意味を正確に理解している。

なぜ、異世界の王女が知っているのだと響は頭を抱えたくなった。しかし、まずは頬を紅潮させて楽しそうなルティを止めなければと、本能が警鐘《けいしょう》を鳴らしていた。響は力を込めて顔を上げる。

だがルティは止まる気配はなく、駆け続けることを決めているようだった。

「ですが、今の質問で確信しました。よく、ご存じなようで」

ルティは、響の手をそっと握りしめる。

輝くルティの笑顔を至近距離で見ながら、響は引き攣った笑みを浮かべた。

手を握られ、至近距離で美女の潤《うる》んだ瞳が響に迫る。

平時なら喜びが湧き出そうなものだが、今は得体の知れない恐怖が勝《まさ》った。

響は後退《あとずさ》ろうとしたが、思わぬ力で手を握られている。逃げたいのに、逃げられない。やばい。

「先ほどの内容ですが、覚えていますか？」

「ぜ、全部じゃないですが」

「重要な質問は二つです。それを貴方は見逃さず見事正解しました」

大きな罠《わな》が他愛のない質問に混入させられていたらしい。

穏やかではない、響はそう思いながら、ルティの言葉の続きを待った。

「まず、『攻め』の反対は、という質問です。ヒビキさんが答えた言葉、わかりますか？」

ルティが口にした単語の対義語を改めて響は考えた。

一瞬、先ほどと同じ答えが思い浮かぶ。が、冷静に考えれば間違っていたことに気付いた。響は青褪《あおざ》め、信じられない者を見る目でルティを見る。

「攻撃の反対は防御です。守りと答えるのが普通ですが、貴方は正解を口にしました。『受け』と」

自分の失態に響は震え始める。

だがルティはうきうきしながら、次の質問内容の説明に移行した。

「続いて、薔薇、百合、蒲公英のどれが仲間はずれか。こちらも即答でしたね」

響は首を横に振り始める。

問題点に気づいた。なぜ答えてしまったのか、震えが止まらない。

「どれも花ですね。普通の人は、『わからない』と言います。少なくとも答えに迷います」

「ひ、一つだけ地面に咲くとか、あるじゃないですか？　花弁が多い花だとか」

「あら、それも一理ありますね……。困りましたね」

ルティは目を丸くした後、響の手から片手を離し、頬に当てて悩ましげな表情となる。

「そうなると、ヒビキさんはノンケじゃないんですね？」

「へ？　いやいや逆ですよ。ノンケです、私は」

ルティが口にしたノンケとは異性愛者を指す。響はヘテロセクシャルな人間だと回答することができ、誤解は解けたと、安堵し胸を撫で下ろそうとする。

だが留まった。なぜかルティの笑顔が光り輝いたからだ。ルティは響の手を大事そうに抱き寄せた。自然と手はルティの胸に当たった。しかしあの幸せな感触がほぼない。

響は少しだけ残念に思いながらも、目の前の王女の様子を訝《いぶか》しげに見る。

表情は一転し、笑っていた。だが先ほどまでの華のような笑顔ではない。

口を三日月のような形に開く、にたりとした笑み。

不安を募らせる響の前で、ルティはゆっくりと低い声で言った。

「やっぱり『こちら』側じゃないですか」

「っ⁉　な、何を⁉」

「ノンケという言葉を知っているノンケってどう思いますか？」

響に衝撃が走る。ルティは計略の成功を喜ぶ笑みを浮かべていた。

ノンケとは、異性愛者を指す言葉だが、隠語である。

共通の知識を有する人のみが使う隠語の意味を知ることは、どういうことか。

響は唇を震わせて、己の失態を悟った。ルティは嬉々として響に語り始める。

「単語の意味が不明ならば、素直に訊ねるか、前後の会話文から推測し反応しますよね。今の会話ですと、私は貴方がノンケではないのか？　と確認しましたよね？」

「そ、それは……」

「語感から推測し意図不明のまま回答したのであれば、頷くのが正解でしょうね。もし頷けば、質問は続けたでしょうが、貴方を『あちら』側と判断した可能性が高いでしょう」

ルティは一つずつ、響の選択肢のミスを指摘する。

他愛のない会話に見せかけて幾重にも罠が埋め込まれていた。己の迂闊《うかつ》さを、響は呪い嘆いた。

「単語を知らないのであれば、『わからない』と口にします。事前に、薔薇と百合と蒲公英の話をしています。『あちら』側の人間の回答は、わからない、でしたよね。そう言っても良いと教えているのに、思い浮かばなかったは、さすがにないですよね？」

響の顔色は蒼白になり、自分がルティにどのように認識されてしまったのかを理解した。

「ヒビキさんが、『こちら』側の教養のある存在であることに、私は大変満足しております。同志として、是非ご協力願います」

「ち、ちが……っ、ただ知っていただけで……」

「あらあら、必要もないのに知識を得る、そんなことがあるのですか？」

本来、知識は生活の中で習得する。

農業や漁業、歴史についても知らないと生活や業務に支障を来《きた》すからこそ身についていく。

「ちなみに、この世界では、雑学を楽しむという趣向が一般的ではないことも言っておきます」

ルティの追撃に、響は身体を硬直させた。

トリヴィア、くだらないこと、些末《さまつ》なこと、雑学的な時柄や知識。

それを有して楽しむということが一般的ではない。

逆に関わっていた、興味があるから学んだ、そう思われるのが当たり前。

（ここは、日本とは違う。一般人が知らなくて当然の情報を持っていれば、解釈は当然……）

罠に嵌まってしまった響をルティが見てどう判断するか。印象は自ずと知れる。

「さて。『両刀使い』のヒビキさん？」

ルティが悪しき『二つ名』を呼んだ。

響は泣きそうな瞳でルティを見ると、その表情は一転して悪戯に成功した少女のようだった。

「このように、脅して協力をこじつけようと考えていたのですよ？」

謎の重圧感は唐突に消え、響が呆ける中、ルティは可愛らしく舌を出す。

ルティの言葉が理解できなくて、一瞬混乱するが、そもそもの会話の始まりは、ルティが響の協力を得る方法についての話だったと思い出す。

（な、なんというアホで嫌なやり方を……）

無茶苦茶な方法だったが、少なくとも響にとっては効果的すぎる方法である。女性経験が皆無な状態で男色疑惑を向けられるのは、悩んでいる者からすると嫌すぎる内容。

金銭や人質を取る方法ではなく、このような精神的な嫌がらせのみを選択する思考回路には呆れるを通り越して賞賛してしまう。

「ごめんなさい。そこまで戸惑うなんて思わなくて、少々悪ふざけがすぎましたね」

「悪、ふざけ、ですか……」

「はい。ただ『素養』は本当にあるみたいですので、少し楽しみです」

ルティはくすりと笑うと、真っ白で美しい手を響の顔に伸ばした。

今度はなんだと、身を固くする響の頬に触れる。手を戻したルティの指には米粒があった。

先ほど食べたおにぎりの残りが、響の頬に付いていたのだろう。

「それでは、ヒビキさん。改めてになりますが、王都への帰路の護衛、よろしくお願いします」

ルティは響の目を見つめた後、米粒を口に運びながら微笑んだ。

王女がする行動とは思えない。これまでの言動からするとなんらかの意図の下で、そうしているのだろう。唇に手を当てて笑うルティの笑みは酷く蠱惑《こわく》的に見えた。が――、

「『こちら』の話題ができる人は中々いませんので、是非いろいろお話に付き合ってくださいまし」

響は首をがっくりと下げる。

それを観念した、あるいは了承と捉えたルティは、弾むような足取りで馬車に戻っていく。

後に残された響は顔を上げ、周囲を見渡す。結衣は舌鼓《したつづみ》を打ち続け、シェルは食後のお昼寝を楽しんでいるようだった。次に空を見る。黒い鳥が一羽、飛んでいた。

鳴き声は烏《カラス》そっくりであり、何かに侮辱《ぶじょく》されたような気分となる。響は叫び出したい衝動を抑えながら、その場に腰を下ろし、肺の中の空気を全て吐き出すほどの深い溜息を吐いた。

「まあ、いいさ……。護衛はするつもりだったんだし……」

顔を手で押さえながら、負け惜しみじみた言葉をひとりごちる。

ルティを結衣共々王都へ無事連れて行くことは、早い時点で決めていた。

その予定に変更はない。

しかしルティの様子が気になった。最後に響を挑発するような行動を取った理由が掴めない。

「なんか変なことに巻き込まれたなぁ」

ぼやく響だったが、こうして座っていても始まらない。ルティが何かを企んでいようがいまいが、情報が全く足りない。結衣とルティの人となりも、まだわからない。

呻きながら思案を中止した響はゆっくりと立ち上がると、結衣の元へ歩き始めた。

ルティが襲われる目的は、ある程度理解する。残りの道中も襲われる可能性も高い。

その上、標的であり、護衛対象のルティ自身が何を考えているのかもわからない。

ただ、それでも――。


〝情けは人の為《ため》ならず〟


響は心の中で、モットーとしている言葉を呟く。

困っている人から助けを求められたならば、いつでも、できる限り助けると響は決めていた。

今回も美少女だからではなく、危険の中にある二人を救いたい、協力したいと強く思う。

結衣とルティを見放すという選択肢はない。

――かけた情けは、どう巡《めぐ》ってくるんだろうか。

スティアの街では必死に動いた結果、スミスの拒絶が返ってきた。

だが彼から受け取った物も大きかった。シェルの心からの感謝の言葉をもらった。あの時の心地良さは忘れられない。思い出し、胸の奥が温かくなった響は口元を緩める。

「それじゃ、頑張りますか」

まずは食欲盛んな銀髪美少女へデザートを提供すること。

響はメニューを思い浮かべながら、気合いを入れて歩みを進める。

こうして一カ月に渡る響の旅は終わりを告げ、新たな目的の旅が今、始まったのだ。

第2章 「童貞の秘密と初めての夜」

End Of The Unrequited Life

「まずは、この目立つ馬車と、君たちの服をどうにかしないか?」

響は結衣とルティの服を見ながら溜息を吐いた。食事を終え、今後の方針を話し合ったところ、まずは近隣の村に移動することに決めた。ルティとシェルは馬車の中で必要な荷物を整理し、響は結衣と話し合いを続けている。

「んー、そんなに目立つかな?」

「当たり前だ、少しは鏡を見なさい」

盗賊に狙われる身のルティが豪華な馬車とドレスで堂々と村に行くのは、危険な行為と思えた。ルティだけでない。結衣も豪奢《ごうしゃ》なゴシックドレスを着ているため、非常に目に付く。ましてや二人とも美少女であるため始末に負えない。

「えー。でも、確かにちょっと目立つかな」

結衣はスカートの裾を摘まみ上げる。大きく持ち上げたため、白く細い脚が見える。

響はしっかりと凝視した後、目を伏せ顎《あご》に手を当てて考える。

(村に先行して入って服を購入するか? それもそれで不審な態度だな)

女性用の服を買う男など、村人から見れば怪しく映るだろう。

怪しげな噂が広まりルティの存在を疑われることも十分考えられ、安易な行動はできない。

悩む響だが、結衣が響を下から見上げていることに気付く。いつの間にか近付いていていたようだ。

何かを言いたげな結衣の瞳に響は訊ねる。

「……何か妙案でも？」

「うん。服だけなら作れば良いかなって」

「作るって、材料なんてないけど」

響には服を一枚作るために必要な布の量がわからない。

魔物を倒して皮を入手することは簡単だが、革に加工をする技術を響は持っていなかった。

どうするつもりかと響は結衣に訊ねる。結衣は魔法力を起動すると、人差し指を立てて微笑んだ。

「スキルがあるんだよ、便利なスキルが」

結衣の指先を見ていると先端が光を発する。そのまま眺めていると光は密度を増し、糸となった。

にゅるにゅると伸びる白い糸を、響は摘まむ。

「……絹《きぬ》、か？」

「ん。そ、絹糸。これで服を作ろうかなって」

結衣の指からは際限なく絹糸が生まれ始め、空中で布に変わっていく。響は顎に手を当てて眺めた後、結衣の肩に手を置く。

「絹は上等すぎる。麻糸や綿糸で作れない？」

「あ、そっか。じゃあ、綿で適当に作ろうかな」

「そうした方がいい。で、それが結衣のスキル？」

「うん、そうだよ。……そうだね、この際だからボクのスキルについて教えるよ」

糸を編んで布を作りながら結衣は自分の持つスキルについて語り始めた。

「まず、幾つか先に説明するけど、日本から転移してきた人たちはチートスキルを与えられているんだ。普通はだいたい四つから五つってところかな？　響も持ってるよね？」

問いかける結衣の視線に響は頷いて答える。響の持つ転移時に授《さず》かったスキルは回復魔法、水魔法、料理魔法の三つだった。いずれもレベル表記は『∞《無限大》』であり、強力なスキルである。

「だからってなんか、そう言われると嫌だ」

「だってチートじゃない？　最初からスキルレベル∞なんて持ってるなんて、こっちの世界の人からするとチート以外に称しようがないじゃない」

「そりゃあ、そうだけどさ……。チート、か」

Cheatとは不正手段で相手を欺《あざむ》くことを意味する英語だ。響自身は欺きたくないし、希望すらしていない。このスキルも転移時に女神から、勝手に押し付けられただけという認識だった。

(でも、まあそうは言っても)

だが響の脳裏に、スティアの街でのスミスとの会話、この世界で努力し続けた者の言葉が蘇《よみがえ》る。

(恐怖と拒絶だったな……。反則にも程があるんだろう、多分)

嘆息しつつ響は頭を振る。今はスキルについての説明を聞くべきだろう。

ルティの命が狙われている以上、まず間違いなく戦闘が想定される。戦力を把握するべきだと響は結衣に視線を戻す。ブラウスを一着作り終えた結衣は響に鋭い視線を向けた。

「響。一応、覚えておいて。チートスキルの公開は基本的にタブーだから」

「ああ、そうだろうな」

異能力を公開すれば、なんらかの対策を講じられる可能性がある。強力なスキルを有して戦う以上、可能な限り隠しておいた方がいいのだろう。響は頷きつつも、結衣を見る。

「だとしたら、結衣も隠しておくべきなんじゃ？」

「それはそうなんだけどさ、でもボクは響のスキル知ってるし……、不公平かなって」

唇を突き出す結衣に、響は苦笑する。どうやら自分だけが有利な状態が嫌なようだ。敵対したときのことを想定していないのだろうか。しかし聞いて損はない。響は後頭部を掻きながら口を開く。

「まずは、その糸を出すスキルか。『首輪』もそのスキルを使ってる感じ？」

「うん。スキルの名前は『糸』って言うんだ。糸に類するいろんな物が出せます」

「いろんな物か、なんだ。あやふやだな」

「あやふやなのです。更に驚くことに、見てわかるように操って布にすることもできます」

結衣が笑いながら言う間にも、見る見るうちに布ができあがっていく。意味不明な能力だった。

だが、応用の範囲が広い。鋼線も『糸』に含まれ、生み出し、操れる。

その鋼線を高速で動かせば、物体を切断することも、網状にして対象を捕らえることもできる。

そして、

「服が自由に作れるから、結衣はフリルが半端ない服を着ていられるのか？」

「正解。ＭＰ消費が凄いけど、そこはまあ仕方ないよね」

「旅で汚れたり破けたりするのも気にせずに、そんなフリフリ着てられる理由に納得だ。でも服を作るのに、布から作らなきゃいけないのか。大変だな」

「そこは、まあ。服を作るのってボクの趣味だったから。お勉強もしてたし。和洋も古今もだいたい作り方や構造は知っているんだ。どうだ、凄いだろー」

「凄い凄いー。しかし、えらい手間に思うけど」

「まあね。でも髪とか目を変更できたんだし、それに合わせてお洒落したいんだもん」

「まあ、わからんでもないが。そういえば容姿変更って転移のときだけじゃなかったっけ？」

「ううん、スキルとして持ってる。後で変更できるようにってサービスかも。名前は『頭髪操作』と『瞳操作』。まあ、これは見ればわかるよね。説明っている？」

「少しだけ。『頭髪操作』って色の変更はわかるけど、長さも変えれるの？」

「できるよ？　短くも長くも。ただＭＰの消費が激しいんだよね。ボクはＭＰが潤沢《じゅんたく》にあるわけじゃないから頻繁《ひんぱん》にはできない。余程のことがないとしないかな」

「なるほど。『瞳操作』も同じ感じ？」

「そうだね、赤く色を変えたり、色を変えても光の影響なかったりと。素敵だね」

「その他、諸々の性能向上は？」

「ボクのＭＰじゃ精々遠くを見るくらいまでしか実験できてないよ。君とは違うんだから」

結衣が肩を竦めるのと同時に、空中にスカートが作り上げられていた。

先に作った白いブラウスと茶色のロングスカート。着用すれば村娘のように見える質素な服装だ。サイズからすると結衣ではなくルティ用だと理解する。完成した服をチェックするように眺めていた結衣は、手を動かしステータス画面を開いて悩んでいた。

何かあったのかと、声をかけようとしたところ、結衣はぐるりと顔を動かし響を見た。

そして腕を伸ばし響の手を握る。柔らかい手の感触にどぎまぎするが、顔には出さない。響はあえて胡乱《うろん》な表情を顔に作り、結衣を眇《すが》めるように見た。

「……何？」

「んーっとね、ちょっと服を作るのに心許《こころもと》ないＭＰ量だから、ちょっと分けて欲しいなって」

「分けるって。別に余っているから良いけど、どうしたら？」

「ボクの持ってる四つめのスキルを使うよ。覚えていない？　スティアのダンジョンの最下層でMPあげたじゃん。アレだよ」

「よく覚えてる。あのときは助かったよ。でも……」

スティアのダンジョンの転移トラップが発動した際、響はMPの大半を消失してしまった。

転移先の最下層にはドラゴンがいた。残った全てのMPを使い撃退したが、響は大怪我を負う。

その際、不足していたMPを結衣から供給され、回復魔法で治癒《ちゆ》し事なきを得たのだった。

「MPの供給は、今の場合あまり意味がないような」

今の状況は結衣のMPが不足している状況だ。MPを与えてもらっても仕方がない。

「違う違う。プラスができるならマイナスもできるんだよ。というか本来の使い方は逆なんだよ。ボクの持つスキルは『MP吸収』って言ってね、こんな風に使うんだよ、『吸収《アブソーブ》』」

結衣がスキルを使った瞬間、響は軽い倦怠《けんたい》感を覚える。

どうやら結衣にMPを吸い取られたようだが、億単位でMPを持つ響からすると誤差のレベルでしかない。MP吸収による倦怠感よりも、美少女に手を握られる方が心に負担を与えていた。

心拍数を上げながら結衣の様子を眺めていると、結衣は僅かに目を丸くして、響の顔を見る。

「……どうしたの？」

「い、いや。普段は『糸』スキルを併用して吸ってたんだけど、ちょっとびっくりして……。ねえ、けっこうMP吸収したけど、特に身体に負担はない？」

「いんや、全く。何かが抜けたなあってくらいかな」

「そ、そうなんだ。やっぱり、とんでもない魔法力だね……」

「本当になぁ。なんでこんなにあるんだか」

「ねえ、ちなみにどれくらいMP持ってるの？　スティアのダンジョンに入ったとき、とんでもない量だって言ってたけど。確か、42億ですら一部とか言ってなかった？」

「ああ、ダンジョンの最下層に跳ばされたときか。あの時点では、６８０億だったかな」

「え、何？　あの時点って……、今は？」

「１３００億」

「……は？」

「１３００億あるんだよ、ドラゴン倒したらレベルが上がって、ＭＰの最大値も上がったんだ」

「……ありえないよ。いくら『懊悩《おうのう》せし魔の使い手』だからって……」

首を振りながら呟いた結衣の言葉に、響が反応した。スティアのダンジョンの奥に置かれた石碑に書かれた言葉だったと思い返す。

「ねえ、結衣。その、『懊悩せし魔の使い手』ってなんなのさ？」

「ああ、うん。ちょっと説明するのに躊躇うんだけどさ」

結衣が目を泳がせながら説明を始める。

「えっとね。この世界で稀《まれ》にだけど、ＭＰが他の人より遙かに高い人がいるんだよ」

ある理由により、公に明かされることは妨《さまた》げられ一般的には知られてはいないが、魔法や歴史の研究家は彼らを総称して『懊悩せし魔の使い手』と呼んでいた。古文書などで記された人物たちが、際立ったＭＰを持っていたと記されていたことに起因する。

「ある理由って？」

「あー……。とても言いづらいんだけどさ。調べると、『懊悩せし魔の使い手』って呼ばれる人たちってさ、主に聖人とか聖女とか言われる人に多かったんだよね。生涯独身を貫いた的な人たち」

「生涯、独身」

不穏な言葉が聞こえ、響は眉間《みけん》に皺《しわ》を刻む。

嫌な予感がした。結衣も響の様子に気付いたが、視線を逸らしながら説明を続けた。

「で、でね。この伝承について研究する奇特な人がいてさ、調べたらしいんだ。現代でも成人越えした人たちで、その、結婚していない人を対象にね。で、更に調べると、特殊な事情で今まで異性とお付き合いしたことがない人にMPが多い傾向が見られて……」

「待ってくれ。その話、続きを聞きたくない」

「この世界って、結婚しない人が少ないんだよね。自然と周囲が独身者をくっつけようとするんだよね。許嫁《いいなずけ》とか、婚約とか親同士で決めたりと。この世界で操《みさお》を守り続けることは……」

「やめよう。な。やめよう。わかった。わかったから」

「十六歳を超えて他者と混ざらないままだと、そこから徐々にMPが上がっていって……。ただ、それ以上の研究はないんだ。だってこの世界には、三十超えて恋人がいない人は――」

「わかった!!　やめてくれ!!」

耐えきれなくなった響が立ち上がり、大声で結衣の言葉を遮った。

「オーケーだ。これ以上聞かなくてもわかった。わかった。だけど、おかしいじゃねえか。そんなのを基準に置くって、スティアのダンジョン狂ってるじゃねえか」

「まあ、うん。冒険者も、わざわざ研究家に訊ねなかったのと、そんな人で最下層まで行ける強い人がいなかったから、長らく攻略できていなかったんだろうけどさ。普通に考えたらおかしいよね。そんな、その、特殊な人を連れてこないと攻略できないのは、ちょっとおかしいよね。何を狙って、そんな仕掛けを作ったのか」

「……いや、待ってくれ。あれ？　あの事故って俺のせいなのか」

スティアのダンジョンで起きた事故。ダンジョン内にいた人間が全員、最下層に転移されることになったことを思い出す。

今の結衣の話を聞く限りでは、『懊悩せし魔の使い手』の響がいたため、全員が強制的にドラゴンと戦う羽目になったらしい。

いろんな人を危険に巻き込んだ。その事実が響を青褪《あおざ》めさせる。

先ほどまでの穏やかな雰囲気からの落差が激しい。

自然と手が震え出した。抑えなくてはと思った矢先、結衣が響の手を握ってきた。

「……不幸が重なっただけだよ。最下層の直前に人がいたこと、『懊悩せし魔の使い手』がダンジョンに入ったことが原因だと、思う。知ってたのに予測できなかった。悪いとしたらボクだよ」

「……それは、違うだろ」

「可能性はあったし、情報を持ってたのはボクだけだ。響が悪いなんて、考えちゃダメだよ」

「でも、だ」

知らずにやったことであっても、それは許されてはいけない行為のように思えた。

許されたくないと強く思った。

歯を噛み締め、苦悶を浮かべ始めた響の顔を、結衣が至近距離から見つめてくる。

紅い瞳の中に響が映った。冴えない顔を、更に情けなくしたような姿。

焦点をずらし、顔の全体像を眺める。瞳に涙を溜め、他意なく心配する少女がいた。

（おっさんが、若い子に心配されるとか。……ないわな）

結衣の表情を見て、思わず肩の力を抜く。

心の痼《しこ》りは消えないが、それでも平然を装《よそお》うとした。

(今、ここで結衣を泣かせるのは、違うよな。俺の自責に巻き込むのはやめなきゃ)

今は目の前の少女の悲しそうな顔を変えることに専念しようとする。それと同時にふと気付いた。

自分たちを見つめる視線の存在に。響はばっと振り返ると、そこには——。

「じー」

響たちの様子をジト目で見つめるシェルがいた。

いつの間にか体育座りで、剣呑《けんのん》な視線を響、そして結衣に向けている。

横を見るとルティが口元を押さえて微笑んでいた。

何を考えているか容易に想像できたが、ルティよりもシェルにこそ警戒が必要だと思われた。

「ご主人さまと、とても、近い距離ですね、どうしました？　ユイさん？」

平板《へいばん》な声がシェルから発せられた。

細められた目の奥が、どう見ても笑っていない。シェルの冷たい視線に響は瞼《まぶた》を押さえたくなったが、対処しなくてはいけない。視線を結衣と交錯させると響は、努めて明るく大きな声を上げた。

「そんなわけで！　俺のＭＰが多い理由はわかったさ！　ほら服の作成を続けるんだ！」

「うん！　そうだね！　ボク用の普通の服、作るよ！」

半ば慌てるように結衣が大量の糸を作り出し、猛スピードで服を作り上げていく。

カーキ色の糸と、ワインレッドの糸でシャツとワンピースが完成した。

先ほど作った村娘の服とはサイズが違い、全体的に丈が短い。

(胸元にとても余裕がある感じがなんとも言えないな)

響は結衣の胸元を眺めて一度頷く間に、結衣から伸びた魔力糸が腕に絡みついた。

見ていると先ほどと似たような怠《だる》い感覚に襲われる。腕を上げて糸を眺めた響は、目を丸くした。

(そうか、糸を介してＭＰ吸収もできるのか。これは便利だ)

結衣は継続してヴェールを作り始める。ルティの顔を隠すためなのだろう。

余計に目立つ気もするが、そこは上手く立ち回れば良い。

響は顎に手を当てながら、結衣に訊ねた。

「いろいろスキル聞いたけど、結衣のスキルは糸と頭髪操作、瞳操作にＭＰ吸収で全部なのか？」

「ううん。あと一個とんでもないのがあるよ」

とんでもないと自《みず》ら口にする結衣のスキル。

響は嫌な予感を覚えつつも、結衣に視線で続きを促した。結衣は一呼吸置いて口を開く。

「『魔法』」

「……えっと、もう一度いいかね？」

「『魔法』」

結衣の顔を一度見た後、響は空を見上げる。快晴だ。綺麗だった。響は顔を結衣に再度向ける。

「なんの魔法？」

「『魔法』は魔法だよ」

結衣の言葉が、響には理解できなかった。

(スキル表記って、水とか火とか回復とか料理とか、何の魔法って付くでしょ)

だが結衣はなんの魔法かは明らかにしていない。ただ魔法と言った。それが何を意味するのか、響は考える。思考の結果、辿り着いた仮定は実に馬鹿馬鹿しい内容になった。

「……まさかとは思うけど」

響は軽い笑いを浮かべて、思い立った仮定について確認しようとする。

「もしかして、結衣は魔法と名のつく全ての魔法を使えるって言うんじゃ……」

「凄い凄い、正解だよ」

結衣は響の仮定に、拍手しながら頷く。そして証拠と言わんばかりに両腕を広げて、右手に炎、左手に氷を生み出した。ついでに足下《あしもと》から風を生み出したのか、響の頬を柔らかな風が撫でる。

「御覧の通り。多分魔法と名のつくモノ全て扱えるね」

「……料理魔法も？」

「たぶん。ただ料理を出そうとしたんだけど、さっぱり使えないんだよね。特殊なのはコツが必要っぽい。今度コツを教えてね？　食べたいご飯あるんだ」

全て扱えると言っても、発生の理屈がわからなければ上手く扱えないらしい。

だが逆に言えば発生させるコツさえ掴めばあらゆる魔法を使えることになる。

「くそチートじゃないか」

「そうだよ。あとは全般的にＭＰの消費が激しいんだけど、それもＭＰ吸収で相手から賄《まかな》える。対転移者には、かなり戦い辛い相手だねっ。もちろんスキルはどれもレベル∞だよっ！」

「うわー、つえー」

紅潮し鼻高々の様子の結衣をとりあえず称《たた》えてみた。結衣は胸を張って喜んでいる。

主張されたたわわと実るそれを眺めた後、響はできあがった服を見て、馬車に親指を向ける。

「そんなわけで、はよ着替えてきなさいな。追われている身だと忘れないように」

「わ、忘れてないよ。でもまあ、そうだね。うん着替えてくるね……覗かないでよ？」

「…………覗かねえよ。いってらっしゃい」

「なんだよ、その沈黙は、もう……」

手を振る響を睨みながら、結衣はルティを連れて馬車へ歩いていった。

響は視線で二人の背中を送った後、シェルのそばへ行く。

シェルは相も変わらず冷たい視線を響に向けている。響は宥めるべくシェルの頭に手を置いた。

尻尾が一度揺れたが、すぐに動きを止める。ちらりとシェルの表情を確認すると不満そうな顔をしていた。まるで、そんなことでは機嫌を直さないという顔つきである。

（んー。どうしようかなぁ）

シェルの頭を撫でながら、謝る方法の検討を始める。

そもそも原因は結衣と響が仲良く話していたことだと思うが、男女の仲が深まるような会話ではなかったはずだ。間違いなくシェルの勘違いであり、響自身に非は殆どない。

意味のない謝罪の言葉を贈れば更なる怒りを買うことだろう。

（ここで甘い物を食べさせて気を逸らせるのも悪手だろうしなぁ）

長毛種の犬と同様に、耳の脇に立つ毛を見つけた響は、指先で擽《くすぐ》りながら更に思考する。

くすぐったそうに耳をぴくりと動かすシェルを眺めつつ、唸り続けた。

（やはり誤解だって理解してもらえるまで、何度も言い続けるべきかな。……ん？）

誠意を持って謝罪すべきだと結論づけたところで異変に気付いた。

シェルの様子がおかしい。

口を手で押さえていた。上気したように頬は赤くなり、少し息が荒い。

どうしたのだろうと思った響はシェルをまじまじと見た。

シェルが響に視線を合わせる。なぜか潤《うる》んでいた。

（なんだなんだなんだ⁉）

シェルから溢れ出る色気全開の空気に響は動揺した。

落ち着き思考をまとめようと、より一層シェルの頭に置いた手を動かす。

指先で耳の脇の毛を擽り続けた。響の混乱の深さを示すかのように、少々乱暴な手つきとなる。

「……んっ⁉　くっ、んっ……」

シェルの口から吐息混じりに声が漏れ始めた。

含まれた艶やかな何かを感じ取り、響は動きを止める。

同時に責め苦から解放されたようにシェルは身体をぐたりとさせた。

（…………えっと？）

物は試しと響は指の動きを再開させてみる。

シェルは再び身を硬くさせ、指の動きに合わせて声を上げ始めた。

確信を得た響は、集中して指を連続で動かす。抑えきれなくなったのか、それとも一度声を大きく出してしまってエスカレートしてしまったのか、シェルの声は大きさを増していく。

身体をぴくんぴくんと震わせるシェルの様子に見惚れながら、指を動かしていた響が我に返ったときには、見るからに大変な状態のシェルができあがっていた。

（これかっ⁉）

犬の場合、くすぐったいと嫌がるだけであるが、シェルの場合は何か気持ちの良い部位だったようだ。目は蕩け、響を見る視線が熱を帯びている。このまま続けるのはマズい。

馬車には結衣たちがいる。いつ着替えを終えて戻ってくるかわからない。

それ以前に理性が保てない。

響はシェルの頭から手を離そうとしたが、シェルが響の手をそっと押さえた。

「………やめちゃ、やです」

目に見えるほど温度の上がっているシェルの瞳に、響は息を飲みながら、だがしかし、ここで屈してはならないと、シェルに引き攣った笑みを浮かべた。

「き、機嫌を直してくれるんだったら、二人っきりのときなら……」

「………わう。わかりましたです。……約束ですよ？」

「は、はい」

じっと響の目を覗き込むシェルに、響は返事を返すとシェルはにへらと笑った。妙な約束をしてしまったと響は顔に手を当てるが、ひとまずシェルの機嫌が直ったことを喜ぼうと切り替えた。

「あー。それでシェル。今後について話したい。いいかな？」

「はい！　大丈夫です！」

シェルは元気に立ち上がると、響に身体を寄せた。

どうにも距離感がおかしいと叫びたくなったが、嫌ではないのでそのまま話を続ける。

「村に戻ろうと思う。盗賊の話とか、可能ならルティ王女の噂とか仕入れたい」

「盗賊さんの話はわかりますけど、ルティ王女の噂を集めるのって、なんでですか？」

首を傾げるシェルの頭に手を置き、敏感な部分に触れないように撫でる。

少し物足りなそうな顔のシェルだったが、目を細めながら響の言葉を待っていた。

「……結衣の語った話だけじゃ見えないことがありそうだからな」

ルティを雇い主と言っていた結衣は、ルティの側にいる情報しか見えていない。

その言葉に嘘はなくても、見えていない部分に重大な情報が眠っている可能性がある。

「なんにしても、自分から巻き込まれに行くんだ。最善を勝ち取りたいしね」

「よくはわかりませんが、わかりました。……ユイさんたちには内緒で、ですね？」

シェルがピクリと耳を動かし、顔を馬車へと向ける。

響も視線を馬車に向けると結衣たちが降りてきていた。

二人とも容姿が良すぎるものの、ギリギリ平民に見える。

身なりの良い豪商の娘として上手く立ち回れば、王族とその関係者とは思われないだろう。

「そういうこった。悪い、巻き込んで。でも頼りにしてる」

拳をシェルの顔の前に伸ばした。シェルはなんだろうと目を瞬いた後、

「お任せください！　頑張るです！」

意気込むシェルは響に微笑むと、腕を伸ばして響の拳に合わせた。

「おんや、あんた戻ってきたのかい？」

村の門番が驚いた顔を響に向けていた。響たちが今いるのはブクファという名の村である。

森に入る前に立ち寄った村だったが、どうやら門番は響を覚えていたようだ。

（まあ、人の出入りが少ない村なんだろうなぁ）

門番は人の良さそうな四十代くらいの男であり、小さな目を丸くしていた。

身につけていた帽子を外し、少々薄くなった頭を叩きながら門番は苦笑を響に向けた。

「だから、歩いて森を抜けるのは無理だって言ったじゃないか」

「ええ、本当に。ちょっと出直しにきました」

響は困った顔を作りながら門番と会話を合わせる。

上手く解釈してくれるなら、それに越したことはない。

門番は話しつつ、後ろに視線を向けた。響の同行者が村を出る前から二人増えていることに気付いたらしい。響は肩を竦め、心底困ったように口を開いた。

「ちょっと盗賊に襲われている人がいて、保護したところでして。最近多くないですか、盗賊？」

「ああ、本当にねぇ。変な盗賊が最近増えたんだよ。森の中にまで現れたのかい？」

「いえ、森はしんどいことがわかって、街道沿いを移動してたら遭遇したんですよ。盗賊が変な魔物に乗っていて、さすがに面食らいました」

「あいつらか。最近現れたあの連中はまだ良いんだよ。すぐに逃げ出すし、小悪党ってところなんで、あの盗賊の一味にはうちらもあまり警戒はしてないんだけどねぇ」

門番の話しぶりから、どうやら盗賊団はダチョウに乗った連中とは別にまだいるようだ。

そしてそちらの方が危険度が高いことも窺えた。探るべき情報を仕入れることができたが、他にも情報の糸口がないか確認しようと、響は目を細めながら門番と会話を続ける。

「他にも盗賊がいるんですねぇ、事前に調べておくべきでしたか」

「いんや、仕方ないさ。元々森を通るつもりだったんだろ？　盗賊のことなんて考えないよ、普通」

「まあ確かに。やはり強引にでも森を進んだ方が良かったんですかね」

「それもどうかと思うがね。まあ、討伐《とうばつ》依頼も出たらしく冒険者もちらほらと来てくれるし、少し待ってみるのもいいかもしれんね。近々討伐されるかもだよ」

「冒険者が？」

「ああ、そうだよ。この前も二人やって来たねぇ。男女の若い冒険者」

「ほう、でも二人だけで討伐できるんでしょうか？」

「どうだろうね、でも強そうな雰囲気だったよ？　名前まで聞いてないけど、有名なのかも知れないね。お兄さんも冒険者だろ？　ひょっとしたら知ってる人なのかも」

「どうなんでしょうか。自分はまだ駆け出しですから、あまり詳しくはないんですけど。でも聞いたらわかるかもです。誰か見た人はいらっしゃいますかね？」

「宿の人ならわかるんじゃないかな？　宿は村に一つしかないから、そこで聞いてみるといいさ」

響は門番に礼を言うと、シェルたちを連れて村の中に入る。

一度響たちが村に来ているからか、特に身元の確認もなく、結衣やルティについてもすんなりと入ることができた。田舎の小さな村だからか、女の子が増えたぐらいでは警戒しないようだ。

ありがたいと思いながら響は宿を目指して歩く。

以前訪れた際は特に気にしなかったが、今回は警護の観点から周囲を警戒しつつ観察するように歩く。村の規模は小さく通りを歩く人は少ない。立ち並ぶ家にも特徴らしい特徴は見えなかった。

(土壁の上に漆喰《しっくい》を塗った感じかな？　茅葺《かやぶ》きの家は風情《ふぜい》があって良いねぇ)

土地が余っていることが理由の大半にも感じたが、一階建てだが広い家が多かった。

殆どの家に納屋《なや》と思われる建物が併設していることから、農家が多いことも窺える。

(そういえば、農業って何を作ってるんだろうなぁ)

ぼんやりと考えながら歩いていると、シェルが声を上げる。

「あの、ご主人さま？」

「うん？」

「宿に先に行って部屋をお取りしようと思うんですけど」

「ああ、それは助かる。ごめんだけど、お願いできる？」

「はい！　いってきます！」

小走りに駆け出すシェルを見送っていると服の袖を引かれた。視線を向けると、結衣だった。

「どした？」

「ん、なんとなく宿に向かっていると思うんだけど、どうするつもりなの？」

「そうだな、とりあえず何日かここで様子を窺おうかなって考えてる」

「……泊まるの？」

「……その嫌そうな顔の理由を聞かせてもらおうか」

眉を顰めて発言した結衣の言葉について、響は苦笑しながら問い詰める。結衣は少しだけ慌てながら、ルティを見て溜息を吐く。

「だってさ、男の人一人、女の子三人。信用なんて、ねえ？」

「童貞を舐めるな。何を破廉恥《はれんち》なことを考えているんですかね」

「で、でもだよ。四人部屋はダメだからね？」

「俺の方から断らせてもらうっての。居辛いわ、そんなもん。でもまあ、いくらなんでもシェルが四人部屋を取るとは思えないな」

「んー。でも個室を四つってどうなんだろ？」

結衣が村を見渡して唸る。響も同じように村を見て考える。宿はあれど、村の規模的に大人数が宿泊することに備えているとは考えづらい。また宿として贅沢《ぜいたく》に一人部屋を多く確保するとも思えない。そもそも部屋の数が多いとも思えないため、どんな宿なのか想像ができないのが正しい。

「……ま、まあシェルに期待しよう。多分最適な部屋を選んでくれると」

「……微妙に不安」

結衣の言葉に同意したい気分だったが、響は気にせず歩き続ける。

村の中央付近まで辿り着くと、宿が見えた。二階建てで一階は食堂兼酒場となっている。

宿と名乗る以上、周りの家と比べればかなり大きな造りである。しかし二階の窓の数を数えると、部屋の数はさほど多いようには見えなかった。

（さて、どんな予約をしたんだろうか？）

口をとがらせ、不満を全開にする結衣の顔を横目で見つつ、響は宿に入る。

小さなテーブルが十卓ほど並び、椅子が四脚ずつ置かれていた。

見るからに農家と思う風貌《ふうぼう》の男たちが三組ほどいた。

（平和だね。昼間から明るく酒を飲んでるってことは、特に生活に不安がないって証拠だもんな）

男たちの笑い声を耳にしながら、響はシェルの姿を探す。

すぐに見つかった。カウンターの前で店主と思われる体躯《たいく》の良い男性と話をしている。

ちょうど鍵を受け取るところだったらしく、響はシェルに近付いていった。

「シェル、どう？」

「あ、ご主人さま。ここの宿って二人部屋しかないらしく二つ取りました」

「二つ、か」

響はシェルの言葉に思わず唸った。

二人部屋なので、響は必然的に女性と同じ部屋に泊まることになる。

シェルとは何度も同じ部屋に泊まっているし、野宿もしてきた。しかし、先ほどの桃色の空気の後では少しだけ怯《ひる》んでしまう。

「部屋が空いているなら、あと二部屋取って、広々と使った方が良いような」

「ダメです、ご主人さま。節約は大事です」

響の呟きにシェルが過敏に反応し、人差し指を口の前で立てて響を叱るように見た。

資金的には、ダンジョン攻略報酬が殆ど手つかずで残っているため懐《ふところ》は温かい。

しかしシェルの言っていることはもっともであり、言われてしまえば否定もし辛い。

「あー……。まあ、いいか」

「そうです。ではユイさんとルティさんが同じ部屋ということで」

「待った。それは響とシェルさんが同じ部屋ってことだよね」

鍵を結衣に渡そうとしたシェルを妨げるように、結衣が口を挟んだ。

「それは勿論です。奴隷のシェルはご主人さまと一緒の部屋です。何かあるです？」

「……大声で言うのはあれだけど、宿の壁がそんな厚そうじゃないから、変なことされたら丸聞こえになると思うんだ。ボクはいざ知らずルティの手前、宜しくないよね」

響を睨む結衣は、響とシェルが同室となることに難色を示す。

結衣の発言はここが安宿であると言っているようなもので、響は傍らの宿の主人を恐る恐る見た。

が、主人は響に向かって親指を立てている。歯を見せて小気味の良い笑みを浮かべると、主人は奥の厨房に去って行った。どう見ても「モテる男は辛いなっハハハ」という趣旨の笑顔である。

きっと朝になれば「昨夜はおたのしみでしたね」とか余計な冗談を言ってきそうな雰囲気を残し、
早くも響は憂鬱な気分となる。

（いや、まずは部屋決め論争を終わらせよう）

睨み合う結衣とシェルを仲裁しようと響は口を開こうとしたが、出遅れた。

おっとりと笑いながらルティが爆弾を放り込んだ。

「つまり、ユイはヒビキさんと一緒の部屋に泊まりたい、そういうことですか？」

「ちょっ、なんでそうなるのさ⁉」

「あらあら、違うのですか？　主従がそれぞれ一緒の部屋に泊まるのは不自然ではないのに、シェルさんとヒビキさんが一緒だと、何かが起こると考えている。そうですね？」

「……い、いや。だって、響だし」

「理由や根拠は不明ですが、ユイの想定を防ぐためにはヒビキさんとシェルさんの組み合わせ以外が良いということになりますね。そうなると、必然的にユイとヒビキさんの組み合わせになる、と」

ルティの説明に結衣が目を泳がし始めた。

結衣の意図がどうであれ、何か妙な方向にルティが動かそうとしている、響はそう感じた。

止めるべきと動こうとしたがルティの目配せで止められる。

（何を考えているのやら）

悪戯《いたずら》めいた瞳だったが、他の意図が混入されていると感じた響は、肩を竦めて静観を決めた。だが目の前は小規模の修羅場《しゅらば》と化そうとしている。

シェルが結衣に胡乱な視線を向け、結衣は顔を赤くして動揺していた。

ルティは困ったように眉尻を下げると、状況を整理し始めた。

「困りましたね。ユイはシェルさんとヒビキさんを同じ部屋に泊まらせたくない。でもシェルさんはユイとヒビキさんが同じ部屋になるのを避けたい。どちらかが同じ部屋に泊まると、何か良くないことが発生する。だから反対だと、こういうことですね？」

ルティの言葉にシェルと結衣が頷いた。

ルティは考え込むように顎に手を当てた後、妙案を思いついたと言わんばかりに顔を輝かせて、掌を胸の前で合わせた。

「ならば、こうしましょう」


「少々、強引な運びだったかと」

「あら、そうでしたか？」

ルティの提案はこうだった。

結衣とシェルを同室にする、つまりルティが響と同じ部屋で寝るという内容である。

シェルも結衣も賛同できないと反対を口にした。

だがルティと響のこれまでの絡みが何もなく、突然何かが起きるとは思えないと主張したことや、そもそも響自身がそれで良いと言ったことであっさりと部屋割りは決まった。

今、響は二つ並んだベッドの一つに座り、同じようにベッドに座るルティに苦笑を向けている。

「さすがに唐突ですよ。むしろ二人が、あれ以上、口を出さなかったことが驚きです」

「ダメですよ、ヒビキさん。敬語を使われていると、私が町娘に見えませんよ？」

「そもそも見えないですから。でも、まあそうですね。不敬ではありますが口調を改めます」

「そうしてくださいな。年上の男性に敬語を使う分には不自然ではないので、私はこのままです」

「さいでっか……。で、ご用件は？」

「ただ、いろいろとお話をしたかった。それだけですよ？　ヒビキさんもお聞きしたいことがあると思っていたので、ちょうど良いかと思いました。違いますか？」

（お話、ねえ。なんとも広い意味の言葉だこと）

確かにルティから聞き出したい情報は幾つかあった。

先の河原で行った会話は問い詰めなければならない内容に溢れている。都合は良い。

「少々、都合が良すぎることが気になるけど、乗るよ。まず俺からで良いかな？」

「ええ、結構ですよ。どうぞ」

疑いの眼差しを向けてもルティは穏やかに微笑んでいる。

どこまでが想定内のことか判別しづらく、ルティの思惑が読めない。

それでも訊ねなければわからないままの状態だ。

（主導権が握られっ放しってのは気に食わないが、ここは踏み込む）

響は意を決してルティの顔を見る。余裕のある微笑みを崩すための戦略を練った。

（まずはジャブからだ）

バッグからカップを二つ取り出し、水魔法で洗浄しながら響はルティに笑いかける。

「話が長引くだろうから、飲み物でも出しますか。何か飲みたいものは？」

「飲み物も料理魔法は出せるのですか。では、甘い物がいいですね」

「甘い物ね、了解」

響はカップにミルクココアを作り出した。部屋の中に甘い香りが広がり、ルティの顔色が変わる。

甘い物が市井《しせい》にあまり出回っていないことは理解していた。

王族の周辺でも同様かは不明だったが、ルティの反応からすると想像は当たっていたらしい。

ルティの顔は期待に輝いている。

「どうぞ、熱いので注意してね」

響はルティにカップを渡し、自《みずか》らも口を付ける。

ココアの風味とたっぷりの砂糖の甘さが、疲れきった脳に活力を与える。

ちらりとルティを見ると、甘味に舌鼓《したづつみ》を打っていた。非常に喜んでいる。

「喜んでもらえたようで、何より。この世界ってあまり甘味ってないの？」

「そうですね、砂糖自身がまだ出回っていなく、料理人も使い慣れていないというのが原因ですね。王族といえども、美味しい物はまだ口にする機会に恵まれません」

「ふうん。転移者の知識や技能でも、まだ時間がかかりそうなんだ」

響がぽつりと呟くと、ルティの肩がぴくりと震えた。

一度、瞳が大きく開かれたが、すぐに笑みの形に戻る。

響は先制攻撃が成功したことに、つい唇の端を上げたが、そのまま笑顔で取り繕う。

しばらく笑顔を向け合っていたが、ルティは大きく息を吐くと肩を竦めた。

「……少々、驚きました。中々鋭いですね」

「少し情報を整理すれば、辿り着くさ」

ルティの配下の結衣は転移者を管理するという名目で方々から集めていた。

またルティは国民の人気が高いと先ほど聞いた。

その理由は様々な改革を行い、実績を上げているからとも聞いた。

「確信を得てはなかったけど、多分そうだろうなって。集めた転移者から、いろんな情報を聞いて有効活用しているんだろ？」

「そうです。そちらの世界には魔法はありませんが、こちらの世界に比べてとても効率が良い技術も多いです。そのまま取り入れることは難しいですが、検討する価値は高い情報だらけです」

ルティは例として、農家の年貢の徴収について語った。

「例えば麦など、納める量は『農地の広さに対して升《ます》で計る』としていましたが、広さも升の大きさも領地によって異なるという状態でした。今にして思えば、領主次第でどうにもできるといういい加減な内容で、不正の温床でもありました。なので統一することにしました」

響はその話が豊臣秀吉《とよとみひでよし》の太閤《たいこう》検地から来ている着想だと理解した。

偉人として名を残す者たちの行った様々な改善案は、役立つ内容が多いのだろう。

「他にも工業、漁業など聞くだけでもヒントとなる内容は多いと思っています。むしろ他の王位継承権を持つ者や、他国の者がなぜ有効活用しないのか、疑問です」

ルティが首を振るのを眺めつつ、響は考える。

果たして転移者が、様々な歴史的改革や情報を細かく覚えているだろうか。

響とて、歴史の類いは一般常識の範囲でしか覚えていない。ドラマや漫画で見た内容ならば思い出せるが、ピンポイントで必要な知識を得られるとは思えなかった。

そして、ルティはどのようにして、そんな情報を得ているのか、響にはそこも疑問だった。

「とてもではないけど、転移者の全員が有効な情報を話すとは思えないんだけど」

「それは、はい。その通りです。情報は全て雑多な内容です。全く役に立たない情報も多いですよ、実際のところ。食べ物の話は聞くだけでどうすることもできない内容が多いですが、ヒビキさんがいたならば、気になっていた話を解決できそうです。いろいろ期待しています」

響はココアを飲み干し、珈琲《コーヒー》を作りながら溜息を吐く。

あまり触れたくなかった内容に触れる機会を手に入れた。せっかくなので聞くことにする。

「となると、その雑多な情報を得る過程で、男色について知識を？」

ルティの顔に変化があった。

穏やかな笑顔を保っているのだが、小鼻が広がっていく。

「ええ、女性転移者がもたらす情報の中にありまして。ある人のスキルや技能で、このような本を作ることができました。とても素晴らしい本で、気付けば、もう」

ルティは笑顔で幾つかの小冊子を取り出していた。

響は顔を顰《しか》めながら薄い本を受け取る。

（もうじゃねえよ、なんで薄い本がここにあるんだよ。なんで布教しているんだよ）

「よくはわかんないけど、この国では同性愛って、どういう認識なの？」

「そうですね。知っている人は少ないかと。兵士や傭兵《ようへい》の中など女性がいない状況下では程ほどに行為はあるとは聞きます。大々的な調査はしませんでしたが。また街で堂々と交際する殿方同士の姿は発見できませんでした」

「調べたんだ……。まあ、いいけど。そんな趣味をなぜ堂々と……。問題があるんじゃ？」

「堂々とはしていませんよ？　それに探すと意外と同好の士が潜《ひそ》んでいるみたいですし。このような話をする際は、きちんと素養がある者を見極め、人と場所を限定してお話ししていますもの」

響は自分が引っかかった罠を思い出し、頭を押さえる。

「素養チェックとか、あれ本当止めた方がいいぞ。割と引っかかるんじゃ」

「まさか。普通ひっかかりませんよ。正直男性でかかったのはヒビキさんが初めてです」

響は己の迂闊さと、知識の豊富さに涙しそうになった。

「……ところで、結衣もソッチの情報は？」

「ユイですか？　興味はあるようですが、あまり詳しくないみたいですね。寂しいことに」

「寂しがんなや。なんであんなアホみたいな問答を……」

「我ながらよくできた質問だと思います。秘密だと理解できる人を確認するには中々効果的です。同志であれば秘密を共有いただけますし、仮に同志でなくとも脅《おど》しの一環《いっかん》となります」

「脅しな。うん。まったくだ。なあ、そんな秘密を共有したがるのはなんでだよ」

「それは、もう。秘するからこそ燃え上がるというものです。それに教本も素晴らしいですし」

「素晴ら……、ううん」

肌色が多い表紙だった。

描かれているのは男性二人の姿。顔がとても近く開けたシャツが艶《なま》めかしく、見ているだけでこめかみの辺りがズキズキと痛むようだった。

（作者は……、『ＵＮＯ』？　ペンネームだろうか）

ページの最後を開くと奥付が書いてあり、発行日や発行者、印刷所まで丁寧に書かれていた。

フォーゼ公国と記載されている。聞き覚えのない地名に響は片眉を上げてルティの顔を見る。

「この、フォーゼ公国というのは？」

「フォーゼは、昔は我が国の一部だったのですが、一部の貴族が独立を果たしてできた国です」

元々カンダル王国はダンジョンを複数有する国だったが、ダンジョンを有する土地の貴族数名が結託して独立したらしい。ダンジョンは一つあるだけで、冒険者ギルドを誘致することもでき、商業ギルドも協力的になるとルティは説明した。独立した公国の収益の助けとなるのだろう。

響はスティアの街がダンジョンを中心として繁盛《はんじょう》していた様子を思い出しながら、納得する。

「でも、転移者か……。ちなみにその国と何かトラブルを抱えているとか？」

「まあ、それは隣国なので多少は。もしかして、転移者を気にされていますか？　私もユイを重宝していますが、国政に口出しできるほど影響力はないですし、それはフォーゼも同じかと」

（まあ、だからと言ってな。何かの計略の一端ってことも考えられるし、頭の隅《すみ》に入れておくか）

響は頷きながら、飲み干したカップを水魔法で洗浄し、バッグにしまう。ある程度聞きたかった話はできた。この後の行動について話そうとしたところで、ルティの様子に気付く。

ルティは手に持っていた別の薄い本で口元を隠し、上目遣いで響を見ていた。

何かを期待する視線に響はたじろぎ、身を引きながら望みが何か訊ねる。

ルティは我が意を得たりと華やかに笑うと響に薄い本を差し出した。表紙を響はじっと見る。サラリーマンなのだろう、スーツ姿のおじさんが、若い男にネクタイを掴まれているイラストだった。

「……これが、何か？」

「いろいろ情報提供したか思います。お返しにお願いがあります」

指を絡めるように両手を組んだルティは、頬を赤らめながら響を見つめた。

「その、ちょっとヒビキさんに雰囲気が似ているんです、この本の主人公」

冴えないサラリーマン風のおじさんを指しているのだろう。

似ていると言われてもあまり、いや、かなり嬉しくない。

だがルティの瞳の輝きは留《とど》まることを知らないようだ。

「それで、ですね。少々お願いが……」

響はルティの頼みごとについて概ね把握できたため、難色を示し呻《うめ》いて抗議する。

だが、ルティは可愛らしく小首を傾げて、響を下から覗き込んだ。妙な趣味のせいで忘れかけていたが、美女の甘える仕草に響は息を飲む。ルティはダメ押しの如く、拗《す》ねた視線を響に向けた。

「ダメ、ですか？　せっかく同じ部屋になるように仕組んだのですが……」

響の精神を効果的に追い込むルティに、響はただただ溜息を吐くしかできなかった。


響とルティが同じ部屋になり、何か話し込んでいるのはわかった。

予想通り宿の壁は薄く、聞き耳を立てると話し声が微かに漏れる。

普通の会話をしていたようだが、急に雰囲気が変わった。

とても気になった。これはあくまでルティの護衛のためだ。状況把握は仕方ない。

「……ただいま戻りましたー……、ユイさん？　何をされてるですか？」

一階の食堂の人たちに話を聞きに行くと、部屋を出ていたシェルさんが部屋に戻ってきた。

なんの情報収集かは教えてくれない。響の命令だと言っていた。何か企んでいるのだろうか。

「あの、ユイさん？　そんな姿勢で何を？」

シェルさんが近付いてきて不審な声をボクにかけてきた。

ボクは今ベッドに座り壁に耳をあてている。見るからに怪しいのはよくわかる。

だって仕方ないじゃないか、隣の部屋でルティと響が二人っきりなんだ。

気になるじゃないか。

ちらりとシェルさんを見ると呆れたような視線をボクに向けていた。

ボクは仕方なく壁から耳を離してシェルさんに向き直る。

「響たちが変なことしてないか気になるじゃないか」

「ご主人さまですか？　ルティさんとお話しされているだけですけど……」

「なんで、わかるの？」

「シェルは獣人ですので、これくらいの壁なら話し声は聞こえます」

どこか自慢するように語るシェルさんの耳を見る。

イヌ族の耳は元気に立っていた。響たちは小さな声で会話しているので、正直壁越しでは聞きづらかったから、聞こえているならシェルさんに確認した方が良いのかも知れない。

「……お話って大丈夫？　変なことしていない？」

「変なことがよくわかりませんが、特に。そうですね、『薄い本』とかそんな単語が」

なんて会話をしているんだろう。

ルティの趣味の話をしていることは容易に想像できた。巻き込まれてしまったのか、可哀想に。

ボク自身は深くは知らないけど、まあ多少の知識はあったから、ルティの秘蔵の本もたまに読むくらいで……。うん特にボクはそっちの趣味はないけどね。ちょっとドキドキはするけど、多分違う。

「大丈夫なのかなぁ……」

ボクは響の身を案じて呟く。シェルさんは首を傾げていたけど、あるときから目が険《けわ》しくなった。

「ど、どうしたの？」

「……ご主人さまとルティさん、お二人の声のする位置が近くなりました」

どういうことかわからない。おかしい。ルティの趣味の話だとすると接触するなんてありえない。

男の人同士がイチャラブするのを楽しむ話のはずだ。……いや、どうだろう。違うかもしれない。

まさかとは思うけど、ルティの趣味を矯正《きょうせい》し、本当の男性を教えようとしているとか？

響が？　まさか。そんなことするだろうか？

いやでもルティは美人だ。響だって男の人だし、可能性はある。

自分でもおかしな思考に捉《とら》われ始めているのは理解していたけど、シェルさんの顔が険しいのがボクの思考を加速させる。徐々に険しさを増すシェルさんを見ていると心がざわつく。

「……ねえ、シェルさん。響たちは何を話しているの？」

それでもまだ勘違いの可能性がある。念のため、響たちの会話内容の続きをシェルさんに訊ねる。

シェルさんは頬を膨らませながら教えてくれた。

「えっとですね、『初めてなんだ、あんたの全部が欲しいって気持ちは』とご主人さまが」

よし。ボクは立ち上がる。猛然と扉を開けて隣の部屋に向けて駆け出す。

シェルさんもボクについてきた。彼女も気になっているんだろうな。気持ちはわかる。

部屋の前に立ったボクはドアノブに手を掛けて躊躇う。

踏み込んだとして、誤りだったら気まずい。でも誤りではなかったときは後悔するだろうし。

確認がもう一ついるのではないだろうか。ボクは後ろのシェルさんを見つめる。

シェルさんは意を汲んでくれたのか、部屋の中の会話を教えてくれた。

「……えっとですね。『嫌々だったくせに、キス一つでそんな顔するんだな』ですって」

「響っ‼　ルティに何してるんだっ‼」

ボクはドアを蹴破《けやぶ》るように開ける。穏便じゃない台詞だ。さすがに衝動が抑えられなかった。

「……あれ？」

ドアを蹴った姿勢でボクは固まる。

ベッドに座る響がいた。その膝の上にルティが乗っている。

それだけで、十分激昂する案件なのだが、響の顔を見て状況が違うことがわかる。

響の顔はとてつもなく疲れ果てていた。

おかしい。逆にルティは頬を紅潮させている。状況が見えない。なぜ響は憔悴《しょうすい》しているんだろう。

先ほどの言葉と繋がらない。シェルさんが嘘を吐くとも思えない。

そうでなくてはシェルさんが顔を嫉妬《しっと》で歪めるなどしないはずだ。

事実だとすると、響があんな言葉を出した原因を探す。

すぐに気付いた。響は本を持っていた。子供に読み聞かせるように、抱えたルティの前に本を持っている。残念なことに、ルティの秘蔵の本だ。

「……ねえ、ルティ。何してるの？」

「素晴らしいんです！　ヒビキさんに朗読してもらっているんですけど、凄いんです！」

朗読とルティは言った。響は薄い本の台詞をルティに読んであげていたらしい。どうせ響から読み出すとは思えない。ルティが何かと引き替えにおねだりしたのだ、とピンときた。

「わかってらっしゃる男性が読まれると、こんなに雰囲気が変わるんですねっ！　感動しました！」

興奮するルティの姿に頭を抱えたくなる。

ごめんね、響。こんな子じゃなかったんだ、本当だよ。

転移者の情報を得るためにいろいろ集めて聞いていたら、なんか変なのが混ざってて、ボクが気付いたときにはこうなってて、本当ごめんよ。

そうだ、申し訳ないと思う前に、まず響を解放しなくちゃ。

「耳元で囁かれる素敵な台詞、息づかい、ああ、生きてて良かったと思う程に！」

「と、とりあえず。興奮するのはわかったから響から降りなよ」

「え、もうすぐ良いシーンなのに」

「余計にやめてあげて」

響から本を奪い取り、ルティを横から押すと、こてんとベッドに倒れる。

響の顔を恐る恐る眺めると、響はうつろな瞳でどこかを見て、うっすらと微笑んでいた。

「……ふふふ、いいよ来いよ、もっと来いよ。いくらでも読んでやるよ……」

変なスイッチが入ってしまっているらしい。かなり疲れているようだ。

響の座るすぐ横を見る。ベッドに本が三冊積まれていた。読んだのか、これから読むのか。

響の憔悴具合に、思わず目頭が熱くなる。こんな辛いことに巻き込んで心底申し訳ないと思った。

「ごめん。ごめんねっ、響!!」

思わず抱きしめてしまう。響は身動きもしなかったが、次第に力が抜けていき、震え始めた。

本当は辛かったのか、響の顔はボクの胸に顔を預けるように脱力していく。

「なんだよ、ルティ」

響の頭を撫でながらルティを睨むように見ると、ルティは口元に手を当てて笑っている。

「いえ、ヒビキさんにお優しいなと」

……妙なことを言う。

こんな疲れ果てた響を見て、優しくしないとか普通はできないだろうに。

だけど、どうなんだろう。端《はた》から見ると、どんな風に見えているんだ。

ふと気になって首を動かす。

シェルさんが立っていた。凄い笑顔だった。穏やかな雰囲気は微塵《みじん》もないけど。

心胆《しんたん》を寒からしめる表情とはこんな顔を言うのか。

怯えながらじっと見ていると、シェルさんは口を開いた。

「ユイさん、もう良いんじゃないです？」

「な、何が？」

「ご主人さまも、だいぶ落ち着いてきたです。そのように抱き留めてあげるのも、そろそろ」

言われてみれば響の震えが収まってきた気がする。落ち着いたのかな？　ボクは腕の力を緩めた。

途端にシェルさんに響の頭を奪われた。

落ち着いてきたのに更に抱き留める意味はあるのだろうか？

よく見るとシェルさんは鼻をヒクヒク動かしているように見える。シェルさんは先ほどルティが座っていた太腿に座り、響の頭を強引に抱えている。

何をしているんだろう。匂い？　匂い付けをしているのかもしれない。

それにしても響の首が辛そうだ。いや、腕の隙間から見える響の顔を見るとそうでもないらしい。

ちょっと口元が緩んでいる。……もしかしてボクのときもあんなスケベそうな顔をしていたのだろうか。ちょっと後で折檻《せっかん》が必要かもしれない。

「たしか……対面座位という名前でしたか」

ルティがなんか言っているけど、聞いちゃいけない単語な気がする。無視しよう。

響とシェルさんを半目で見ていると、シェルさんが耳をぴくりと動かした。

響の口元が動いている。何かを伝えているようだ。

なんの内緒話かわからないけど、シェルさんの顔が真面目なものになったから、それなりに大事な話なんだろう。何度か頷くシェルさんの様子に首を傾げる。でも、特に気にしないことにした。

ボクも主の相手をしようと思い、ルティを見る。ルティはベッドに座り直し、本を整理していた。

「馬車を破棄しても、その本を持ってきてることにびっくりだよ」

「大事な本ですからね。手放しませんよ。ユイもよく読むじゃないですか」

ルティは舌を出して可愛く笑う。なんてことを言うんだ。響が誤解したらどうするんだよ。

響をちらりと見ると、シェルさんの胸に顔を緩めたままだった。……やっぱり後で折檻しよう。

「……そ、そんなに読んでないよ」

「あら、隠すんですね。あらあら」

「うるさいよ。もう、小鼻を広げないの。王女なんだから」

にやけだしたルティの顔にむかついたから、ボクはルティの鼻を摘まむ。

なぜかルティは色恋の話になると鼻が膨らむ。

普段はできない話題だからといっても、もう少し我慢して欲しい。

「いいじゃないですか、ユイの前と、理解のある人の前でしかしませんよ」

「響だから良いものの、無防備だよ、本当。もう少し取り繕ってよ……」

「はあい」

子供っぽく返事するルティの顔にチョップを落として溜息を吐く。ルティはボクの前だと王女の仮面を取り外してふざけ始める。いつもいつもフォローを気にして疲れるよ、まったくもう。

友達として信頼してくれてるって嬉しいけどさ。

気付けばルティがボクの顔を見て笑っていた。ボクは無言で自分の顔を触る。

……なるほど、笑っていたみたいだ。

「むう。なんだよ」

「いいえ。苦労を掛けますが、よろしくお願いしますね」

口を尖らせて苦情を言うと、ルティはなんにも気にしてないかのように笑った。

苦労という言葉に今の状況を思い返す。盗賊に追われる身となった。本当に大変な状況だ。

でもルティの顔には不安そうな様子が全くない。なんでそこまで気楽にいられるんだか。

いいさ、大変なことに巻き込まれたけど、響もいるし尽くしてあげるよ。

——大事な友達なんだからさ。


響は宿の裏側に立っていた。

壁に背を付けた響は腕を組み、静かに空を見上げる。満天の星が広がる夜空を見ながら、知っている星座を探す。だがどこか違う星の配置に、異世界であることを実感する。

「ご主人さま」

シェルの声に響は顔を下げる。シェルが周囲を警戒しながら歩いてきていた。

壁から背を離し、響は身体をシェルに向ける。

「周囲に人は？」

「いないと思うです」

シェルは耳と鼻を一度動かし頷く。それでもどこで聞き耳を立てられているかわからない。

夜になり視界が悪くなるまで待ったが、誰かに唇の動きで会話を読まれることもあり得る。

考えすぎだと思うが、対策をして損はない。響はシェルの腕を取り、壁際に移動させる。

身体を支えようとシェルの顔の横の壁に手を当てる。小声で会話するためシェルに顔を近付けた。

「一応、念のため、な」

「は、はい……」

シェルの尻尾がはたはたと振られている。周囲は暗く、顔色まではわからないが嬉しそうな様子のシェルの姿に響は片眉を上げたが、まずは情報収集の結果を確認しようとした。

「村の人からわかった情報は？」

「はい。いろいろと」

シェルには村の人たちと話をしてきてもらい、様々な情報の収集を頼んでいた。

その結果わかったことは実に豊富な内容だった。

ダチョウ盗賊団が最近この近辺に現れたばかりであること。

他に名の知れた盗賊団がいて、その盗賊団のアジトがこの村の近辺にあること。

つい最近、冒険者が二人村に訪れ、彼らが盗賊の討伐を目的としていることがわかった。

「……やたら詳しく教えてくれたんだな」

「皆さん、親切でした。盗賊さんが変な動物に乗っていたのを見たと言ったら、どんどん教えてくれて。ちょっとびっくりしました」

シェルは笑っているが、響としては顔を引き締める内容だった。

村が小さいことはわかっていたが、村の外部から来た人間はとても目立つのだろう。

既に響たちの情報も多く出回っていると思われた。

長居をすればするだけ、外に情報は漏れていく。

(明日にでも出発するべきだな)

ルティの情報はどの程度回っているのだろうか。響は不安になり、それも確認する。

「ルティさんのことは、特に。綺麗なお嬢さんだったねぇという話が挙がっていたくらいです」

「第三王女の話はどのくらい出回ってるんだろう？」

「そうです、ね……。盗賊や誰かに狙われているという話は聞きませんでした」

シェルは話しながら響から目を逸らす。響はシェルの様子に不穏な空気を感じ取った。

ルティに関する良くない情報を聞いたのだろうか。響は続きを言うように視線で促した。

「その……、第三王女については概ね好意的な話でした。暮らしが楽になったとか、感謝の声が多かったです。ただ、ちらほら否定的な話も聞こえてきて」

「……否定的？」

「その、嫌悪的ともいうのでしょうか。妙な思想にハマっているという話が、ちょっとだけ」

ルティが男色を好むという噂が一部で出回っているらしい。

響は顔を顰めた後に、妙だと感じ考え始めた。確かにルティは男色の物語を好んでいる、それは昼間の会話のやり取りでも痛感した。

（でも、この世界の一般常識では男色なんて、認知されていないはずじゃなかったのか？）

それに、件《くだん》の情報は限られた人間のみに公開していたはずだ。

そのための謎の問答をルティは準備していた。他の王位継承者が霞むと言われるほど出来のいいルティが、何の対策もせずに秘密を知った人間を放置するとは思えない。もちろん響たちも今後、ルティの側から離れたときにはなんらかの口止めを強要されるだろう。

（となると、おかしい。どこからその情報が漏れるんだ）

自然と漏れるのでなければ、誰かが意図的に、悪評となるように意識して流したことになる。

結衣が言ったようにルティは、悪い状況下に置かれている。盗賊に狙われ、悪い情報が意図的に第三者に拡散され――次はなんだ？

（……何か、妙なことになりつつあるな）

軽い気持ちでルティと結衣の護衛を受け持ったつもりはなかったが、取り巻く環境が悪いことを知ると溜息を吐きたくなる。心の疲れを無意識に癒やそうとしたのか、響は気付くとシェルの頭に手を置いていた。昼のことを思い出し、耳の周囲に注意しながら撫で始める。

「情報収集ありがとうな。思ってた以上に集まった」

「はいっ、ありがとうございます！」

喜ぶシェルの頭を撫でながら響は明日の予定を考える。村で入手できる情報はこれで十分。気になることは増えてしまったが、差し迫った問題として盗賊対策がある。

（門番も、シェルの話でもダチョウ盗賊団は新参と言ってたな）

ダチョウ盗賊団を捕まえて、何が目的なのかを吐かせるか。それとも新参の盗賊団が知っている情報は古参の盗賊団も得ていると仮定し、先に古参を問い詰めに行くか。

（先にダチョウの連中で、奴らが見つからなかった場合は古参の方に行くか）

古参の盗賊団を討伐するために冒険者が来ていると聞いていた。

彼らと合流して話を聞くのも一つの手かもしれない。

すること、そしてできることは多かった。

（ま。頑張りますか）

響は再度空を見上げる。先ほどと変わらない星空を見て、明日への行動について気合いを入れる。

「……ところで。ご主人さま？」

響の手の下で、シェルが頭を動かした。響が視線を下ろすと、シェルが笑っていた。

「やっぱり、ルティさんと同室で眠られるですか？」

声色が冷たい。響は背筋をひやりと冷やしながら狼狽《ろうばい》しているとシェルの表情が変わった。

唇を僅かに突き出した拗ねるような表情に、響は目を瞬かせる。

「その、ご主人さま。ルティさんと一緒のベッドにならないように注意してほしいです……」

「え、ああ。うん大丈夫。それは、俺が大変になるし」

「……本当、シェル以外にはダメですからね？」

（なんの話だ、なんの……!!）

案じるようなシェルの懇願に苦笑しながら頷くと、響はシェルの頭から手を離す。

シェルの発言で思い出した。

これから朝を迎えるまでルティと同じ部屋で過ごさなければならない。

びっくりするくらいの美人と部屋を共にするのだから、安眠できるとは思えなかった。

（長い夜になりそうだなぁ……）

長く深い溜息を吐く響の頭上で星が流れていった。

見上げた空は雲一つなく、明日の晴天を予感させる。

響の気など知らず、シェルと見る夜空は時たま星が流れ、とても綺麗だった。

第3章「童貞と王女を巡るトラブル」

End Of The Unrequited Life

「シェル、この辺に昨日のダチョウの臭いってする？」

翌日、村から出た響はシェルに訊ねる。

一同がいる場所は街道であり、道に沿って木が立ち並んでいた。遠くには煙が上っている。炭焼きでもしているのだろうか。見覚えのある木の形も見えた。

昨日まで響が歩いていた森にも繋がっているようだ。

村人の話によると、朝、村を出て街道沿いに歩くと昼くらいには寂《さび》れた屋敷に到達するとか。

貴族の別宅として建てられた大きな屋敷だが、使用しなくなって久しい。管理者不在で放置され、今は古参盗賊の根城として使われている。

(四十人くらいらしいけど……、この娘たちを守りながら戦うのは避けたいところだな)

シェルはともかく、結衣とルティを護衛しながら四十人近くの盗賊を相手するのは骨が折れる。

だから先に、ルティを襲ってきたダチョウ盗賊団を捕まえたかった。

あわよくば周辺にいれば捕まえるつもりだった。

しかしシェルは顔を上げて鼻を動かした後、響の顔を見て顔を横に振る。

「この近くには……。残り香《が》も感じられないので、ここには来たことがないのかもしれません」

「まあ、そりゃそうだよなぁ」

盗賊というからには、通行する行商や街や村から盗みを働いているのだ。

獲物の数は限られている。縄張り争いを考慮すると新参者が近寄らないのも無理はない。

（でも、それはダチョウ盗賊団より強いってことかもしれないから、楽観視はできなくなったけど）

ルティの護衛を分断し、結衣とルティの馬車のみを追う手腕からすると、ダチョウを得た盗賊団の攻撃力は、それなりに高いと考えていた。古参の盗賊団はそれよりも強いのだろうと推察した響は、戦闘となった際の面倒を思い浮かべ溜息を吐いた。

「仕方ない。できたら襲ってきた盗賊から話を聞いた方が早いと思ったけど、古参の方を狙うか」

「盗賊のアジトに殴り込むつもり？」

響のぼやくような言葉に結衣が反応した。響はルティを見ながら結衣に答える。

「ああ、このまま何もわからないまま、事態が変わるのを待つのは得策じゃない」

ただ待つのみでは、盗賊に襲われたときに後手に回る。

常に警戒を続けるのは、精神が疲弊《ひへい》していく。

護衛に慣れていない響やシェルだけでなく、護衛対象のルティ、そして結衣も疲労が蓄積され、致命的なミスを犯す可能性がある。それならば、飛び込んで情報収集を強引にでもした方が良い。

もし外れでも、盗賊討伐により報酬を得られるはずだ。

「虎穴《こけつ》に入らずんば虎子《こじ》を得ず、ってヤツだな」

「うう、虎の子なんていらないけどなぁ」

肩を竦める響に結衣は情けない声を上げるが否定はしない。

結衣も状況を理解しているようだ。

「まあ、なんだ。聞くところによると冒険者が二人、盗賊の討伐に動いているらしいし。協力をこじつければ楽になるだろうさ」

「冒険者の情報は持っているの？」

「若い男女だってさ、二十歳やそこら。シェルが聞いてきた噂によると二人とも武器を所持していないらしいわ。なんだろうな、どうやって盗賊と戦うつもりなんだろ？」

村人がシェルに話した内容では、剣や短剣はおろか鎧《よろい》すらも着ていなかったらしい。

ただの旅装束《しょうぞく》でふらりとやってきたそうだ。

響たち同様村人から盗賊のアジトについて聞いて去って行った。

「うーん。魔法を中心で戦う魔法師なのかなぁ。でもこっちの冒険者だったら、もう少しバランスの良いパーティを組みそうだし。変わり者さんなのかな？」

響の説明に結衣は腕を組んで唸る。

腕で寄せられた膨らみをちらりと確認しながら響は苦笑する。

「端から見れば俺らも相当変な集団だ。おっさんに獣人美少女、スレンダー美人にちび巨乳美少女。盗賊討伐には絶対に場違いだ」

「その呼称は本当にやめて！」

「ご主人さま」

響と結衣がじゃれ合っていると、シェルが会話を遮ってきた。

声が固く、シェルからどういった断罪が始まるのか。

想像するだけで身が固くなる響だったが、シェルの次の言葉に目を丸くする。

「……誰か来るです。二人」

鼻を押さえているのが気になったが、シェルの視線は響ではなく、その後ろに向けられていた。

慌てて響は振り返ると、街道の先に人影が見えた。

シェルの言葉通り、人影は二つ。件の冒険者だろうか、響の目では遠すぎてまだ判別できない。

「結衣。『瞳操作』で確認できない？」

「え、うん。魔法力くれたら」

「持ってけ」

響は腕を結衣に向けて伸ばすと、結衣は少し躊躇いながら響の手を握る。直後、結衣はぽそりと「やっぱり」と呟く。何かを確信するように結衣が頷くと、次第に彼女の瞳が光を帯び始めた。

『瞳操作』の効果だろう。夜間だったらどう見えるのか、赤く光る目を見て、響がぼんやりと考えていると、結衣の目の光が収まる。結衣は響を見上げて口を開いた。

「うん。男女の二人だよ。大学生くらいかな。武器を持っていないし、胸に冒険者証を付けてるから多分、話をしていた冒険者だと思うけど……」

「だけど……？」

村で聞いた盗賊退治に来た冒険者とは彼らを指すのだろうと響は考えていたが、結衣の語尾の言葉が気になった。

「あの人たち、転移者かも」

「……は？」

「肌がね、アジアの人っぽい。日本人かどうかはわからないけど、きっと転移者だと思う」

「転移者、か。それは、想定してなかったな……」

結衣は響から手を離した。『ＭＰ吸収』の行使も止めたようだ。響はルティに視線を向ける。

「すまんがヴェールかぶって。できれば素性は隠したい。どこでどうなるかわからない」

ルティは頷くと響の指示に従って顔を隠した。

結衣に視線を向けると、彼女も同じように頷く。

「ボクはヒルデってことで。結衣って名前を明かすとルティに繋がると思うから」

「名前って、そういえばルティはなんて呼ぶよ？」

「え、えっと……、なんか適当でいいよ」

「困ったこと言うな、あー。適当、適当だと？　……薔薇、ローズ。ローズで行こう」

ルティの趣味から響は仮名を決めた。

満足そうに頷くルティの様子から、気に入ったと響は判断する。

「よし、基本的に俺が話すから、それでよろしく。シェルも頼むな」

「はい！」

打ち合わせを簡単に済ませる間に冒険者たちは見える距離に近付いていた。

結衣が言っていたように若い男女である。

高校生には見えず、また大人とも言いがたい。二十歳前後の年のころだった。

響はまず女性を観察する。緩いウェーブの掛かった肩くらいの長さの髪は、紫がかった明るい紅色をしていた。紅鶸色《べにひわいろ》と呼ぶのだったかと、響は記憶から色の名称を呼び起こす。髪留めで押えているが、癖毛が左右に跳ねていた。今にも動きそうなその髪を触りたくなる衝動を抑える。

髪色に合わせたフレームの眼鏡をかけた瞳は、気怠《けだる》そうだが、観察するように響を見ていた。

(明るく笑ったら、とんでもない美少女なんだろうけど。表情が可愛さを殺してるな)

茶色の革製の肩当てに、袖がヒラヒラした服は太ももまでの長さであり、スリットから白いミニスカートが覗いていた。黒いレギンスを穿《は》く脚は細く、太もものポーチが響の目を惹き付ける。

紫色の短マントの裏地は白色でやはり可愛らしく仕上がっている。スタイルも良く、身長も16
0前後といったところか。服を押し上げる胸元を見る。シェルより僅かに大きい。

（ほぼ完璧なのに。可愛いのに、なんでこんなにやる気ねえ顔してんだっ）

なんとも残念なことだと思いながら、隣に立つ男性に響は視線を向ける。

一言で表すとイケメンだった。

眉は太すぎず細すぎず、眉目と鼻筋はY字ができあがっている。

真っ直ぐに伸びた鼻が、不思議と自慢げに見えた。

身長も高く、それでいて細マッチョと言うべきか、鍛えられた体躯。

サラサラの茶髪の間から切れ長の瞳が響を見ていた。男としての深みを身につけたら、完全無欠のいい男になることが予測されるが、若さが表情に表れている。しかし、その不完全ささえ、男の魅力となっているようだった。

（なんにしても、とにかくイケメンだ。なんちゃってイケメンじゃない。本物だ）

体格から、武器や防具を装備していてもおかしくないが、丈夫そうな旅装束を着ているだけだった。白の上衣と黒いズボンという飾りの少ない服なのに格好良く、元の素材の良さが際立つ。

紫色のマントが悪目立ちせず、むしろ似合うのも、やはりイケメンだからだろうか。

（くそっ、人生イージーモード見てえな顔しやがって、くそがあああ）

心の中で毒を吐きつつも顔にはおくびにも出さず、響は片手を上げて、口を開く。

「こんにちは」

挨拶をすると、二人は立ち止まった。女性が一歩前に出て、響の前に立つ。

「どうも、こんにちは。どうかした？」

「いえ。この先に盗賊のアジトがあると聞いたもので、少し話を聞けたらと」

「ん？　ああ、村で聞いたのかな。うん、そうだね。この先に、あったよ」

女性からは、ふわりと焦げた臭いが漂ってくる。なぜだろうか、不安を感じる臭いだった。

響は眉を微かに動かす程度で動揺を抑えると、女性に笑顔を作り上げた。

だが女性は口元を僅かに歪めた。響の動揺を見逃さなかったようだ。

「盗賊を気にするなんて穏やかじゃないね。どうかしたの？　女の子連れでこんなところにいるなんて。もしかして盗賊に売り払うつもりかな？」

「いえいえ。後ろの女性二人を護衛していまして。道中に盗賊がいるとなれば、警戒して当然です」

女性が冗談めかして口にするが、瞳は笑っていない。観察するようにルティたちや響を見ていた。

視線は響よりも、そして結衣やシェルよりもルティに向けられる時間が長い。

(俺よりも、ルティを気にしている……？　いや、顔を隠しているからか)

街道で顔を隠す若い女性を気にするのは、不思議なことではない。

単純に考えれば、隠す理由について注意が向くのだろう。

響はさり気なくルティに向けられた視線を遮るように、女性の前に立ち、手を伸ばす。

相手には握手を求めていると思われるはずだ。響は笑顔を張り付かせて口を開いた。

「ご挨拶が遅れました。響と言います。冒険者をしています。貴女も冒険者ですか？」

「ふうん。自分は香織《かおり》って言うんだ。宇野《うの》香織。この世界には、いつから？」

「半年くらい前からですね。よく転移者ってわかりましたね？」

「わかるよ。その名前に、この世界じゃ珍しい黒髪。向こうの人ならすぐにピンとくる」

香織は響の手を握りながら笑う。

転移者であると自ら明かしたのは、同郷者を懐かしく思った――わけではなさそうだった。

目は口ほどにものを言うとはよく言ったものだと、響は心中で溜息を吐く。

（――優位性を示そうとしている？　なんのために？）

香織の目は、常に響の表情を観察するかのように動いている。

僅かでも反応すると、そこに何かあると察して追及しようと考えている顔だった。

似たような視線を見たことがあると、響は思い出す。

元いた世界で上司に業務の進捗《しんちょく》報告する際に受けていたのと同種の視線だった。

少しでも不備があれば、ネチネチと責め立てられる。

それを回避しようとするが、自信のない部分については言い淀《よど》んでしまう。

その反応を見た上司から、拙《つたな》い回避を嘲笑《あざわら》うような追及の文句を受けることになった。

（あれと、同種だ。こっちの反応から何かを得ようとしている）

響はにっこりと笑いながら表情を隠すための努力を始める。

香織は響の様子に唇を動かした。舌打ちを抑えた所作に見える。

香織も笑顔を作り上げながら腕を広げ、隣に立つ男性を紹介し始めた。

「こっちは、鋼紀《こうき》。鷹村《たかむら》鋼紀って言うんだ」

鋼紀は響に対して一瞥《いちべつ》しただけで、すぐに目を伏せ、腕を組んで立ったままの姿勢を続ける。

響と挨拶を交わす気はないようだ。響も目礼するとすぐに香織に視線を戻した。

「失礼だけど響さんって、おいくつ？」

「三十二です。そちらは？　二十歳前後かなと」

「二十歳だよ。意外と歳食ってるね、なんかサラリーマンとかしてそう」

「ご明察です。サラリーマンをしていました」

「やっぱりねぇ、くたびれたリーマンってイメージがしたもん」

ケラケラと笑う香織に、響は曖昧《あいまい》な笑みで応える。

甚《はなは》だ失礼な発言に思えるが、響自身が同じ感想を自分に持っている以上、否定できない。

「自分でもそう思っていますからね。長年染みついた空気が中々抜けません」

「あははは。なるほどねえ。今度機会があったら、モチーフになってよ？」

「モチーフ、ですか？　何か絵でも描かれているので？」

「ちょっと趣味でねぇ。そうだねぇ、こんなの書いてるんだよ」

香織はにやりと笑うと、背負っていたバッグから薄い本を取り出した。

見たことのあるタッチのイラストである。昨夜ルティにせがまれて読んだ本と同種の物だった。

思い出し、つい頰を引き攣らせてしまったが、直《ただ》ちに表情を笑顔に戻す。

だが香織の口元が僅かに歪んだ。

「ふうん。ＢＬ本を初見の反応じゃ、ないね？　もしかして、見たことあるんだ？」

「……ごめんなさい、自分は、普通の趣味ですよ？」

「いや、いいよいいよ。ところでリーマンさんは、活動拠点はカンダルなのかな？」

「今のところはそうですね。いつか他の国にも行ってみたいと考えてますけど」

「ふうん。自分は、カンダルと隣国のフォーゼを行ったり来たりしてるんだ」

「へえ。それはそれは」

「ああ、そうだ。せっかくだから、もう少しお話していかない？　隣国の情報を教えてあげようか？　その代わり、この辺であった出来事とか教えて欲しいな。――他の盗賊の目撃情報とか、ね」

香織の言葉に響は背筋を冷やす。おそらくダチョウ盗賊団のことを聞いたのだろう。

盗賊討伐に来た冒険者のようなので、不思議はないはずだ。

しかし、先にＢＬ本を見せて、響の反応を確認した。

顔を隠した不審な女性を連れていることも目撃されている。

香織の行動が、不思議と引っかかった。

（勘が鋭いのか？　まだわからないが、これ以上接触しない方がいい）

響は咳払いを一つすると、香織の顔を見てにっこり笑顔を作り上げる。

「いえ。我々も先を急ぐもので。お引き留めしてしまって、すみませんでした」

「……ふうん。まあ、良いけど。こっちこそごめんね。急いでいるのに話を聞こうとして」

「いえいえ」

「ああ、この先の盗賊団は潰したけどさ。気をつけてね？　他にも危険はあるからね」

香織は響の断りに唇を歪めると、響に助言じみた言葉を贈った。

響は軽く頭を下げる。内心は別の感情に満ちていたが、それを香織に見せても得はない。

「重ねて感謝を。では我々はこの辺で。シェル、ヒルデ、ローズ。行きますよ」

響はシェルたちの名前を呼ぶと、街道を先に進ませる。最後尾に響が立ち、香織たちを観察する。

香織は響に小さく手を振っていた。同時に口元が小さく動く。

鋼紀が反応したということは小声で会話したのだろう。響は最後に一礼し、その場を後にする。

歩く速度を上げ、先行するシェルに近付き耳をよせた。

「シェル、あいつらの会話聞こえた？　最後なんて？」

イヌ族の耳ならば、この距離でも香織たちの会話を捉えられると考えた。

響の思惑通り、シェルは頷き、把握済みだと応える。困り果てたように響の目を見返した。

「短いです。それに、意味がわかりませんでした」

「それでも良いよ、なんて言ってた？」

「『サーチ、アンド……わかるよね？』だそうです。なんのことだか……」

響の質問にシェルは香織の発した言葉をそのまま答えた。

響は目を瞑り、こめかみを押さえる。誰に向けた言葉か、響は理解した。

鋼紀に向けた指示と共に、敵に向ける言葉だった。

「わかった、ありがとう。いつも助かるよ。……そういえば、シェル？」

響はシェルの頭を撫でて礼を言うと、ふと気になっていたことを思い出す。

香織との会話の最中、シェルが鼻を押さえて黙っていた。

普段から響が他の人物と会話している間は黙って傍《かたわ》らに立つので、今回のように沈黙は不思議ではない。だが、鼻を押さえていることが気になった。

香織たちからは焦げた臭いがしたが、それ以外にもシェルの鼻は何か感じ取ったのかもしれない。

「あいつらから、変わった臭いでもしたの？」

響は軽い気持ちでシェルに聞いたが、シェルは表情を曇らせた。

「……酷い臭いでした」

「酷い？」

「いっぱいの人の内臓と血の臭いと、それが焦げた、もう嗅ぎたくない臭いでした」

シェルの言葉に響は沈黙する。見た目に血の痕《あと》はなかったが、直前まで血に塗《まみ》れていたようだ。

香織の言葉からすると、盗賊団の末路がどうなったのか容易に推測できる。

響は街道の先を見る。遠くに煙が上がっているのが見えた。

さっきまでは炭焼きでもしていると思ったが、最早そのような暢気《のんき》なものに見えない。

あそこがおそらく、盗賊のアジトがあった場所なのだと響は思い至る。

（目印になって、歩きやすい。そう思うとしよう）

調べても何も残っていないかもしれない。だが、見ておこうと思った。

香織と鋼紀の交わしていた短い会話。『サーチ、アンド』その続きに来る単語が推測できていた。

（あいつらは、多分今から調べ始めるはずだ）

響がルティを連れていることを推測していたと思う。確信を得たならば次に打つ手は、

（見敵必殺。サーチ・アンド・デストロイ。敵と見做《みな》したら必ず殺す、か）

香織が敵対するのか否《いな》か、それは不明であるが、響は警戒しながら立ち上る煙を陰鬱に眺めた。

「これは、ひどいな」

盗賊の根城だった貴族の屋敷は、全焼していた。

大きな屋根は炭と化し、柱と壁を潰している。

所々、柱としての存在意義を主張するように柱が焼け残っていたが、叩くと砕け崩れ落ちた。

（シェルや、結衣たちを連れてこなくて正解だったか）

周囲を見渡し、響は嘆息する。

燃えるものがなくなったためか、目に見える火はなかった。

口元と鼻を布で覆った響は、顔を顰めながら近くの屋根の残骸を蹴る。残骸が移動した下には、手だったものがあった。助けを求めるように伸ばされた真っ黒になった腕が、残骸から生えていた。

(酷い、臭いだ)

充満する煙の中に脂の臭いすら感じ取れる。

間違っても食欲は刺激されない。しばらく食事に辟易《へきえき》しそうだと思いつつ、探索を続ける。

目的は生存者がいれば助けること。いなくてもなんらかの情報が得られるかもしれない。

本来ならば人手が必要で、一人で行うべきではないが、人の死に塗れた空間にシェルたちを招き入れたくなかった。彼女たちは今頃、森の中で周囲を警戒しつつ、待機しているだろう。

合流する際、シェルの鼻なら響の接近を把握できるはずであり、結衣が付けた『首輪』も響の位置探知に有効活用できると判断してのことだった。

(……しかし、ここまで徹底的に焼き尽くした理由はなんだろうか)

響はこの残虐極まりない仕打ちについて考え始めた。

ただの討伐ならば思い至らなかったはずだ。

この異世界では、冒険者にとって盗賊は魔物と同列に扱われる。村や人を襲い、害をなす存在。それゆえに人としてではなく、ただの討伐対象となる。殺害することについては思うところはあれど、不思議には思わない。皆殺しにすることも、おかしくはないだろう。

根絶やしにしないと、近隣の村や町に害があるのだから。だが、

(ここまで焼き尽くす理由は、いったいなんだ?)

使われていないとはいえ、屋敷を崩壊させるまで焼き討ちする必要とはなんだろうか。

響は焼け跡を探索しながら考える。

二十歳前後の思春期から抜けきれない未熟な感情から来る、破壊衝動をぶつけたのだろうか。

それとも香織と鋼紀の奥底に眠る狂気が現れたのだろうか。

（――それはない）

響は香織との会話を思い出す。

言葉だけでなく交わした視線や仕草の探り合い。

そんなことを初対面の人間に行うような猜疑心《さいぎしん》の強い人間が、果たして無駄とも言える破壊を感情に任せてやるとは到底思えない。

（あれは、……そうか。似たようなものなのかもしれない）

響はルティの護衛という観点から、香織と相対する際は警戒して会話した。

どこでどんな情報が漏れるか不明である以上、隠すことは必然だ。

だが香織も警戒していた。自分が同じ状況だったらと規定すると、不思議と納得できる行動である。

相手がなんらかの警戒や隠しごとをしていれば、身構える。

それは当然だ。そこから、どのような攻撃が来るか、目に見える情報から防御策を練る。

（それにしても、警戒慣れしすぎだろうが。どんだけだよ）

僅かな態度から即警戒する仕草を思い出し、響は思わず苦笑する。

しかもそれを相手に悟らせないため流れるように笑顔で武装することも考えると、慣れ親しみすぎているとしか思えなかった。

（虐《しいた》げられてきたか、虐げてきたか。どっちなんだか知らんが、頭脳派の人間がする行動だと……）

響との会話でも香織が前に出てきたことから、二人組の主導は香織が行っていると推測できる。

行動方針を香織が指示するならば、焼き討ちには意味がある。

跡を残さないほどに建物ごと潰す理由とは何か。

響は残骸を掘り返しながら考える。生存者はやはりおらず、遺体が掘り起こされるだけだった。

他には家具や武器、食器など燃えない物が発掘されるだけである。

意味がどれほどあるのかはわからなかったが、それでも響は探索を続けた。

（燃やす、屋敷の破壊、皆殺し……）

建物の外周部には燃え残りが殆ど見られない。中央部には燃え残りがちらほらと見られた。そして遺体も中央部に集中している。

外周部の火の勢いを物語るのか、五体満足な遺体は殆どない。折り重なるように倒れる姿が幾つか見えたが、それでも黒焦げとなっていた。

半ば炭化した遺体は脆《もろ》く、力を込めて引き上げると砕けてしまう。

瓦礫《がれき》を丁寧に掘り起こす作業を何度も繰り返し、遺体の数をカウントし始めて三十を超えたとき、妙な遺体を見つけた。五、六人の遺体の下、何かを抱えるように倒れていた。

黙祷《もくとう》を僅かにささげた後、遺体を除けると頑丈な箱が出てきた。鍵は掛かっていない。

響は背負った剣を抜くと、警戒しながら箱の蓋を止めていた金具を破壊し、開けてみた。

「――そういうことか」

「どういうことだ？」

響が振り絞るように呻いた言葉に、反応する声があった。響は振り返った先には、男が紫色のマントを翻《ひるがえ》して立っていた。頭部にはどこで手に入れたのかわからないがフルフェイスのヘルメット。

顔を覆うシールドはミラー加工しているため、男の顔はわからない。が――。

「……やあ、先ほどぶりですね。鷹村鋼紀さん、でしたっけ」

「なんだよ、俺が誰かわかんのかよ」

「マントくらい外してくださいよ。体格とマントが同じで、更に声が同じ。そこまで条件が揃っていれば誰でもわかりますよ」

響が指摘すると、鋼紀は腕を広げながら肩を竦めると、ヘルメットを投げ捨てる。

髪を掻き上げる何気ない仕草が格好良かった、どことなく腹立たしさを覚えつつ、響は箱の中に入っていた物を左手で拾い上げる。

「で、教えてくれよ。おっさん。何を知った？」

「そうですね。貴方たちが盗賊相手になぜ徹底的な仕打ちをしたのか、その理由でしょうかね」

ぴくりと僅かに身体を震わせた鋼紀を横目で見ながら、響は瓦礫の積もった足場を慣らす。

とてもではないが不安定だ。足場の整った位置を目指して歩き始める。

「理由ってのは、何か。一応聞いていいか？」

「ええ、向こうの世界でも放火って古今東西だいたい理由ってのは決まっていましてね。貴方たちが行ったのも多分に漏れず、そのようですね」

瓦礫の少ない場所があったため、響はそこに立ち鋼紀に身体を向ける。

元々武器を持っていない鋼紀は、腕を組んだ状態のままだ。

響は鋼紀に向けて掌を向け、親指を折った。

「一つは怨恨《えんこん》。恨みを晴らすために火を付ける。二つ目は快楽。燃える物を見て気持ちが良いらしい。理解不能だが、そんな人は放火魔には多い。が、この二つはあなたたちには関係ない」

響は人差し指を折り曲げながら言葉を続ける。鋼紀は微動だにしない。

「なら、俺たちが燃やした理由はなんだっていうんだ？」

「三つ目は集団を確実に仕留めるため。直接の火傷《やけど》だけでなく、熱や煙で人は弱る。敷地の外側を包むように火を付けて、逃げ場をなくしてから範囲を狭《せば》めていったみたいですね」

「……それだけか？」

「いいえ、四つ目は、証拠の隠滅。殺害方法の隠蔽《いんぺい》、あるいはなんらかの取引の証拠を消すこと。そう考えると、皆殺しにしたことも隠蔽が目的ですかね。死人に口なしということで」

「なるほど。で、何を見つけた？」

「何ってことはないですが……、ただ手紙みたいなものですかね」

響は左手に持った紙面を鋼紀に向けて掲げる。

「いくつかの貨幣と共に遺体の中に埋もれていました。もしかしたら、と思って探していましたが、本当にあるとは思いませんでしたが」

「それが、なんの関係がある？　全く関係のない手紙かも知れないぞ？」

「どうでしょうかね。ただ盗賊という人から恨みを買うことに慣れた方々が、死に直面したとき、黙って死んでいくとは思えないですよ。間違いなく犯人に向けた嫌がらせでしょうね」

見つからないかもしれない。発掘されないかもしれない。

だが元は貴族の館をアジトにしている以上、なんらかの調査がされる可能性は高い。

だとしたら、一縷《いちる》の望みを掛けて殺そうとした者に繋がる証拠、あるいは最も嫌がる何かを残そうとしても、不思議ではない。

「さて、盗賊が頑丈な箱に入れた上で、更に身体で守った手紙には何が書かれているのでしょうね」

「さあな。なんだとしても、あんたがそれを知ることも、誰かに伝えることはないだろうな」

「おや、なぜ？」

「ここで、死ぬからだ」

鋼紀は右手を伸ばし、響に向ける。

響は肩幅に開いた両足に力を込めて、大きく息を吸った。

「『起動《スタートアップ》』‼」

響と鋼紀の魔法力起動の言葉が重なる。

響は全身から魔法力の光を溢れさせるが、鋼紀の外見に変化はない。

響は急いで魔法のイメージを固める。これほどの規模を燃やしたことから、鋼紀の持つスキルについてある程度見当はつけていた。どうやらそれは正しかったようだ。

（火魔法、だな！　やっぱり！）

鋼紀の手から大きな火球が生じ、響に向かって飛来する。急いで魔法を発動しなくてはと響はイメージを進める。火の玉から身を守るための壁。水の壁を響は思い描く。火球が近付き、熱が肌を焼き始めるころ、イメージは完成する。歯車が噛み合うような感覚と共に大量の魔法力が消える。

（間に合った！）

目の前の地面から壁のように水を噴き上げさせる。

響は大きく後ろに跳躍しながら、安堵したように息を吐く。だがすぐに顔を引き締める。

同じような火球が何発も飛んできた。予測していたより鋼紀の魔法は発動するまでの時間が短い。

魔法の打ち合いになれば、そのうち響の手が追いつかなくなる。

響は水魔法で相殺《そうさい》し、回避しながら、鋼紀との差に歯噛みした。

（スキルの差なのか？　いや違う⁉）

響の有する水魔法のスキルはレベル∞だ。

鋼紀の持つ火魔法もおそらく∞と推測できる。レベルの差ではないはずだ。

魔法発動短縮という類《たぐ》いのスキルを持っている可能性もあるが、今考えても仕方ない。

響は距離を取りながら対策を練る。

(魔法合戦では、俺に分《ぶ》はない。鋼紀と俺との違いは、武器の有無だ)

響は右手の剣をちらりと見る。

折れず、欠けず、切り味を鋭いまま使用できる魔剣。欠点は意識が狂気に囚《とら》われることだが、特殊能力を発動しない限りその現象は起きない。響はそれを二本所持していた。

一本は手に持っている青い刀身の『剣舞魔刀《アブソーバー》』。振れば魔法力を回復することのできる魔剣だ。

魔法での戦いでは、この剣ほど便利な物はない。戦闘能力は腰のもう一振りの方が高いが、特殊能力を発動してしまったときの狂気は『剣舞魔刀』の方が穏やかだ。

(今は『吸生血刀《ブラッディソード》』より、こいつの方がいい。うっかり発動したとしても、耐えられる)

響は剣を構えると、鋼紀に向かって駆け出す。

飛来する火球の弾幕を切りながら距離を詰めた。

鋼紀は武器を所持していない。ならば近接戦闘に対する備えがないはずである。

響を近付けまいと弾幕を張り続ける鋼紀の行動から、響は己の予測が正しいと確信し、走る速度を上げる。同時に火球を避けながら攻撃のための魔法のイメージを固める。

身を下げて火球を回避した響は、イメージを解き放つ。

大きな水球が鋼紀の顔の前に生まれた。

鋼紀の視界を塞ぐ水球に隠れながら、響は鋼紀との距離を一気に詰め、跳躍する。

響には気付いていない。剣を振り被る。鋼紀の顔が動いた。

気付いたとしても、響の剣を防ぐことも避けることもできない。そのような距離。

響は己の攻撃の成功を確信する。

（もらった）

剣を大上段から一気に振り下ろした。

だが響いたのは鋼紀の悲鳴ではなく、金属音だった。

鋼紀の右腕に装着されていた籠手《ガントレット》に、響の剣は妨げられている。

響は目を大きく見開いたが、行動は止めない。

剣を戻し、その反動を利用し蹴りを放つが、その蹴りも鋼紀の籠手に防がれた。

舌打ちを一つした響は、蹴り足に力を込めて、飛び退く。

（なんだ、あの籠手は）

響は鋼紀の籠手を睨む。

重厚な輝きを放つ籠手は鋼紀の手首から肘までを包んでいた。

（魔剣をあっさり弾く？　傷すらつかないって何でできているんだ、あの籠手は？）

魔剣は切れ味が鋭く、大抵の金属に負けることはない。金属よりも硬い竜の鱗《うろこ》すら切り裂くのだ。

だが、鋼紀の籠手は傷一つ付かず、美しい光を放っていた。

（光だと？）

鋼紀の籠手が青みを帯びた光を放っていた。光は徐々に強さを増し、煌々《こうこう》と輝き始めた。

見ることが辛くなるほどの光量となったとき、鋼紀は喜色に満ちた声を出した。

「おっさんよー、魔法合戦で穏便に殺してやろうとしてたのに、武器攻撃が望みか？」

響は魔剣を構え、距離を取りながら鋼紀の出方を待つ。

鋼紀は見せつけるように右腕を掲げ、響にゆっくりと近付いてきた。

「いいぜ。やろうか、盗賊相手に使えなかったからな。ストレス溜まってたんだ」

鋼紀の言葉から、彼の籠手が魔剣の類いであると響は直感した。

どのような武器なのだろうか？

推測したくとも情報は殆どない。出方を見るしかない。

訓練ではない対人戦闘に知らず緊張し、唾液《だえき》が口内に溜まっていく。

吐き捨てようとしたときに、ふと思う。

ダンジョンでドラゴンを倒した際、共にいた冒険者のスミスからは恐怖され拒絶された。

はたして、自分の力はどれほど異質なのか。そして転移者に対して力の差はどれほどなのか。

同じなのか、鋼紀の方が強いのか。

（それとも……）

答えは今まではわからなかった。

期せずして訪れた自分の力量が確認できる状況に、響は期待すると同時に恐怖を抱く。

だが、それも中断せざるを得ない。

魔剣を構えながら響は、思考を切り替えるため、唾《つば》を地面に吐き捨てる。

「頼むぜ、少しは長く楽しませてくれよ。『武装《イクイップ》』!!」

鋼紀の言葉に応じ、籠手が形状を変え始めた。鋼紀から溢れる魔力の奔流《ほんりゅう》に身体を押されながら、響は徐々に伸びていく籠手を見ていた。

（やはり、魔剣の類いか）

響の持つ魔剣の効果発動と同じ言葉を放った以上、同質のものと推測した。

受け継いだ魔剣の性質しか知らないが、形状を変える効果の物もあるのだろう。

響は覚悟と期待をこめて、武器の出現を待った。しかし現れた装備に、思わず顔が引きつる。

響の思考を乱したのは、鋼紀の右腕と胴体を包んだ装備だ。

腕だけでなく鋼紀の胸部は、白金に輝く鎧で包まれている。

鎧の背中には大きな翼のような金属の筒が伸びていた。似たような口は両方の肩当てにもある。

まるで何かを放出するためにあるような形状だった。

（い、いや。問題は、それじゃ、ない）

響は喉を鳴らし鋼紀の右腕の装備に意識を向ける。右腕には巨大な円筒が装着されていた。

重厚な輝きを放つ金属筒の中心部からは、長く大きな突撃槍が伸びている。

鎧と同じ白金の色を放つその槍はとてもではないが、ただの槍とは思えなかった。

普通の槍ならば、金属筒など不要だ。

武器に不要な形状などない。ある以上、理由が存在する。

通常ならば槍の持つ金属筒の存在理由に、まず思い至ることがない。

通常の知識を持つならば。響は頬から汗を一筋流す。

アニメやゲームで知った武器、現実では有り得ない武器だと直感する。

（パイルバンカーかよ）

響は喉を鳴らすと、一歩だけ後退する。焼け残っていた壁の一部が背中に当たった。

「おう！　行くぞ！」

鋼紀の準備は終わったようだ。律儀《りちぎ》に戦いの開始を鋼紀は宣言した。

嫌な予感に心臓を掴まれながら、魔剣を正眼に構える。

沈黙は数呼吸分。直後、鋼紀の背中が赤く弾けた。

(くそがっ!!)

心中で罵り、響は右斜め前に跳び込む。

回転する視界の中、赤い焔《ほのお》を撒《ま》いて何かが高速で移動した。

そして爆発音が響く。振り返り音源に視線を向けた。

見えたものは、まず鋼紀の背中。そして壁の残骸に刺さる突撃槍。

一瞬の後、金属筒が爆発音と共に火を噴いた。

同時に突撃槍を中心として壁の残骸は弾け飛ぶ。

炎と煙、そして壁だった瓦礫を撒き散らしながら、鋼紀が振り返り響を見る。

唇は歪み、眼は愉快そうな色で彩られていた。

「どうよ」

鋼紀は突撃槍を見せつけるように持ち上げた。

よく見れば、槍の先端部は穴が開いてあり、そこから煙が出ている。

破壊の跡と、それを成し遂げた武器を見て、響は頬を引きつらせた。

「それは、なんだ?　浪漫《ろまん》武器じゃないか、頭おかしいぞ、素晴らしい」

「なんだ知ってんのか。浪漫武器だ、すげーだろ」

浪漫武器。

それは実用性が低く、もし使用した場合、長所より短所が目立つ欠陥武器を示す言葉。

仕様や戦術的に並大抵でない制約もあるのだが、それらを克服した場合、高威力の武器となる可

能性を秘めているとされる。空想の世界でしか存在しないそのような武器を、鋼紀は笑顔で響に見せつけていた。

「そんなアホな武器をどこで？」

「ああ、これは神からもらった武器。神槍《しんそう》だ」

「しん、そう？」

聞き慣れない単語を、響は鸚鵡《おうむ》返しに呟く。

「おう。決して壊れぬ刃に、使用者に負担をかけない優れモノだ。まあ鎧は違う素材らしいけどな」

鋼紀の言葉が正しければ、転移時に神より賜《たまわ》った武器らしい。

貰える物はスキルだけではなかったようだ。

説明だと、魔剣のデメリットの狂気化もしないらしい。魔剣より優れた武器だと響は考えた。

（だからと言って、そんな浪漫武器だけで戦うって無理だろう）

先ほどの鋼紀の攻撃。全てが神槍の能力だとは思えなかった。チートスキルの恩恵があるはず。

戦闘の中で、スキルを探ろうと響は瞳に力を込めたが、対する鋼紀は話し始めた。

「あー。浪漫武器が通じたし、気分がいい。スキル教えてやんよ」

「……何を考えている？」

「スキル教えるのは、転移者同士じゃ下策って言いたいんだろ？　見た感じ弱そうだから、ハンデやるって言ってんだ、ありがたく聞けよ」

「……そいつは、どうも」

「まずは、神槍。これは言わなくてもわかるな。この筒ん中で爆発を起こすと、槍が飛び出る」

「爆発は、どうやって起こしてんだ？　弾薬でも積んでるのか？」

「いいや、スキルの火魔法だ。知ってるか？　火を起こすだけでなく、爆発も生めるんだぞ」

「……ってことは、最初の突撃は、爆風利用か？」

「いや、爆発じゃねえ。火魔法と鎧のおかげだな。鎧の噴出口からブーストが出せるし、空も飛べる。消耗激しいけどな。両肩にもあるから、横移動で調整もできるぜ」

「なるほど、全てがその浪漫武器のためにあるみたいだな……」

「どうせ異世界に召喚されたんだ。浪漫武器で最強になりたいじゃん？」

さも当然と言う鋼紀の口ぶりに響は苦笑を浮かべる。

浪漫武器を誇るような鋼紀に好感を持ちそうになった。スキルについての情報も勝手に話してくれた。手間が省けたと思うが、状況は好転していない。殺すと言っていた手前、戦闘を止める気も容易に見逃す気もないのだろう。

説明は終わりだと言わんばかりに、鋼紀は響に神槍を向けていた。

顎を上げて、響を見下ろしている。嘲《あざ》けるように笑っていた。

「わかったろ、俺のチート。把握したところで、何もできねえこともな？」

鋼紀の言葉に響は苦々しい表情を浮かべる。急加速で現れて、異様な破壊力で攻撃する。

そのための武器とスキル。神槍の先端に空いている穴にもギミックがあるのだろう。

(煙を出していることから、あの穴から火魔法でも出すのか)

突撃で破壊しきれない場合は、槍の先端から火炎の追撃で内部から爆破、あるいは焼き尽くす。

凶悪なこと、この上なく、浪漫武器を扱う上で必要なスキルをよくも並べたものだと感心する。

だが防御に専念できるほど、柔な攻撃力ではない。

回避に専念できるほど、温《ぬる》い機動力ではない。

いつでも回避行動に移れるように、警戒しながら響は油断なく、『剣舞魔刀』を構える。

背中の管から炎を噴き出した鋼紀が、歯を剥《む》き獰猛《どうもう》な笑みを浮かべた。

「さあ、改めて始めるか。せいぜい頑張れよ、おっさんよ」


何度目になるのか、響は地面を転がりながら小さく苦悶の声を上げる。

先ほどまで響がいた位置を、鋼紀が轟音《ごうおん》を立てて通過した。

響は地面に四つん這《ば》いになり、視界の端で鋼紀の姿を確認する。

既に屋敷の跡地からは移動していた。響は森に入り、木に身を隠しながら逃亡を続けていた。

木の隙間から見える空には、赤い焔の軌跡を描いて空を飛ぶ鋼紀の姿が見えた。

（よくもまあ、攻撃を当てられるな、おい）

鋼紀の姿を睨んだ後、響は再び走り始める。

木の密集する所を選んで移動をしているが、森の中は全てが木で埋め尽くされているわけではない。僅かな隙間が存在する。鋼紀はその隙間を狙って飛んでくる。

再び、木の密度が薄い地帯が進行方向に広がっていた。

間違いなく、攻撃が来る。

響は何度も繰り返された攻撃に慣れ始めていた。響は一歩、木の少ない地帯に足を踏み入れ、直後その場で跳ねる。近くの木の幹に足を掛け、大きく飛び上がる響の下を、鋼紀が駆け抜けた。

（次っ！）

炎の軌道が横に向かう。

鋼紀が肩から炎を噴出させ方向転換したのが見えた。

枝を破壊しながら移動した鋼紀の肩の炎が消え、次の炎が背中から翼のように噴き出す。

響は枝を掴み身体を引き上げると、慌てて枝を蹴り、跳躍方向を変えた。

直後、響が足場にした木が爆発四散する。破片に塗れながら響は地面に転がるように着地すると、急いで身を起こし鋼紀の姿を確認し異変に気付く。

(次は？　お？)

鋼紀が行動する度に放っていた爆発音が止んでいた。

響が訝しげな表情で状況を確認すると、鋼紀は空を飛ぶのを止めて地上に降り立っていた。

鋼紀は不機嫌そうに首を掻きながら、響を見ている。

「……しょっぱい戦い方だな、おっさん。逃げるだけか」

侮蔑の瞳と声色に響は苦笑する。戦闘が開始されて以降、響は攻撃を回避し続けていた。

「まあ、そう言うな。こっちも殺されないように必死なんだよ」

頬を流れる汗を拭いながら、響は鋼紀に返した。

(こんな突撃攻撃、まともに対応できると思うか)

爆音と共に急加速し、恐ろしい機動力と攻撃力で襲いかかってくる。

避けても軌道を修正し、一時として同じ場所にいることができない。

執拗《しつよう》に、正確に。鋼紀の槍は襲いかかってきた。

「接触するのは一瞬だ、それなのに正確に攻撃を当ててくる。どんな動体視力だよ」

響が苦しげに吐いた言葉に、鋼紀は楽しそうな笑い声と共に肩を震わせていた。

自信と楽しさの混じった鋼紀の態度に、響は敢《あ》えて悔しそうな顔を作った。

響の様子に気分を良くしたのか、鋼紀は槍を構え前傾姿勢となる。

中腰の構えとなった響は、鋼紀の突進に備えた。

（何度目だっけか）

鋼紀に警戒しつつ繰り返されてきた突撃の回数を数え直す。

その回数は五十を超えていた。

（これだけ回数を重ねれば、そろそろだなっと！）

思考を深めていた響を妨害するように、鋼紀が突っ込んでくる。反応が遅れた響は身を捻る。

胸を掠めるように通過する槍。

勢いが止まらないのか、鋼紀は遠くまで飛んでいったが、軌道修正し、弧を描いて高度を上げた。

そして遙か頭上に到達した鋼紀は、炎を噴き出して加速する。

今度もギリギリで鋼紀の攻撃をかわした。

響の背後に着地した鋼紀が、そのまま飛び出そうと前傾する。

「……お？」

鋼紀から疑問の声が上がった。

鋼紀の背中から噴き出す炎が弱まっている。

突進しようとして失敗した鋼紀は完全にバランスを崩していた。

（きたっ！）

穏やかに場を収めるため、待ち続けた好期の訪れに響は瞳を輝かせる。

（鋼紀の突撃と攻撃は、常に魔法依存）

加速と方向転換の度に、鋼紀は背中や肩から大量の炎を噴き出していた。

一瞬ならいざ知らず、連続して炎を出し続ける。当然ＭＰの消費量は膨大になるはずだ。

そのため、響は常に紙一重で回避することで、鋼紀を調子に乗せ、攻撃の手を緩ませず、ＭＰの消費を増やしていった。戦闘が長引いた結果、鋼紀のＭＰは枯渇《こかつ》し、突撃と攻撃ができなくなる。

（これで、ステイルメイトだろ）

鋼紀に戦闘能力がないのであれば、捕らえるなり逃亡するなり自由だ。

どちらにしても、これで戦闘は終了だ。

響は安堵しつつも、確実に鋼紀の戦闘能力を奪うため、魔剣を振り被って駆け出す。

（神槍は無理だろうけど、腕を傷つければ、戦えなくなるはず！）

戦えなければ、鋼紀は攻撃を諦めるだろうと、響は魔剣を握る力を強める。

一足一刀の間合い。魔剣を振り下ろそうと、響は鋼紀に狙いを定めた。

響の瞳が、鋼紀の視線を捉える。鋼紀の瞳は、迫りくる響の攻撃に戸惑う――ことはなく、愉悦《ゆえつ》の色を更に濃くしていた。いつの間にか、鋼紀の手には小さな石。

「『開放《オープン》』」

言葉と同時に石は砕けた。再び鋼紀の背中のノズルから炎が噴き出し始める。

（し、まっ！）

思惑が外れ、動揺する響は慌てて足を止めようとしたが、急な停止はできない。

進む方向を変えようとしても、左右の木が邪魔をしている。

槍を構える鋼紀の攻撃範囲から逃げ出せそうにない。

森に入ったことが裏目になった、と歯噛みする響の反応を見て、鋼紀が笑ったように見えた。

「やっぱり、ＭＰ切れ狙いか。備えているに決まってんだろうが」

響が横に跳ぼうと足を踏み込む。

その足が地面を蹴るのと、鋼紀が槍を突くのは同時だった。

横への移動が間に合ったのか、鋼紀の槍は響の左腕を貫く程度で済んだ。

刺された槍の先端からの焔が急激に膨らむ。

爆発音。

響は腕を吹き飛ばされ、爆発の余波で炎に包まれながら弾かれた。

腕から生じる強い痛みに加え、爆破の衝撃と火に塗れる響。

爆破の勢いそのままに転がり、身や衣服を焼く火を消そうとした。声すら出ないような状況の中、どうにか火を消し、地面に仰向きで倒れる。

（くそっ、どうする。回復魔法でどうにかしたくても、イメージを固める時間がない）

響は苦悶の声を上げながら身を起こし、走り始めた。

響の持つ回復魔法はスキルレベル∞だ。瀕死《ひんし》の人間すらも癒やすことができる。

腕の欠損くらいならどうにかなるはずだ。しかし、魔法を使うためのイメージを行う時間が足りない。短時間でイメージを固定する術《すべ》がない。

（おそらく、俺の弱点ってこれだ）

スミスからは使い方がおかしいと言われた魔法の使い方。

結衣からも無茶苦茶な魔法の使い方と言われた。

膨大な魔法力を消費して強引に使う魔法の使い方は自分でもおかしいと思っていたが、魔法を使う際のイメージにかかる時間も長すぎるのだろう。

鋼紀は魔法を連発できている。これはレベル∞の魔法スキルに伴う欠点ではなく、ただ響の修練不足であると痛感していた。

だが悔やんでいる時間はない。もぎ取られた腕の出血は激しい。

急いで回復をしなければその内に身動きできなくなるだろう。響は森の奥へ向かって駆けた。

魔剣は背中の鞘に納め、ただ木々の間を縫うように走る。

逃亡の間にイメージを固めて回復の機会を窺うのだ。

「おら、もう諦めろよ」

だが集中は鋼紀の攻撃に妨げられた。

鋼紀が響を掠めるように攻撃を続けた。いたぶるように、ある程度、鋼紀から離れる度に攻撃は放たれる。回復魔法のイメージが中断され、腕を癒やすことができない。

鋼紀の攻撃を回避しつつ、響は打てる手を検討し続ける。

（だめだ、手詰まりだ）

諦めに似た思考に感情が支配されていくが、足は止めない。

鋼紀が余裕ぶって攻撃を続ける限り、必ず機会は訪れるはずだ、と信じ走り続ける。

「おいおい、そろそろ飽きてきたから、もう終わらせていいか？」

響の期待を裏切るように、背後から聞こえた鋼紀の声は苛立ちに満ちていた。

対抗策を模索しながら、走る響の背後で爆発音が鳴る。

辛《から》くも避けることができた。だが姿勢は崩れた。

「もう、終われよ」

鋼紀が呟くと、空高く飛び上がった。

響はここまでかと思い、仰向けに身体を転がした。

空には鋼紀が赤い軌跡で円を描いていた。速度が徐々に増していく。そして宙で一度大きく炎を上げると、響目掛けて鋼紀が降ってきた。響は諦めようと考えるが、脳裏にシェルの顔が思い浮かぶ。ここで響が死ねば、奴隷のシェルも契約により命を失ってしまう。それだけは避けたかった。

(くそがっ)

腰の剣の柄に手を添え、響が歯を食い縛りながら抵抗しようとした、そのとき、黒い影が視界の端で動いた。影は瞬時に鋼紀に向かって飛び、鋼紀を横へと弾き飛ばした。

「ご主人さまっ!!」

シェルだった。響を庇うように立ち、鋼紀に槍の穂先を向けている。鋼紀はシェルに弾かれ木に身体を叩き付けられていたが、身に纏った鎧のせいかすぐに立ち上がる。

鋼紀にダメージはないようだ。唸り、威嚇《いかく》するシェルを見て、鋼紀は笑い出した。

「情けないな、おっさん。攻撃をかわそうって森に入ったと思ったら、イヌ耳に助けを求めるためってか？　こんなガキに頼らなきゃならねえってダメすぎるぞ」

嘲笑う鋼紀に、シェルの唸り声は大きさを増す。

耳を立て、尻尾を高く上げるシェルは、蛇のように尾を揺らして威嚇している。

シェルはその身体を前傾にし、今にも飛びかかろうとしていた。

「……あなたですか、ご主人さまをこんな風に痛めつけたのは」

シェルの言葉は静かな怒りに満ちていた。鋼紀はシェルの言葉に喉を鳴らすように笑って応えると、大きく腕を開いておどけた口調でシェルの問いに回答する。

「見りゃわかるだろ。頭も犬並みか？　残念だな。どうするんだ？　主人を痛めつけた俺を」

「ぶちのめすです」

静かに応えた後、シェルの姿がその場から掻き消える。直後、鋼紀の傍の木の枝が揺れた。

「ぐっ⁉」

鋼紀が苦悶の声と同時に、地面に叩き付けられていた。いつの間にか移動していたシェルが鋼紀の上で槍を振り下ろした姿勢で、見下ろしている。

「……てめえっ」

鋼紀が怒りの声と共に、背中から炎を噴き上げる。だが再びシェルは姿を消した。

響は近くの枝に急いで瞳を動かすと、大きな枝にシェルが跳び乗っていた。

（速い！）

響は驚きに目を瞬かせる。

旅の間、シェルと戦闘訓練を繰り返してきた。シェルの力量が見る見る上がっていったのはわかっていたが、姿が見えなくなるほど速く動けるとは思っていなかった。

（瞬発力なら、俺よりも速い）

跳び回り、ヒット＆アウェイで攻撃を続けるシェルの姿を、響は呆《ほう》けながら見ていた。

鋼紀は神槍を振りシェルを叩き落とそうとしていたが、まるで当たらない。

シェルの力が弱いこともあり、鎧に阻まれて効果的なダメージは残せていないが、鋼紀はシェルに蹂躙《じゅうりん》され続けていた。

「……鬱陶しいんだよ‼」

度重なる攻撃に晒された鋼紀は、怒りの声と共に空高く飛んだ。

シェルは後を追い、木を駆け上がるが、空中にいる存在には攻撃が届かない。

木の上で空を見上げるシェルはそれでも、鋼紀を睨んでいた。

鋼紀がシェルに向かって攻撃を仕掛けるが、シェルの瞬発力の前では攻撃が当たらない。

そして、攻撃しては空へ戻る鋼紀には、シェルの攻撃は届かない。

膠着《こうちゃく》状態に移行しようとしていた。

（今が回復のチャンスか）

脇の下を手で押さえ、左腕の出血を抑えていた響はシェルが作ってくれた機会を活かすため、魔法力を起動し、回復魔法のイメージを固めようとする。

「響っ⁉　大丈夫⁉」

だが横から掛けられた声に、中断した。

響は顔を向けると、結衣が走ってくる。後ろからはルティも続いていた。

結衣たちは響の左腕を見ると息を飲む。心配させまいと響は苦笑するが無駄なようだ。

結衣は泣き出しそうな顔になりながら、そしてルティは唇を引き締めながら駆け寄る。

「ごめん。いつの間にか、こっちに来ちまってたみたいだ。護衛失格だな、すまん」

「ううん、爆発音が凄かったから、響が心配になって来ちゃったんだ。こっちこそ、ごめん」

結衣に抱き起こされながら、響はシェルたちが戦う頭上を見る。

シェルは攻撃を回避し続けていたが、徐々に余裕がなくなっているように見えた。

（回復、急がないと）

響は結衣に視線を戻し、回復魔法を使うことを告げようとした。そしてイメージを固める時間を作りたいと口を開くが、結衣とルティの頷き合う姿に片眉を上げた。

（何をする気だ？）

響が戸惑う間に、ルティは響の左側へ移動した。傷口に手をかざすと、魔法力を起動する。

「『起動』、『創生《コンストラクション》』」

ルティの言葉と共に、手から緑色の光が溢れ出し、ルティの足元から緑色の魔法陣が広がる。

見覚えのある魔力光に響は目を丸くするが、そのまま経過を見守ることにした。

響の腕に光が集まり、腕の形を作り上げていく。その状態が十秒ほど続いて、光は収まる。

（腕が、生えた？）

光が消え去った後、響の腕は元通りになっていた。

「……はい。動きますか？」

「あ、ああ。大丈夫みたいです」

響は指をわきわきと動かして状態を確認した。

問題はない。痛みもなければ、動作も怪我をする前と同じだった。そんなスキルをルティが有していたのかと、響はルティを見つめた。ルティは困ったように笑いながら口を開く。

「王族のみが使える『創生魔法』です。秘中の秘なので、内緒にしてくださいね」

「……創生、か」

回復魔法と似た光を放つそれは、ＭＰ全力開放状態で回復したときと同じ効果のスキルを持っているらしい。類似性に響は検討を続けたかったが、状況が許さない。

（まずは、この戦闘を終わらせよう）

シェル、そして結衣がいる状況で有利になった。

倒すことも難しくなくなった。だが護衛対象のルティがこの場所にいる。

このまま戦闘を続け、害を被《こうむ》らせることは望ましくない。

（逃げの一手を打ちますか）

一先《ひとま》ずは鋼紀から逃げルティの安全を確保しようと、響は結衣に顔を向ける。

「結衣、お前のスキルって『糸』と『魔法』だったな？」

「う、うん。そうだけど」

「俺のＭＰを好きなだけ吸収していいから協力してくれ。ここから逃げる」

「……わかった。どうしたらいい？」

「風でもなんでもいい。俺を打ち上げてくれ。あいつの動きを止める。そしたらシェルと俺を捕まえて急いで地面に引き戻してほしい。できるか？」

響の言葉に結衣は頷くと、鋼線を生み出す。

束ねて鎖状《くさり》にし、響の腰に巻き付けるとＭＰを吸収し始めた。響は立ち上がり、空を見上げる。

シェルが木を跳び回りながら回避を続けている。

こちらの様子に気付き、響に向けて手を振り合図してくる。

結衣との会話が聞こえていたのだ。鋼紀の飛ぶコースが一定になるように誘導を始めている。

（本当、優秀すぎるぞ。シェルは）

後でどれだけ褒めても足りないな、と考えながら響は魔法のイメージを始める。

攻撃ではなく足止めを目的とするならば、必要な魔法は水魔法では足りない。

持てる札で有効な物と考えたとき、料理魔法が思い浮かんだ。

嫌がらせにも程がある手段を思いつき、自嘲気味に唇を歪めてしまう。

だが効果的だ。おそらく怒らせることになるが、それは別に良い。

逃げることが目的であり、確実に必達できると考え、響は頷く。

イメージを固め終わり、歯車が噛み合う感覚を得た。準備は完了。響は結衣に視線を向ける。

「準備オッケーだよ。合図ちょうだい」

結衣は響の立つ足下に手をかざして響の言葉を待っていた。

響は頷くと、鋼紀の動きを注視する。

シェルに攻撃をし、そして空に戻る動作は一定であり、軌道すら同じになっている。

今、シェルに攻撃した。今までと同様に元の位置に戻っていくだろう。結衣に視線を送る。

「いっけえ！」

結衣が叫ぶと同時に、響の足下に風が渦を巻くように生じた。

風を感じた直後、響の身体は空に打ち出される。鎖を通じて膨大なＭＰが吸収されていくが、全体からすると微々たるものだ。加速に歯を食いしばりながら、響は魔法の発動に備える。

木よりも高く打ち上げられた響は鋼紀に肉薄する。

驚き硬直する鋼紀の身体に両腕をぶつけるように伸ばし、魔法を発動する。

「サモン！　一キロ六千円以上するって凄いよなっ」

叫ぶと同時に、響の掌から大量の白いとろろが大量に発生する。

自然薯《じねんじょ》を擦った物だ。響のＭＰが急激に消失していくが、気にしていられない。

ダムの放水と同じ勢いと量の自然薯が鋼紀を飲み込む。

粘りのあるとろろに身体を包まれた鋼紀は、脱出できず暴れながら彼方へ押し流されていく。

一気にＭＰが枯渇し倦怠感に包まれ、響は身動きが取れなくなるが、重力加速と結衣の鎖に引かれて、落下を始める。着地をどうしようかと悩み始めた矢先、響の身体が抱き留められた。

「ご主人さまっ、大丈夫ですか!!」

シェルが跳び上がり、宙で響を抱えて確保していた。頭を抱きかかえられた響は、シェルの胸から顔を上げてシェルに感謝を伝える。

「おー、シェル。ありがとうな、お陰で助かったよ」

「いいえ、大丈夫です。お怪我は？」

「そっちはルティが治してくれた。大丈夫だ。ただMP回復しないとなぁ。着地も覚束《おぼつか》ない」

響は魔剣を起動させ、動かない身体を苦心しながら魔剣を振る。

鈴の音が一度鳴り、魔法力が身体に戻ると同時に身体に活力が満ちるのを感じる。

響は魔剣を鞘に戻すと、シェルを横抱きにし、両腕の力を込めた。

着地までに回復魔法のイメージを固めて、全身を魔力光に包む。

地面が近付いた。響は衝撃に備えながら鎖の誘導に従い着地する。

相当な衝撃が足に伝わるが、回復魔法ですぐに痺《しび》れは消えた。

「ひ、響。何を出したの？」

結衣が空を見上げながら先ほどの料理魔法について響に訊ねた。

端から見ると何を出したかわからないかと響は思い至り、結衣に説明する。

「ああ、自然薯を擦った物を大量に」

「自然薯って。え、うっかり触っちゃうと痒《かゆ》くなるヤツ？」

響が頷くと、結衣はうわぁと呻きながら腕を摩《さす》った。想像して痒くなったようだ。

鋼紀はそれに全身を包まれた。早めに洗い流さないと大変な痒みに襲われることだろう。

「ま。時間は稼げる。逃げるぞ。ルティ、その前に聞きたいことがある」

響はシェルを下ろし、結衣の頭を宥めるように撫でながら、この場から去ることを提案した。

「な、なんでしょうか」

「身を隠せるところはないか？　できたらフォーゼという国に近い街で」

「フォーゼですか……。でしたら、国境のサディアという街に別荘があります」

「国境か、ちょうどいい。そこに入ったとして、他の王族に伝わるまでどれくらいかかると思う？」

「そうですね、移動に掛かる時間が馬でおよそ一週間。彼らの情報収集能力を考慮すると二週間は問題ないかと思われます」

ルティの回答に響は頷く。鋼紀を唆《けしか》けたのは間違いなく香織の指示によると思われた。響との会話で何かを探り、ルティの存在に気付き、更には盗賊のアジトで証拠を探る響を消そうとした。

（これで香織と鋼紀が、一連の事件に関与していないはずがない）

盗賊を使いルティを襲ったことに、何らかの形で二人は関わっている。

しかし、その理由はわからない。他の王族と繋がりがあるのか、それすらも不明だった。

香織はこう言っていた。

フォーゼ公国とカンダル王国を行き来していると。

それならば、国境の街にヒントが残っているかもしれない。

響は鼻を鳴らして、香織と鋼紀の顔を思い浮かべる。

——尻尾は掴んだ。後は証拠を固める。

響はそう決意すると、森を抜けるために歩き始めた。

第4章「童貞の魔法特訓、揺れ動く心」

End Of The Unrequited Life

鋼紀との戦闘を終えた響は、国境の街サディアに向けて出発した。

響は回復魔法を全開で使いながらシェルを伴い、文字通り走りに走り続けた。

結衣とルティを響が担いだ状態で、馬よりも速く。

速度を優先し、結衣たちにかかる振動を抑えることを響は放棄せざるを得なかった。

結衣とルティも、悲鳴を上げてはいたものの、響にしがみついて耐え続けた。

揺れに耐えようと結衣が響に密着すればするほど、自然と響の足が速くなった。

逆に結衣が離れると響は不満そうな顔になり、速度が若干遅くなる。

結衣はどうしたらいいか苦悩した結果、響にずっと抱きつくことを選んだ。

その様子を見ていたルティも響に身体をくっつけたり、離したりと試行していたが、ルティの行動で響の速度が変わることはなかった。

それに気付いたルティは時折頬を膨らませて、響の頬を抓《つね》る。

響たちは二日間、昼夜問わず走り続けサディアに到着したが、着いてもやることは多かった。

普段使っていないルティの別荘とはいえ、無断で使用することはできない。

管理を任されているサディアの領主に使用の許可を得るため、まず面会を求めた。

（晩餐《ばんさん》に巻き込まれるのも、ルティの護衛上しょうがなかったんだけどさあ）

ようやく別荘に落ち着いた響は、数日前のことをぼんやりと思い出す。

晩餐に出席することとなった響たちだったが、響とシェルは正装を持っていない。結衣とルティも荷物を破棄したため、結衣のスキルで服を作成することになった。

（男が全員スーツ姿って異様な光景。さすがにアレはなぁ）

シェルや結衣たちは腰が大きく広がるバッスルタイプのドレスを着ていたが、領主をはじめとした男性は全員スーツ姿だった。

男だけを見れば、外資系の企業のパーティさながらの風景に響は頭を抱えた。

後日、結衣とルティを問い詰めると、ルティが貴婦人たちへの布教の一環として広めたらしい。

これまでの装飾過多な衣服とは違い、スーツはシンプルな構成で動きやすい。そのため、ルティがゴリ押しせずとも一気に普及したらしく、男性貴族は嬉々としてスーツを身に纏っていた。

布教がそれなりに貴族たちに広まっていて頭痛がしたが、問題はそこではなかった。

（貴族用の馬鹿高い服を男性が全員、短い期間でねえ。なんとも景気の良いことで）

ルティが言うにはスーツの着用を広め始めたのは最近のことらしい。

結衣が知らなかったことから、ヒルデとして行動していた時期の話と思われた。そうならば――、

（さぞ、短時間で荒稼ぎしたんだろうなぁ）

晩餐を終えて、響は領主に文官の協力を依頼し、冒険者ギルドや商人から街の情報を集め始めた。

街にある商会の売上、街を出入りする冒険者の名前や時期。

すぐに大量の資料が届き、毎晩遅くまで資料との格闘が始まった。

寝不足を回復魔法で飛ばしながら、響は情報を整理し続けた。

（だいたい、掴めた。後は……）

「ちょっと響？　聞いてる？」

思考に耽《ふけ》っていた響は、突如掛けられた声に顔を上げる。

結衣が立っていた。秋となったとはいえ、まだ強い日差しの中、結衣はタイトスカートと白いブラウス、そしてフチの尖った眼鏡を着けている。

いつの間にか結衣は身体を屈め、響に顔を近付けて睨んでいた。

「ああ、ごめん。ちょっと、ぼっとしていた。すまん」

「もう。せっかく魔法について教えてほしいって言うから、付き合ってあげているのに」

結衣はメガネを指でクイっと掛け直し、頬を膨らませる。

響は今、ルティの別荘の庭にいる。王族所有の建物だけあり、屋敷も大きければ敷地も広い。上から見るとコの字の形となる四階建ての石造りで、城のようにしか見えない。

響は屋敷の前に広がる庭園の片隅で、結衣から魔法について指導を受けている。

目的は、鋼紀との戦いで発覚した魔法発動の速度向上である。

シェルと共に芝生に座り、目の前の結衣の講義を受けているところだったのだが。

「まあ、良いけどね。じゃあ、魔法の原理から説明し直すね」

「なあ。そこから始めるの？　使い方だけで良いんじゃないの？」

「んー、原理とか知っておいた方が響だと理解しやすいかなって」

「そうなのか？　よくはわからないけど、できたら手っ取り早く教えて欲しいかなぁ」

「そんなに時間は掛からないよ？　響の料理魔法って説明を飛ばせる存在だから」

結衣の言葉に響は首を傾げる。

料理魔法が魔法原理の説明とどう繋がるのかわからず、響は結衣に説明の続きを促した。

結衣は腕を組み直し、口元をにんまりさせて言葉を続ける。

「だって、響の料理って、作り出した物じゃないでしょ？」

結衣の言葉に料理魔法を使ったことを思い出して考え始める。

食べたい物や飲みたい物を思い浮かべ、それを皿の上に生み出す。

他にはダチョウやウニや、自然薯を出したり。

「……ろくな魔法じゃねえな」

「違う、何を思い浮かべたのかわかんないけど、そうじゃなくてさ。料理魔法って、食材が存在しない料理を形にして出してるわけだよね。大気中の何かから集めて作ったりとか、精霊やら何やらよくわからない存在が生み出しているとか、昨夜のカツ丼を思い出して、そんな風に思う？」

「……思わないな。というより、思いたくない。少なくともカツ丼を生み出せる精霊なんてやだし、豚肉が大気中の元素から生み出されるなんて嫌すぎる」

「でしょ？　召喚している以外ありえないんだよ」

結衣が説明するところ、料理魔法に限らず、火水土風その他魔法やスキルは、この世界とは別な場所から呼び出されるもの、とされているらしい。

既に存在する物体については魔法力を流すことで制御できることも聞いたが、今は魔法の発動の話が大事だと思い、真剣な眼差しで結衣の話を聞く。

「魔法を使うときに、何かが繋がる感覚ってない？」

「……ある。歯車が噛み合うような……」

「それそれ。その感覚が異界の扉を開くというか、繋げることに成功した証《あかし》なんだ」

「なるほど。わかったような、よくわからないような。でもボチボチ理解した」

響が頷くのを見て、結衣は続きを話し出す。

「で。ここからが、響の魔法の使い方について説明するよ。響の魔法の弱点は理解してる？」

「発動までが、通常よりも遅いということだな？」

「うん。規模に関係なく遅いと思った。普通は規模が小さいと速い。規模が大きいと発動まで長い。火魔法で灯りを作るときはわりかし速かったけど、それでもボクらに比べたら遅いよ」

料理魔法を振る舞うときを思い出しても、発動に時間が掛かる認識はなかったが、明確なイメージが固まるまでの時間が、とても長かったように思う。

「ボクの『瞳操作』のスキルで、MPを消費すれば遠くまで見えるって言ったの、覚えてる？」

「ああ、うん。あと服を作るのも、髪を制御するのも、びっくりするくらい魔法力を使うのも」

「魔法も同じで、MPの消費量で効果が変わるんだよ。具体的に言うと召喚する量が変わったり、操れる量が変わったり。これもわかる？」

結衣の言葉に響は頷く。

水魔法の制御をする際、起動時の魔力の大小で調整を行っていた。

「ここで質問するけど、料理魔法。昨晩のご飯に使ったMP消費量はいくつだい？」

「えっとだな、五万くらいかな」

「よし、そのMP量がおかしいことになんで今まで気付かなかったのか、ボクに言い訳してごらん」

青筋を浮かべながら笑顔を向けるという複雑な行為を実現しつつ、結衣は響の頬を掴む。

響は平然と結衣による攻撃を受け入れていた。

「むしろ爪を立てないところに優しさを感じます」

「立ててほしければするけど？」

「ご免被《こうむ》る」

「……まあ、いいけど。どうせ端数程度にしか感じてなかったんだろうし」

結衣は響の魔法を見ていて気付いたことを口にした。

それは起動状態で全身を輝かせる程の魔法力を使い、その後に発動させていたこと。

垂れ流すＭＰ量が不安になっていたと結衣は苦笑した。響も頬を掻きながら結衣に説明する。

「確かに無駄に浪費してるけどさ。一応、小規模の魔法使うときは、そうでもないんだぞ」

だが結衣は響の言い訳に首を横に振って、きっぱりと否定する。本来の魔法は規模に伴って必要な魔法力と、発動までの時間が異なるのだと。

「でも、響は小規模の魔法でも、凄い時間を掛けて、その上消費ＭＰ量も凄いと思う」

思い返すと、料理をしたり、シェルのヘアケアをするとき、そして身体を洗浄するときの魔法力の消費は、十万やそこらでは効かなかった。

発動時の歯車が噛み合う感覚がするまで、それなりに長い時間も必要としていた。

「響の場合は、扉を開くことに膨大な魔法力を使って、強引に道を繋げようとしている」

「だから俺の魔法発動には時間が掛かるって言いたいんだな？」

「うん。響の問題点は、扉を開けるのが力尽くで無理矢理ってことだね」

「あー。言わんとしていることと、やるべきことが、わかった気がする」

必要最低限の魔法力で扉を開けること、そして小規模の魔法を正しい威力で発生させること。

結衣が訓練させようとする内容を理解し、響は頷いた。

結衣も頷き返し、響の鼻先に指を突きつけた。

「これに慣れれば、魔法が速く発動させられるだけじゃなく、適切なＭＰ量で魔法を撃てるはずだし、そうなったら、更にＭＰ込めれば今以上の魔法が使えるかもしれないしね」

「なるほど、だいたい理解できた。しかし、そんな練習だと、シェルが暇だな」

「そうでもないかも。弱い魔法なら怪我させることもないし、いい標的になると思うよ」

「的にするんだ。危なくないか？」

「威力の制御の練習にもなるでしょ？　シェルさんの稽古にもなるし、なんなら白い服用意する？」

「何に使うつもりだ」

「水魔法の威力の低い魔法の練習だと、当てたら濡れるだろうね。秋になったとはいえ日中は暑いくらいだし、いいんじゃない？　それに……」

　結衣がなぜか口ごもったので、響は視線で続きを促した。結衣は唇を尖らせながら響を睨む。

「……白い服って濡れると透けるじゃん？　男の人って雨に濡れたりとか、汗で透けるとか、そういうのが好きだって友達が言ってたけど、違うの？」

「わかった。何を言いたいのか理解した。俺をなんだと思ってやがると後で問い詰めてやる」

「ま、まずはマトモな魔法撃てるようになってからだね。それに、シェルさんが承諾してくれたらだけどさ。って、なんかさっきから静かだけど……」

　結衣と響はシェルに視線を向ける。

　内容が難しかったのか、いつの間にかシェルは舟を漕《こ》いでいた。

　じっとシェルを眺めていると、視線を感じたのか意識を取り戻す。

　響たちの穏やかな微笑みに気付いた、シェルは、何事かと慌てまくる。

「まあ、そんなわけでシェルさんにも協力してもらおう。使い慣れていないだけで、ある程度は魔法の制御できてるんだし、コツさえ掴めば、すぐにマスターすると思うよ」

結衣が響の肩を叩いて朗らかに笑うと、混乱するシェルを連れて響から離れていく。

何やらシェルは服を摘まみながら首を傾げ、結衣が笑いながらシェルの体型をチェックしている。

冗談かと思ったが、結衣は響のやる気を出させるために一計を講じているようだ。

軽く頬を掻き、響は首を鳴らす。掻いた頬が緩んでいるのを感じた。

（……うん。魔法修行、頑張りますか）

結衣がやろうとしていることを想像したためではない、響は言い訳を心の中で繰り返していた。


「あら、ユイ？」

ボクがルティの部屋の扉を開けると、彼女は羊皮紙に書かれていた何かを読んでいた。

ルティはさりげなく木箱に羊皮紙を収めると、ボクを迎え入れる。

ボクは気にせずにルティに向けて手を振った。

「やっほー。遊びに来たよ」

「どうしました？　ヒビキさんの特訓中では？」

ルティは響の特訓には顔を出さず、ずっと自分の部屋で何か調べ物をしていた。

何を調べているかはわからない。

「二日経ったからね。それなりに進んだよ。ついでに面白いもの手に入れたから見せに来たんだ」

ボクは鞄から二枚の羊皮紙を取り出し、ルティに渡す。

ルティは首を傾げて受け取って目を通すと、口元を緩めた。

くすくすと笑いながらボクに視線を向けた。ボクも笑顔で応える。

「シェルさんが書いたんですね」

「うん。日記風の報告書だよ。ボクも初日のしか読んでないけど、面白かったからさ、持ってきた」

響は文字を書く練習に良いからと、シェルさんに日記を書かせていた。

今回の件で、一応ルティに訓練の結果について報告しようと、内容をどうするか響に相談したところ、ちょうど良いから持ってけ、と渡してくれた。

目を通したら、思わぬ力作だったので、ルティにも読ませようと持ってきたのだ。

「一生懸命書いたんでしょうね。難しい言葉も使っていて微笑ましいです」

「こういう表現ってなんて書いたらいいんでしょうか？　って響に聞いてたよ」

「微笑ましいですね」

「思ったより字も綺麗だし中々面白いし。読み応えがあるよ、うん」

「本当ですね。ちょっと読んでみます」

ボクを見て目を細めた後、ルティは羊皮紙に目を落とした。

【ご主人さまの魔法特訓　一日目について】

本日の朝からご主人さまは魔法の特訓を開始されました。シェルもお手伝いをします。

ご主人さまのために、シェルは持てる力を尽くそうと思います。

まずシェルはユイさんが用意された、白い薄い服に着替えて準備しました。

ワイシャツという服らしいです。

とても大きく、ご主人さまが着ても平気そうなサイズでした。太ももまで丈があります。

スカートなどを穿いた方がいいのかと思いましたが、他に何もいらないとユイさんに言われたのでそのようにしました。シェルを見てご主人さまは頭を少し押さえて考え込んでいます。

口元を見るとゆるんでいました。喜んでいただけて嬉しい限りです。

でも、どうしてあそこまで喜ばれたのでしょうか。今後の研究が必要です。


練習は十歩くらい離れた場所から、弱い威力の水の球をシェルに向かって撃つ内容でした。

『水球《ウォーターボール》』という初級魔法です。当たっても桶《おけ》で水を掛けられた程度なので安心です。

薄い服なので、濡れると恥ずかしい姿を晒してしまいます。

ご主人さまの奴隷として避けたいところです。

ご主人さまは普段とは違い、光らないように気をつけて魔法力を起動しました。

この状態で魔法を使われることは慣れていないようで、とても苦労されています。

最初は拳くらいの水の球を生み出されました。

そして、それをシェルに向けて動かしたのですが、凄くゆっくりとした速度でした。

簡単に当たっては練習にならないから、とユイさんに言われていたのでかわしました。

続いてもう一球を作り出しましたが、今度はシェルの頭ほどの大きさでした。

同じ大きさの水球を出すのは難しいようです。

首を傾げながらご主人さまは、何度も水球を作られていました。

この特訓は、水球をシェルに当てることが目的です。

まずは、慣れるためでしょう。ご主人さまは小さな水球を、ゆっくりとシェルに向けて動かしてきますが、何度か変な方向に向かって水球が飛んでいくこともありました。

徐々に狙いが定まり、常にシェルの胸元に向けて、安定して水球を制御するようになりました。

速度も速くなっていきますが、それでも余裕で回避できるくらいです。

暫くはその状態が続きました。

ですが、五分ほど経過したときのことです。

中々上手くいかないのか、次第に目に見えて、ご主人さまの苛立ちがわかるようになりました。

ユイさんに言われていた通りの反応です。あまりに予測通りでびっくりしました。

シェルはユイさんの指示を守って、ワイシャツのボタンを胸元まで外しました。

あんまり外すと脱げてしまうかもしれませんが、ちょっときつかったので楽になりました。

途端にご主人さまの目つきが変わります。

ギラギラしてました。……ちょっとドキドキしました。

よくわかりませんが、やる気が出たみたいです。シェルはお役に立てました。

慣れてこられたのか水球の大きさが安定し始めました。

拳大から子供の頭くらいの大きさになりました。水球の速度も徐々に上がっていきます。

故意に当たってはいけないと、真剣に避け続けることをユイさんに厳命されていました。

それがご主人さまのためだとも言われています。

当たるわけにはいきません。

水球が一つだけなら避けるのは難しくないですが、ギリギリで避けるようにと言われていました。

なのでシェルは当たる直前に避けます。ますます、ご主人さまの目つきが真剣になりました。

訓練に励むご主人さまは格好いいなあと思ってドキドキしていましたが、気付いたら、びっくりすることに、ご主人さまは一度に複数の水球を出せるようになられていました。

速度も目で追うのが大変な勢いで、シェルの難易度も上がります。

でもシェルが頑張れば、ご主人さまの力量も上がるとユイさんに言われています。

実際にこの数十分でご主人さまの魔法の精度が上がっているのがシェルにもわかります。

シェルは全力をもってご主人さまに尽くしました。

水球の数は二桁《けた》を超えていました。いえ、百は超えていたかもしれません。

水球は複雑な軌道で飛ぶようになりました。

ですが、当たってはいけません。

ご主人さまとの距離を変えることなく、膨大な量の水球をかわし続けるのは非常に大変でした。

ご主人さまが回復魔法を常に掛け続けてくれたお陰で、シェルは疲れることなく、最後まで動き続けることができました。

初日は一つも被弾しませんでしたが、明日はわかりません。明日も頑張ろうと思います。


ルティはシェルさんの報告書から目を離すとクスクスと笑い始めた。

「凄く頑張っていたみたいですね」

「最初は難色を示していたのにさ。シェルさんに着せたら響はあっさりとやる気になったからね」

「しかしワイシャツ一枚ですと水魔法の練習で当たったら、下着が透けてしまいますね」

「それが目的だもん。そりゃやる気になるよ、響はスケベなんだから」

ボクがむすっとして言うとルティは愉快そうに眺めてきた。

ちょっと苛ついた。でもすぐにルティは報告書に目を戻すと、神妙な顔を浮かべた。

「……しかし、転移者というのは大概がとんでもないのは承知していますが。初日でとんでもないことになっているようですね。初級の水魔法とはいえ、この数を操るなんて、尋常では……」

報告書に書かれた百の水球を同時に制御した内容にルティは眉をひそめた。

同時制御は数を増やすほどに難易度はアップし、ＭＰの消費量も跳ね上がる。

それと同時に複雑な軌道制御も行うとなると、一般人からすると戦慄する内容である。

いくらシェルさんの服を透けさせたかったとはいえ、あっさりと実現することがありえない。

「そんなにヒビキさんは、シェルさんの下着を見たかったんでしょうか……」

「……そうだろうね。でも、あの制御は更にとんでもなくなるよ。今日の報告書を読めばわかるよ」

「あら、そうなんですか。では、読んでみますか」

ルティは一度茶に口を付けて喉を潤してから、シェルの報告書を読み始めた。


【ご主人さまの魔法特訓二日目について】

ご主人さまの特訓二日目です。本日も快晴です。

今日はユイさんも特訓に参加するとのことでした。

ですが、当初ユイさんはシェルとは違い、いつもの黒いドレスで参加しようとしています。

ご主人さまは猛抗議をしました。ユイさんは顔を真っ赤にして拒否されていましたが、ご主人さまが食事についての相談を始めたところ、押し黙りました。

クレープとかパフェという言葉を、ご主人さまが仰ると、ユイさんは頭を抱えて悩まれました。

そして何かを決意したようにお屋敷に向かわれます。涙目でしたので、何かあったのでしょうか。

ユイさんはいらっしゃいませんが、昨日と同じように特訓開始です。

昨日から難易度を上げるために、距離を二十歩くらい遠くすることになりました。

ユイさんからは、最初からボタンを胸元まで外すこと、今日は下着を着けないことを指示されています。不思議議です。もしご主人さまが特訓内容に不満そうな顔をしたら、跳躍して準備運動しながら待つようにとも言われています。なぜかはわかりませんが、ご主人さまのためらしいです。

最初はユイさんが予測されたように、ご主人さまはとても不服な顔をしていました。

でも指示通り、シェルが跳躍して準備をしていると、次第に頬が緩んでいかれます。

ぼんやり見ていると、ご主人さまは何かに耐えるように顔を押さえていました。

しかし、顔から手を離したとき、ご主人さまの瞳は今までにない程の熱意に満ちていました。

ご主人さまがやる気です。奴隷たるシェルもやる気を出そうと思いました。

訓練の開始です。今日はある程度前後に動かないとダメと言われてましたが、その通りでした。

膨大な水球がシェルを四方八方から襲ってきます。

ご主人さまの水球の数なんて数える余裕もありませんでした。本当に凄かったです。

ただ避けやすいようにと考えていられるのか、ご主人さまは常に胸元に狙いを定めてくれます。

お優しいご主人さまです。やっぱりシェルはご主人さまにお仕えできて幸せです。

午前中は一切止まることができないまま終了しました。

お昼休憩になったとき、ユイさんが戻られました。

顔を真っ赤にしたままなのは同じですが、服装が変わっています。

シェルと同じワイシャツを着られていました。

ご主人さまの目が大きく泳いだ後、『まさか、本当に』とか『どうしよう。これはご褒美なのか？』などと呟いています。ご主人さまは暫《しばら》く悩んでいました。

お昼ごはんの後にパフェという、綺麗で甘くて美味しい料理を出してくださいました。

でも顔がニマニマしていて、ちょっとムッとしました。

とても美味しかったです。

お昼になってからは、まずユイさんが標的になられました。

ユイさんは、全力を挙げて回避すると宣言されました。お顔が真っ赤でした。

ご主人さまの目がシェルのときよりも複雑な色になっていました。

形容しがたい気構えを感じます。戦闘のときよりも強い眼差しでした。

訓練なのに真剣になるご主人さまは、とても格好良かったです。

ご主人さまは気合の叫びと共に、水球を出されました。

様子見なのか、まずは五個の水球を出されました。

速度もシェルのときよりも、ずっと遅い速度でまっすぐ飛ばされました。

ユイさんはワイヤーを出して、水球を微塵《みじん》にします。

得意そうにユイさんは笑いました。反対にご主人さまは舌打ちをされます。

その後から、見るも無残な魔法対決が開始されます。

恐ろしい数の水球が、恐ろしい勢いでユイさんに襲い掛かりました。

まるで津波のようです。ですが水球が胸元に集中するためか、防御はしやすいのでしょう。

特訓にもかかわらず相手に配慮するご主人さまはお優しいです。やっぱり素敵です。

ユイさんは夥《おびただ》しい数の水球を全て斬り落としていました。

斬糸の余波で地面がボロボロになっています。明日、時間が空いたら修繕作業だなと思います。

その後も戦闘が継続されました。……あれは特訓とは言えません。戦闘です。

獰猛な笑みを浮かべて、ご主人さまはユイさんに襲いかかっていきます。

ドキドキしました。少し羨ましいと思いました。

そして、ご主人さまの凄さを実感しました。

あれほどの水球を操る魔法力、そして継戦し続ける集中力。

ご主人さまの凄さが想像を超えています。キュンってしました。

その後、シェルとユイさんの二人を的にしての戦闘です。

ご主人さまに葛藤《かっとう》が見えます。

この二日間で、いいえ、お仕えしてから一番気合の入った目でシェルたちを睨んでいました。

もっとドキドキしました。シェルはいけない子です。

ユイさんに今度は槍で防いでも、ご主人さまに攻撃をしても良いと言われました。

攻撃がご主人さまに当たったことがないので、当たる気がしませんが、ご主人さまのために全力で攻撃を行おうと思いました。

ユイさんも全力で攻撃すると言われました。とても楽しそうでした。可愛い人です。

さて特訓の再開です。

ご主人さまの弾幕は熾烈で苛烈でした。

ユイさんの顔が引きつっているのが見えました。接近しているからでしょうか、ユイさんよりシェルの方に水球が集中していました。少しユイさんが不機嫌そうでした。なぜでしょうか。

ですが気にしている余裕なんて訓練中のシェルには、ありませんでした。

ご主人さまの視線や体の向きから攻撃を読んで、ようやく回避できるという、そのような状況でした。胸元にしか水球を向けないご主人さまの優しさが身に染みました。

ユイさんは水の一滴も浴びることなく訓練を終えました。

ですがシェルは鍛練が足りないのか、肩や背中などに被弾してしまいました。

服がぴたっと張り付いて肌が透けていました。当たった証拠が丸分かりでした。

お恥ずかしい限りです。それを見てご主人さまが少しだけ残念そうな顔をしていました。

きっとシェルが未熟だったのが気に障《さわ》ったのでしょう。

ご主人さまの魔法の制御は、もうお見事なくらいです。

たった二日で特訓を終えられるとは凄いと思いました。

凄いご主人さまに見劣りしないように、シェルも頑張ろうと思います。


「……貴女も標的になって参加したのですね」

ルティが報告書を返してくれた。ボクはルティから目を逸らして口を尖らせる。

「……着替えるつもりはなかったんだけど、響が卑怯な発言するんだ、仕方ないじゃないか」

「この、パフェという料理ですか？　ユイが参加するのですから、相当美味しい料理なのですね」

美味しいんだけどね。きっとボクの顔は赤くなっている。愉快そうに眺めるルティがムカつく。

クスクスと笑うルティを睨み付けていると、ルティは思い出したように口にした。

「それにしても。ヒビキさんの魔法も凄いですが、シェルさんもやはり凄いですね？」

「うん、凄かった。もう目で捉えることができないくらい高速移動していた」

ボクは特訓の時のシェルの動きを思い返して、身震いする。

地面に着地するや、瞬間移動したのかという勢いで位置を変え、それを延々と繰り返していた。

「回復魔法を常に受けているから、とシェルさんは言っていたけど、異常すぎだよ二人とも」

「頼もしくもありますが。ところでヒビキさんの訓練はもう終わりなんですか？」

「もう十分だよ。明日はボクの検証に付き合ってもらおうかなって思ってるよ」

「検証？　ユイも何か鍛えるんですか？」

「まあね。ちょっと『MP吸収』を響に使っていて、ある違いに気付いたんだ」

響というMPが有り余る人にしかできない実験なのでいろいろ試そうと思っていた。

明日のことを考えると思わず笑みがこぼれる。

ルティが意味深な笑みをしていたけど、ボクは無視した。

もし何かを指摘されたら、上手く答え切る自信がなかったんだ。

「さあ、検証を始めようか」

「俺の部屋でするんだな」

意気揚々と結衣が響の部屋で宣言した。

響はベッドに座った姿勢で胡乱《うろん》な瞳で結衣を見返している。

部屋は十二畳くらいの大きさで、執務机を運んでもらった以外は他の部屋と同じらしい。

「だって、別に外でする必要がないんだもん。そして当然のようにシェルさんはここにいるんだね」

結衣は響の横のシェルを見て、少しだけむすっとした。

響の横で腕に密着しながら座るシェルは元気に手を上げて、部屋にいる理由を主張する。

「はい！　シェルはご主人さまの側にだいたいいます！」

「だいたいなんだね。うん。ちょうど良いや。できたら検証作業に付き合ってほしいな」

「わかりました。何をすればいいかわかりませんが、お任せください」

シェルの言葉に「ありがとう」と返しながら結衣は、手に持っていた袋の中身を取り出す。

中身は、蝋板《ろうばん》と鉄筆だった。

枠板に流し込んだ蝋に、鉄筆で文字を刻みメモを残すことができる道具だ。

ベッドの上に置いて、結衣は響の前にぺたりと座り、こほんと咳払いをすると唇を引き締めた。

「では、これから『ＭＰ吸収』の効率について検証しようと思います」

「なんでまた、突然思いついたの？」

「ああ、うん。今まで糸経由だったり、直接手を繋いだりしてＭＰ貰ったじゃない？」

「そうだね」

「今まで吸い取れる量って大したことなかったから、違いがわからなかったんだけど。響相手だと、とんでもない量のＭＰを吸収できるんだよね。で」

　結衣は掌から糸を出して、響の腕に巻きつける。

「こうして、糸を介してＭＰを吸収するのとさ、手を繋いだときで吸収量が全然違ったんだよ」

「なるほど。それで実験したいと。吸収するってことはＭＰはどうやって減らすんだ？」

「ん。シェルさんを着飾ればいいかなって。響の好きな服を作ってあげるよ？」

　響は目を見開く。そしてシェルを見た。

　シェルは膝を抱えながら響たちを眺めている。散歩に連れて行ってもらいたがっている犬のような寂しそうな顔をしていたが、響の強い視線に目を丸くした。

「セーラー服。ブレザー。あとは、どれにしよう」

「真剣に悩まないでよ……、なんなの、学生服フェチなの？」

「まあ、それはそれとして。ということは、俺はＭＰを吸収される役をやればいいんだな」

「否定しないんだ……。いいけど。何か違いがあったら、教えてね。メモしていくから」

　結衣は鉄筆を振って微笑んだ。響は結衣の顔を眺めた後、頷くと鉄筆を奪い取る。

　結衣が目を瞬かせる中、響は蝋板を手に取って苦笑した。

「工程を考えると、俺が暇だ。せめてメモする役も兼任しよう」

「ごめん、ありがとう。じゃあ、はじめよっか。『一覧表《リスト》・起動《オン》』」

　響の行動に結衣は笑うとステータスを開く。

　同じく響もステータスを開き、検証作業を開始した。

　まず結衣はシェルの服を作り出す。その後、結衣は減ったＭＰを吸収するため、響の腕を握る。

　再びシェルの服を作った後、響の腕に糸を巻き付けて結衣は魔法力を吸い上げる。

このような検証作業を繰り返し、響はひたすらメモを取る作業を続けた。

書きまとめた記載内容を見直しながら、響は唸るように呟く。

「うーん。なるほど。確かに糸と手を握るのでは全然違うな」

互いの指を絡めるように結衣と繋ぐ手を見た後、響は鉄筆の先で頭を掻いた。

床に置いた蝋板に刻んだばかりの数値を見比べる。

糸での吸収時に比べ、手を握るときは二倍以上の吸収量だった。

「う、うん。そうだね……」

結衣は少し頬を紅潮しつつ、響に手を握られたまま、恥ずかしそうに指を動かす。

そして結衣も蝋板に記載された数値を見て考え込んだ。

「なんだろう？　接触面積？」

「糸と併用したら、確かに増えたもんな。じゃあ、両手試すか」

響は鉄筆を床に置き、空いた手を結衣に差し出す。結衣は一瞬躊躇いつつ、響の手を握った。

「……むう、やってみようか。『吸収《アブゾーブ》』」

「どうだ？」

「うん、増えたね」

糸を使った吸収の八倍量になっていた。

「……面積かな、じゃあ糸を巻く量を増やしてみよっか」

その後、響の掌に大量に糸を巻き付けたり、響に巻きつける糸の位置を変えたり、その状態で距離を大きく取ったりと、様々な方法が試され繰り返される。

「……面積じゃねえな、糸を経由するかしないかだな」

「うん、更に糸だと距離を離せば離す程、効率も下がるね」

「でも、口に糸を咥《くわ》えたら上がったな」

「……そ、そうだね」

「効率を上げる条件は、糸などを経由せずに身体に直接触れること、触れる面積を増やすこと、糸の場合は口に咥えること。いずれも、ただ糸に触れてＭＰを吸収したときの数倍の効率だな」

「ううん。いろいろわかったけど、悩むね」

「もっと吸い取るとして、どの手段が一番いいんだろうな？」

「えっと……、ん。あ、ま、まず検証するなら、とりあえずＭＰ減らそっか。次のリクエストは？」

言い淀んだ結衣は、シェルに視線を向けた。

視線の先にはシェルが退屈そうに膝を抱えている。

響と結衣の視線が集まったことで、シェルは首を傾げて、一度耳を動かした。

「シェルさんは、何か欲しい服ある？」

「ご主人さまにお任せですよー」

「個人で特に欲しい服はなし、と。じゃあリクエストは……って、そわそわしすぎじゃない？」

どことなくやる気のないシェルの返事に、結衣は乾いた笑みを浮かべた。

響に意見を求めようとしたが、妙に嬉しそうな響の姿を見て、結衣の笑みの湿度を更に下げる。

「……はあ、なんだい？　もうリクエストはなんでもいいよ。どんな衣装を着せたいんだい？」

「し、失礼な。お、俺は別に」

「その満面の笑みの説得力たるや、凄まじいまでに」

「……。ごほん。それはそれとして。寝るときのパジャマとか、どうだろう？」

「おお、割と実用性のあるところを攻めてきた。その心は？」

「ルームウェアを着た女の子の破壊力はすっごいと、昔から幻想を」

「そこは幻想なんだ。ルティとかボクとかパジャマだったよ。ここ数日」

「幸せだった。ありがとう。まあぶっちゃけ、俺もシェルも寝るときって、簡素なシャツやズボンだからさ。俺はともかく、シェルみたいな可愛い子にはバリエーションが必要だと」

「……言い淀むことなく言い放つのは良いけど、シェルさん照れてるからね、気付こうね。あと、確かに言いたいことはよくわかる。うん。わかった、いくつかルームウェアを作るよ」

「おう」

「せっかくだから、ネグリジェとかベビードールとかも作っておく？」

「…………それは、い、いらないんじゃないかな」

「作っておくから。そんなに目を泳がせない。ついでだし、ボクのも作ろうかな」

「……………………ベビードールを、ですか？」

「待って。待って、違うから。やめて、そんなに期待に満ちた目をしないで。作らないよ？　作ったとしても、見せないからね？　わかってる？」

「……おう」

「あ、絶対想像してる目だ。や、やめてよ、想像で変な服を着せないでよ⁉　ちょっと⁉」

焦点の合わないような目をする響に、結衣は顔を真っ赤にしながら抗議する。

それでも魔法力を起動し、大量の糸を空中で編み合わせて衣服を作った。

みるみるうちにできあがる衣服を見ながら響は、ほうと驚く。

結衣の好みなのだろうフリルが要所に散りばめらたキャミソールと、タップパンツ。

淡い水色の衣服はガーリーな雰囲気であり、シェルにぴったりだった。

結衣が作る衣服は、それだけではない。

続いて作り上げた衣服は、面積の少ない衣服だった。

柔らかく、薄く透けるような青の生地で前開き型のベビードール。

響は首を物凄い勢いで結衣へ向ける。

「ありがとう！」

「う、うん、どういたしまして」

結衣の右手を両手で握り、今にも感涙しそうな響の様子に、結衣は頬を引きつらせた。

「……それで、結衣さんや。あなたのベビードールはお作りになられない？」

「えー。つ、作るにも、もうMPがほとんど……」

「MPは任せろ！　いくらでも余っている！　今すぐ実験を再開だ！　再開するぞ！」

「えー」

熱く語る響とは対照的に、疲れた顔の結衣が渋々といった感じに肩を落とした。

響は結衣の気落ちする様子を気にしないことにして、先ほどの実験の結果と考察を思い出し、検証の続きを提案する。

「さっきまでは、単体で効果のある内容をやっていたし、組み合わせを試してみよう」

「く、組み合わせね。うん、そうだね。で、でも、どう組み合わせるの？」

どこか躊躇うような結衣の様子に、響は考え込む。

結衣の躊躇いが今ひとつ理解できなかった。

もしかしたら男の自分には思いつかない要素が潜んでいるのかと、結衣をちらりと見る。

しかし結衣は目を逸らして沈黙していた。

訊ねても回答を望めないと思った響は、同性に聞こうとシェルに顔を向けた。

シェルは結衣の出したルームウェアを掲げて眺めている。

「はい？　ご主人さま、どうされました？」

響の視線に気付いたシェルが首を傾げた。

シェルにしては珍しく、尻尾が揺れていない。どこか不機嫌そうな様子に、響はどう言葉を掛けるべきか逡巡《しゅんじゅん》した後、素直に『ＭＰ吸収』について訊ねる。

「な、なあ。シェルはどう思う？　『ＭＰ吸収』の効率を上げる方法、何か思い浮かぶ？」

「そーですねー。抱きついて吸収したら、すっごく吸収できるんじゃないですかねー？」

シェルの言葉に響は頬を引きつらせる。

すぐに思いついたが、口に出すのを悩んでいた内容である。

結衣に抱きつかれるため、あまりにも直接的な接触で響としては少々困る。

結衣を見ると、顔どころか身体ごとそっぽを向いていた。

耳が真っ赤になっていることだけが、響、そしてシェルには理解できた。

「ユイさんは、気付かれてたみたいですねー」

「しぇ、シェルさんが何を言ってるか、ボクには全然わからないなぁ」

「そーですかー、大変ですねー」

声を上擦《うわず》らせた結衣を見るシェルの瞳が冷たい。

先ほどから結衣をかまい続けたのが原因だろうか、驚くほどシェルは不機嫌らしい。

言葉を詰まらせた結衣は少しの逡巡の後、響の顔を見た。

「試しにやってみよう。試すだけだよ響、あくまで緊急時の対応の検証のために」

様々な感情が入り混じった瞳で、結衣は人差し指を立てて口早に言い始めた。

「……まあ、良かろうなのです。俺としては、あんまり否定する要素がない」

「な、ないんだ。ちょっと、どう受け止めていいか、ボクは迷うよ」

「気にするな。さて、どうしよう、俺が抱きつくのか？」

「……まだボクが抱きつく方がいいかな、精神的に」

「前から？　後ろから？」

「……後ろからにさせてもらいたいかな」

響は結衣の申し出に頷くと、結衣に背中を向けて、胡坐《あぐら》をかき、両膝に手を置いた。

シェルは結衣の出したルームウェアを試着しようと動き始めたので、響は静かに目を閉じる。

視界を閉ざしたこともあり、背中に触れた結衣の手から緊張感が伝わってくるようだった。

「では、失礼して……」

結衣の声が頭のすぐ後ろから聞こえる。

響の脇の下に、すっと結衣の腕が差し入れられた。

響は喉を鳴らし、姿勢を正して、展開に備える。

「えっと、ごめん。『吸収《アブソーブ》』」

謎の謝罪の後、結衣は響の背中に密着する。

響は背中に伝わる大変な質量に自失しそうになるが、必死に堪《こら》えた。

それと同時に今までにない量の魔法力が結衣に吸われていくのがわかった。

（そっかー。接触面積が多いほど効率いいんだなー、そうなんだなー）

緩みそうになる頬を気合いで固め、意識を背中から離そうと必死に思考を回す。

そして、響は結衣に背中を突き飛ばされ床に転がった。

首を巡らせて後方を確認すると、両腕を突き出した形で結衣は顔を伏せている。

息も荒く、非常に精神的な負担を強いたようだ。

「……凄く効率が良いことが、わかったよ」

声を震わせる結衣に、響は同意の声をかける。

「そうだなー、俺も吸われていることが実感できるくらいだったなー」

「こ、これで目的は果たしたね。さあ、実験は終わりだね！」

実験を中断しようとする結衣に対してシェルが冷酷に告げる。

「残念なことに、もう一つ要素がありますよねー」

冷たい口調で、やる気のない声を出すシェルに響は怯えながら視線を向けた。

ルームウェア姿となったシェルは、服を摘まんでサイズ感を確認している。

いつもと違い露出度は高く、健康的な手足が響には眩しい。

だが、シェルは響の様子に気付いていない。

硬直する結衣に容赦することなく、半目にしたままシェルは言葉を続けた。

「糸を咥えたら、効率良かったですよねー」

「し、シェルさん！　何をさせたいのさっ⁉」

「いえ、より効率の良い方法は試さないのかなーと思いまして」

「ぐっ」

「糸を介さないで直接触れれば、効率良かったんですよね？　それならば、ご主人さまが結衣さんの指を咥えてみたら良いんじゃないですか」

暗い笑みを浮かべ、次の行動を煽るシェルを見て、響は後でかまってあげようと心に誓った。

「ほら、早くするといいですよー。事前の準備と検証は必要だと、ご主人さまも常日頃言われてますしー。せっかくご主人さまがお付き合いされているんですし、きりきりとするですよー」

結衣は暫く硬直していたが、さび付いたブリキ人形のように首を動かして響に顔を向ける。

口をパクパクと動かした後、シェルに追い立てられるように行動を始めた。

基本的には顔を赤くし震えながらだが、結衣はなぜかシェルの言葉に従って動く。

ＭＰを減らすために、シェルの衣服を作り、シェルがそれに着替えながら実験は繰り返された。

既に結衣は頭が働かないのか、響の提示する衣装を延々と作り続けた。

看護師、体操服、メイドなどなど。

シェルの不快指数は目に見えるほど上がっていった。

溜まったストレスをすぐさま晴らすかのような発言は、徐々に過激さを増していく。

シェルの発言は、こうだ。


手だけでなく足も試すべき。

指とかの末端だけじゃなく、胴体に近い部分に口を付けたらどうですか。

首とか。おへそとか。

ああ、単品だけでなく組み合わせると良いんでしたね。

抱きつくのと併用したら、より凄いんじゃないですか。

え、ご主人さまが調べ物で疲れているる中、快く協力されているのに？

どうして、やらないんですか？


など、淡々と、かつしつこく煽《あお》り続けた。

それは日が暮れ始めるまで続いた。響は累々《るいるい》と倒れ付す二人の姿を眺める。

シェルからは冷たい雰囲気が漂い、結衣は頭の上に枕を置いて、ベッドに顔を埋めていた。

（うう一ん。シェルにストレスを与えると、こうなってしまうのか。勉強になった）

頬を掻きながら疲れた表情を浮かべる響は、実験結果を蝋板にまとめ始めた。

結衣は恥辱と混乱で使い物にならなくなっているが、どこかで正気に戻ったときに活用できるようにと、箇条書きで判明したことを記載していく。

（結局、二人の触れ合う面積の大きさと、口や舌といった身体の内側の接触が有効だ、と）

端的にまとまった結果を改めて見て、『MP吸収』の微妙な使えなさ加減に溜息を吐く。

（まあ。非常時には、結衣に指を咥えてもらえばいいかな）

別に響が口にするのでも良いのだが、どことなく背徳感のある行動だと、やってみて思った。

なるべく避けようと心に誓いつつ、響は何気なくステータスを開く。

長い時間、MPを吸収され続けたので、どれくらい減ったのか気になった。

（……ん？）

MPの項目の脇で、何かが消えた。

（なんだ？　何が出ていたんだろう……、ま、いっか）

消えた文字は、いくら眺めていても、再び現れることはなかった。

これ以上見ていても無駄だと考えた響はステータスを閉じ、傍らの二人に視線を移す。

シェルの口撃は未だに結衣を攻め続けていた。

結衣はシェルの言葉にいろいろ思い出しているのか、ベッドの上で悶えている。

（まあ、足を舐めるのは、確かにやりすぎだと思ったが、そこまでダメージがでかいのか）

声にならぬ叫びを上げている結衣を見て、響は心中で謝罪と僅かな感謝を述べて、頭を掻く。

（なんだろう、なんかすっごく疲れた）

根本的に幸せな環境だったが、それ故に過酷だったようだ。心が少し疲弊しているのを感じると同時に、作業が終わったことに肩がすっきりとしている。

（とりあえず、だ。今夜はシェルの喜ぶご飯を出そう。うん）

そしてなんとなく可哀想に思った結衣には、タルトでも作ろうと決心する。

もうすぐ夜が訪れる。

ルティも食事を待っているだろうと考えた響は、二人を宥《なだ》めるために動き出した。

機嫌の悪さを全開で表現するシェルは厄介だった。宥めるのに三十分ほどの時間を要する程に。

シェルが尻尾を振る程度まで機嫌を良くしたときには、響は検証最後の出来事を忘れていた。


——そのため、響は気付くことができなかった。


この検証の意義すら皆が忘れようとする中、重大な発見をした者がいたことに。

そして、この検証が後に重大な効果を発揮することを、響は気付かなかった。


結衣との魔法特訓を終えて、三日後。

サディアについて一週間が経過していた。響はルティの部屋の前に立っていた。

深呼吸をした後、ノックを四度する。しばらく経った後、開かれた扉の内側には、肩にショールを掛けたルティが驚いた顔をしていた。

「あら、ヒビキさん？　こんな夜更けにどうしましたか？」

響は申し訳ないと思いつつ、謝罪の言葉を口にする。

「ごめん。話したいことが――」

「そうですか、ではどうぞ」

響の言葉を途中で遮り、ルティは踵《きびす》を返して室内に戻った。さらりとしたルティの行動に驚いた響は一瞬硬直し、気を取り直して室内に入る。室内には簡素な卓と、椅子が二脚あった。

「あのさ。王女なんだし、あっさりと男を入れるってどうなの？」

「あら、夜這《よば》いですか？　それは困りましたね。経験がないので上手くできるか……お手柔らかに」

「いや、そうじゃなくて」

「既に同衾《どうきん》した身なのに今更ですわ」

「……なんであのとき、朝起きたら布団に入っていたのか、本当謎だわ」

村で一泊したとき、響が目を覚ましたとき、腕を枕にしてルティが寝ていた。

そのときの戸惑いを、響は忘れない。

自分が布団を移動していないこと、そして服を着ていることを素早く確認し、自分が何もしていないことに、どれだけ安堵し、少しだけ残念に思ったことか、恨みを込めて響はルティを睨む。

だが、ルティは頬に手を当てて微笑んでいた。

「いえいえ、一度腕枕というものを味わってみたかったのです。ドキドキして眠れないものですね」

「……寝こけていたじゃねえか」

「……だって、あんな……。いえ、なんでもありませんわ」

「待て。今、何を言おうとした」

「いえ、お気になさらずに。ヒビキさんの寝顔は可愛かったですよ」

ルティの言葉に、響は照れた顔を隠すため、顔に渋面を作る。

クスクスと笑いながらルティは扉から響に着席を促した。

「さて話を戻しますが。あのような状態で何もせずに、女性のプライドをへし折る紳士的なヒビキさんが、わけもなく女性の寝所を訪れるなんて非常識な行動を取るはずがないですよね」

「その言い方はどうなんだ」

「ですので、緊急性の高い案件だと思いました。観念なさって、お座りくださいまし」

席に座りながらルティは響に着席を促す。ルティの奨《すす》めるままに、響は対面に座った。

「お茶でも淹《い》れましょうか？」

「王女ってそんなこと、できるもんなのか？」

「他の王位継承権を持つ者はできないですね、この数日、時間があったので練習しました」

「練習しないでくれ。覚えてどうするつもりだ。平民に落ちる予定でもあるの？」

「ふふ」

「なんだ、その笑いは。魔法料理で俺が淹れるよ」

「そうですか。だとしたら、またココアが良いですね。気に入っています」

響は了承すると立ちあがり室内に置いていた茶器の置いてある戸棚へ向かった。

ミルクココアを料理魔法で出している響の背中に、ルティは声をかける。

「それで、ヒビキさん。……ご用は？」

その言葉に響は黙り込む。

黙ったままココアと自分の珈琲を入れた茶器をテーブルに並べ、響は溜息を吐いた。

ココアと珈琲の香りが漂う中、響は言葉を選ぶように茶器に指を沿わせる。

言い淀む響の様子に、ルティは苦笑を浮かべた。

「……不思議ですね。ヒビキさんがそこまで言い辛い内容ですか？」

「そう、かな？」

「そうですよ、普段からズバズバ言ってこられるイメージがあります」

「発言内容には気を遣ってるつもりだったけど」

「ユイに対しては、遠慮一切なしの不思議なバランスの発言をされていますよね」

「そこは、気を遣う場所と遣わない場所を選んでる」

「楽しそうに対応しているのが見てて楽しいですよ」

ルティの微笑みに響も苦笑を返す。ルティは悪戯を思いついたような顔を浮かべて口を開く。

「そういえば、ユイはどうしました？」

「こんな夜に、どうして一緒にいると思ってるんだよ？」

「ほとんど一緒ではないですか。ユイの話すことがヒビキさんのことばかりで、寂しいのですよ」

ルティは困ったように頬に手を当てる。その芝居じみた動きに響は頬を引きつらせた。右手を前に突き出し、ルティの思考に待ったをかける。

「待った。そんなにあいつは俺のことを話してるのか」

「していますよ？」

きょとんとした顔で響の問いに即答したルティは指を折りながら列挙する。

曰く。

響はシェルさんには優しいのにボクにはいじわるが多い、なんか贔屓《ひいき》を感じる。

そのくせ少し接触するだけで過敏に反応する。全く困ったもんだよね！

絶対に彼女どころか女の子と接触経験が少ないんだ。

ルティは結衣の口調を真似ながら列挙した。似ていた。可愛かった。

響は話された内容とルティの可愛さに、そして真似の元が可愛いのも問題なのかと頭を抱える。

「あら、どうされました？　だいたいユイが話す内容は、このような感じですわ」

「愚痴じゃねえか。あと人の女性遍歴のなさを分析しないでよ」

「基本楽しそうなので、面白いですわよ」

ルティは口元を綻ばせた後、片手を頬に当てて、首をくてりと傾げる。

「でも、私も不思議です。ヒビキさんは交渉とか人の思考を読むのは比較的上手なのに、どうして女性との接触を戸惑われるのですか？　私とも基本的に目を合わせていただけません。よく観察をするとユイやシェルさんの目も長時間見てないような」

「……いや美人とか美少女とか視線合わせられないっす。照れるわ」

「……シェルさんって奴隷ですよね」

「でも可愛いんだ……」

「そうですか、イヌ族奴隷にそういう評価をする人、珍しいですけど」

「でも可愛いじゃん……」

「私もそう思いました。世間の評価は当てになりませんね」

「だよなっ」

「それで。そんな可愛い子の目を長時間見ることができないヒビキさんは、何故にユイに敢えて冗談やからかいの言葉を向けるんでしょう」

　響は再会して以降の結衣への対応を思い出す。雑に扱ってきたつもりだった。

「可愛いなあって視線を向けたらうんざりした顔してましたもん。真逆の対応を試みただけですよ」

「ユイからすると、そのように雑に扱い、でも対等に向き合う男性は初めてなのでしょうね。そういった人がいると心が楽になります。私にとってのユイがそうですし」

　ルティが微笑みながら響を見る。

「私は友人としてユイを見ていますが、そうですね。ユイから見るヒビキさんは、きっと私が憧れていたことは、きっとこうなんだろうと思います。微笑ましく見ていますよ」

「その素敵な勘違いは、止めてくれ……」

　響は眉間の皺を指で押さえながら、ルティに苦い口調で返す。

「勘違いだといいですわね？　でも楽しんでいると思いますよ。普段から懐《なつ》いていますし」

「普通、もう少し距離を置くかなぁと思ったんだけどね。最初に、変なテンションで接したから、そのままにしているだけだよ」

「あら、そうですか。ユイの素性を理解して以降、接し方を変えましたよね。とてもワザとらしい接し方でわかりやすく思いましたわ」

　響は結衣と再会したときを思い出す。

　確かにヒルデと名乗ったときと、転移者と知ってから、アホな会話を繰り広げた結果、そのまま雑な話し方に変えた。気付かれているとは思わなかった響は、ルティの言葉を待った。

ルティは推論を響に向けて口にした。

「そうですね。例えば、ユイの心を軽くするため、とか、でしょうか」

「……買い被りすぎだよ」

「どうでしょうか。私は信じて疑いませんよ？　根拠を列挙してみましょうか」

響はルティに笑いかけた。ルティも裏の見えない笑顔を返してくる。

おそらく自分の笑顔もこうなっているのだろうと、しばらくルティの笑顔を見た後、響は観念したように響は両腕を上げた。

「やめてくれ。得意じゃないんだ。降参だよ」

「あら、じゃあ認めるんですの？」

「認めると言われても。俺が女性にそんな気を遣うような人間に見えるの？　自慢じゃないけど、俺は異性と……交際したことがないんだぞ？」

「はあ。ですが印象は逆です。シェルさんから話を伺いましたが、手を出されていないんですよね？　転移者が異性の奴隷を入手した場合。高確率でそういった行為に及ぶと聞いていますけど」

「王侯貴族が下世話な話に精通しているのはなんでだよ……」

「最初に会ったときの質問で気付いてくださいまし。とにかく、飢えているはずなのに何もしない。ユイも、シェルさんも。ここまで懐けばなんらかの行動に出てもおかしくありません。距離を一定に保ち、二人共とても大事にされていることしか伺えませんよ」

ルティの断定に響は頬を掻きながらそっぽを向く。

吐き出すべき言葉を頭の中で思い浮かべるが、おそらくどれもルティの追及を避けられない。

観念したように響は長い溜息を吐いた。

「……シェルは俺に命を救ってもらったと、そういった目で見ている。主人として見られているのに、それを利用するかのように欲を満たしてはならんでしょうに」

シェルが響の後ろをついて回る姿を思い出しながら苦笑を浮かべる。無邪気な笑顔にどれ程癒やされ、そして欲を表に出してはいけないと自戒《じかい》したことか。

「結衣についてては、可愛いやら美少女だって言われて、顔色を曇らせるんだから、どう見ても疲れてるとしか思えない。どんだけ言われて続けてきたんだか。褒め言葉に麻痺《まひ》しているんだ。俺なら異性として扱われるのすら疲れるわ」

「なるほど、得心しました。概ね予測通りです。ユイが懐くのも無理はありませんね」

「……結衣が俺に懐くのは、疲れていたから楽な方に行ってるだけ。それ以上じゃない。そろそろ結衣の話は、この辺にしないか？」

「……いいえ。おそらくヒビキさんがしたい話には繋がると思いますよ？」

「そう、か？」

「ええ。私の趣味の話をしたいのでしょう？　なぜ趣味に没頭し始めたのか。と」

響は目を見張ってルティを見る。

ルティは響の視線から逃れるように、テーブルに視線を落とした。ココアはいつしか冷めていた。

響は新たに飲み物を補充し、ルティに訊ねる。

「……気付いていたのか？」

「ええ、ヒビキさんが調査依頼した内容から、概ねは。これでも有能と言われる王女ですよ？」

「さいですか……。趣味の話だけじゃ終わらないってことも？」

「勿論です。予測したよりも早く結論に辿り着いたため、大変びっくりしました」

「そうか、じゃあ。やっぱり……そうなんだな？」

響はルティを見て、溜息を吐いた。ルティは一度瞳を逸らした後、響に向けて笑顔を向ける。

寂しそうな笑顔だった。響は、言葉を発しようとして躊躇う。知らず唇が震えた。

ぐっと唇を引き締め、口を開く。

「ルティ、貴女は全て理解して、その上で動いていたな？」

ルティの回答は沈黙だった。

肯定も否定もしないルティの姿に、響は問い詰める覚悟を決めざるを得なかった。

夜はまだまだ長くなる。響はそっと息を吐いた。


ボクは響の部屋に向かって歩いている。

小腹が空いて、お菓子でも出してもらおうと思っていた。

響のことなので、ただお願いに行っても嫌がられるだけだ。だが対策はばっちりだ。

大判のストールを羽織っているが、その下はベビードールを着ている。

特訓のとき、あれほど見たがっていたのだ。多分ちら見せすれば、喜んでくれるに違いない。

響の鼻の下が伸びる姿を想像して、思わずボクはくすくす笑ってしまう。

そしてふと考えてしまう。

ボクは昔から男の人の視線が苦手だった。自分で言うのもアレだけど、相当顔が良いらしい。

悲しいかな、否定したくても延々と周囲に言われ続ければ、認めざるを得ない。

認めないと女子から嫌味だと言われるのだから。

認めたとしても、それはそれでやっかみを受けるが、知っていれば対策もできる。

ただ成長していくにしたがって、いや発育と言った方がいいか。

街でも学校でも男子の目が怖く感じるようになった。

中学から女子校に通わされるようになったのは幸せだった。

ただ、それでも言い寄ってくる人は多かった。

視線に晒されるのは怖い、でも気にしても、隠そうとしても視線は止まない。半ば諦めていた。

それは転移してもさほど変わらなかった。

ルティに拾われる前は路頭に迷っていて浮浪者化してたので、そういう視線はなかったけど。

拾われてから、ルティの側で綺麗な格好をしてからは、異性の視線に苦しむ日々が再開した。

割と年齢差を気にしない世界らしく、結構年上も口説きに来て、非常に困ったことを覚えている。

幸いルティの立場と、持ってるスキルのチート性能のお陰で撃退に成功していたけど、こんな生活がずっと続くのだと思ってた。

響と会ったのは、疲れが限界かなぁと思ってたころだった。

視線を徹底的に逸らすのにチラチラ見てくる。それでも行動に移さない姿に驚いたものだ。

危険性を感じない男性が珍しくて思わず接触を多くしてしまったけど、楽しいと感じた。

再会してからの響は簡単に言うと、扱いが酷い。

同じ世界の女子高生だと知られてからは、ただ子供扱いをされているように思う。

美人だ美少女だ可愛いだと口にするのも、どうにも貶《けな》されているように聞こえる辺り、斬新《ざんしん》どころか頭が痛くなる。基本的にからかいの視線しか向けられないし。

シェルさんやルティには所々鼻の下を伸ばすのに、ボクに対しての扱いが酷い。

腹が立ったボクは、ついつい響の目を惹く行為をいろいろして仕返しをしてしまっている。

だいたい思惑通りに響はボクをじっと見て、顔を赤くする。

そんな響の姿を見て、心の中でガッツポーズをしていた。

——怖かった男の人の視線のはずなのに、響に見られると嬉しいんだ。

ただ、その後冷静になって恥ずかしくなるけど。そして不思議になる。あれだけ見られたくなかった視線を、思わず集めようとしてしまう。不思議だった、だって——。

——響が見てくれないのが、寂しかったから。


他の女の子に視線が向けられると焦燥感が湧くなんて思いもよらなかった。

気付くと響の視線が欲しいと思っている。

「どうしてかなぁ……」

仕方ないヤツと思われる苦笑交じりの優しい眼差し。

ボクの反応を面白がって向けられる悪戯じみた瞳。

……ちょっとやりすぎて力のこもったえっちな目。

最後のはどうかと思うけど、それでも視線を向けられると心が跳ねた。

「響……だからなのかな」

最近の響は調べ物に忙しくてあまりかまってくれないこともあり、ボクはもやもやしている。

唸りながら廊下を歩いていると響の部屋に着いた。ノックをして返事を待つ。

まあ、シェルさんがいるのは知ってたけどさ。

予測通りシェルさんが返事をしたので、勝手に扉を開ける。

部屋の中に置かれた大きな机の上は木簡や羊皮紙を丸めた資料で埋め尽くされている。

机が殆ど見えないくらいに資料が積まれて散らかっていて、シェルさんが片付けをしていた。

「あれ、響は？」

「ご主人さまは、ルティさんのところに……」

「……こんな時間に？」

もうすぐ深夜と言ってもよい時間だ。それなのにルティの部屋に行ったらしい。

ボクは思わずムッとする。シェルさんもどことなく不満っぽい。

「ご主人さまの調べ物が終わったらしく、そのままルティさんにお話をと言われて」

「真面目な話をしにいったなら、まいっか」

連日連夜調べ物をしていた内容だし、とても重要な話なんだろう。納得したボクはベッドに座る。

「それにしても、凄い散らかりようだね」

「はい。でもご主人さま的にはわかり易《やす》いらしくて、調べ物が終わるまではお片付けできなかったんですよ。終わったと言われたので、ようやくお片付けできるです」

「意外だよね、もっと整理整頓してそうな雰囲気があったよ。掃除は苦手なんだね」

「かもしれないです」

シェルさんは顔を見合わせて笑い合う。

ボクは響のベッドに手を当てて、そしてなんとなく、ぽすんと横になる。

響の匂いがした。臭いわけじゃない。不思議と落ち着く、響の匂い。

響はなんでもできるイメージがあった。

とっても強くて戦闘をこなせて、ルティのむちゃむちゃ裏のある会話にも平然とついていけて、なんでも知っていていろいろ調べ物ができて。

サディアに着いた日に行われた晩餐会でもそうだ。

普通なら目を白黒させるのに、平然としていた。

貴族に対して失礼のない態度で、それでいて会話しながら情報を集めたり協力を得たり。

「……なんで、響はなんでもできるんだろ」

思ったことが口に出た。誰かに聞きたかったんだろうと思う。

たぶん響じゃなかったら、怖いと感じたと思う。理解が早くて、状況に順応するのも早い。

どうしたらそんな風になれるんだろう。

呟きを聞いたシェルさんが苦笑しながら近付いてきた。

響のベッドに横になっていることを怒られるかなあと思ってたけど、違うみたいだ。

シェルさんは資料をぎゅっと抱きしめて、口を開く。

「前に、同じことをご主人さまにお聞きしたことがあります」

「そうなんだ。響はなんて言ったの？」

「……大人だから、って苦笑してました。ご主人さまの世界では大人はそういうものだと」

シェルさんが寂しそうに笑った。

話を詳しく聞くと、別の職場や環境に仕事で移ったときで例えたらしい。

過ごしていた日常が変化する。今まで常識だと思っていたモノが通用しなくなるから順応する。

それは、よくあることだと語ったそうだ。

確かにそうかもしれないけど、次元が違う。生活の延長で修正できる話と、あらゆることが根底から覆る異世界への転移が同列には並べられない。

「大人だからじゃ説明できない気がするなぁ。響と同じ歳になってもボクは適応する自信がないよ」

「シェルもです。だから聞きました。どうすればできますかって」

響は即答したらしい。『そこの常識に合わせようとすれば良い』と。

言うのは簡単だ。だが簡単に実行できるとは思えない。

短い中でも人生で培《つちか》ってきたこと。根強い考え方を変更するなんて容易ではない。

自分が正しいと信じていることを変革するようなものだ。

だが、響はさも簡単なことを言うように、言葉を続けたそうだ。

『自分が正しいと思わなければ簡単だよ』

正しいと思って行動していても、周囲から見たら間違っているかもしれない。

周囲の和を乱さないように、頑なに己を信じるのではなく、周囲から正解を推測して動くと。

「はあ、そんなこと考えているんだ……」

自分が慣れるまで時間がかかったことを思い出す。

礼儀作法や仕来り、生活慣習など中々受け入れられなかった。特にトイレ。

それまでいた環境が良好すぎたからなんだろうけど、周囲に併せるようにすればあっさり順応できるものなんだと、思わず感心する。……ちょっとかっこいい、かな。

「でも、きっと凄く疲れるよね？」

「そう、なんだと思います。でも、ご主人さまは本当の疲れを見せてくださらないので」

シェルさんの言葉に、ボクは頷く。

響は溜息をよく吐く。苦笑している顔が日常の五割を越える。

それは本当に疲れ果てたからの表情ではなく、仕方ないなぁと言ってるようなものだ。

苦笑して、溜息を吐いて、その後にわかったよと言ってくれる。

「響の苦笑って、なんかほっとするよね」

「ええ。とても、よくわかるです」

シェルさんと笑い合う。でも、結局疲労は蓄積してるんだろうと思う。

どこでどうやって解消しているんだろう。再会してからはずっと響の側にいるけど、わからない。

もしかしたら、凄く疲れ果てているのかもしれない。

シェルさんを見る。響はシェルさんに慕われている。

甘えられている姿はたまに見るけど、逆は見たことがない。

ルティと響が会話していることを思い出す。

裏のある会話を繰り広げる以外には、同じくルティが甘えている姿しか見たことがない。

ボクは気付いた。頑張る響にご褒美を上げる人が、誰もいないことに。

(響を甘やかしてあげる人が、要るかな)

ボクはそう思うと、ベッドから身を起こす。首を傾げてボクを見るシェルさんに笑いかける。

「響のところに行こうかなって。シェルさんも一緒に行かない？」

「でも、ルティさんと大事な話を……」

「いや、大事な話なら余計に聞いておきたいよ。ボクたちも関係してくる話だと思うし」

そして、どこかで機会を見て、響の頭を撫でてあげよう。お疲れさまって言ってあげよう。

どんな顔をするのかと想像すると、ボクの顔がにやけてしまう。

「行こう、シェルさん。ルティの部屋だよね」

「……わかりましたです。ご一緒しますです」

シェルさんは響みたいに苦笑した。響の癖が移ったのかもしれない。

四六時中、響の側にシェルさんがいるからなんだろう。

廊下を歩きながらシェルさんに指摘すると、シェルさんは笑った。

「ユイさんも、溜息と苦笑が多くなってるですよ？」

……なんてことだ。ボクにも移っていた。え、ボク、そんなに響と一緒にいるかな。

「いつも、ご主人さまを目で探しているです。シェルと一緒です」

少しむっとして、でも同志を見るような顔でシェルさんがクスクスと笑う。

どうだろう、自分ではそんなことないと思うけど。……思い返してみると、頭を抱えたくなった。

本当だ、響が視界に入っていないと落ち着かなくなっている。

確かに話をしていると楽しいし、側にいるとからかわれて面白いし、ご飯やお菓子が美味しいし。

でも、違う。きっと違う。違うはず。

ボクは頭をぶんぶんと振る。認めない。まだ認めない。

気持ちを切り替えるため、先ほどの響の考え方についてシェルさんに尋ねてみた。

「そ、そういえばさ。響が正しくて、周囲が明らかに間違っている場合はどうするんだろう？」

響は自分が間違っていると考えて、正解を推測するって言っていた。

でも正解が自分だった場合は、周囲のしている間違いを受け入れるのだろうか。

「それも、ご主人さまにお訊ねしました」

既に聞いていたらしい。シェルさん、マジ優秀。

「仲間や友人に害が及んで、明らかに相手が間違っている場合は『正す』と言われていました。話がわかる人には話をして納得してもらうって」

「……話がわからない人には？　ほら、最近の若い人って話聞かないし」

「時と場合によるらしいですが、若い子が誤った方向に進もうとしているんだとしたら、持てる全ての方法を使って『説得する』らしいです。ちょっとワイルドな雰囲気でドキドキしました」

「そ、そうなんだ……」

要らないシェルさんの感想が付属してきたけど、『説得する』というのは肉体言語を含むということなんだろうか。それに仲間や友人に害が及ぶって言っていたけど、自分を含んでいないのが響らしいと思った。自分が我慢できるものは我慢するのか。大人って凄いなぁ。

「あ、ルティさんの部屋ですね。ご主人さまも中にいらっしゃいますね」

気付けばルティの部屋の前にいた。

シェルさんが鼻と耳をぴくぴくさせて部屋の様子を確認している。

村の宿での一件を思い出して、ボクは少し眉を顰める。怪しげな会話をしてたので踏み込んだら、ルティ秘蔵の本を朗読している場面に出くわした。今回は大丈夫だろうか。

扉が分厚く、ボクの耳では中の会話は聞こえないけど、シェルさんなら聞こえるだろう。

「ね、ねえ、シェルさん？　響たちは今、なんの話をしているの？」

「えっと……、不思議なんですが、会話していませんね」

なんですと？　じゃあ何をしているんだろうか。

「わかりません。たまにベッドが軋《きし》む音が……」

「……………………え？」

「あと、ルティさんが泣いてるみたいで」

ベッドが軋む？　ルティが泣く？　え？　え？　何が起こっているの？

「あ、ご主人さまの声がしました。ルティさんの声の位置と凄い近いです」

「な、なんて？」

「気遣っているみたいな優しい声色です。『大丈夫か？』とか『痛いのは仕方ない』とか」

「ひびきいいいいい‼」

慌てて扉に身体をぶつけるようにルティの部屋に殴り込んだ。

ベッドを睨み付ける。響がいた。ルティもベッドだ。響とルティは抱き合っている。

「……あれ？」

想像した状態とは違った。

ルティが響に抱きついて、響の胸に顔を押し付けてベッドに押し倒しているけど、二人ともきちんと服を着ている。

響はルティの頭を撫で、背中を宥めるようにぽんぽんと叩きながらビックリした顔をボクたちに向けていた。

「……どうした？　何かあったのか？」

「い、いや。こっちは特に何もだけど、そっちこそどうしたの？」

「ん、ちょっとな。泣かしちまった」

響は苦笑しながら、ルティに視線を向ける。

ルティが泣いている姿を見るのは初めてだった。ルティはしゃっくりを上げている。相当激しく泣いたのだろう。そんなに泣くようなことを響はしたのか。

ボクは響を半目で見る。

「何をしたのさ。怒るから言ってごらん？」

「……やだよ。怒られるの確定かよ」

「ボクの大事な友達を泣かせて、無事に済むと思ってる？」

ボクが怒りの姿勢を見せていると、ルティの肩がぴくりと震えた。

響は喉を鳴らすように笑うと、ルティの頭をちょっと乱暴に撫でた。

「ほら、言ったろ。大事な友達だってさ」

「…………はい」

ルティが響に掠れた声で答え、より強く抱きついた。状況がわからない。

わからないけど、胸がもやもやした。

ルティが心配だ。それは間違いない。でもルティが響に抱きついている姿に、胸が締め付けられる。今の響はルティを何より案じているように見えた。優しく、抱き留めている。

「ね、ねえ？　何があったのさ」

ボクはルティに近付いて、声を掛ける。ルティは顔を上げないまま首を横に振った。

「る、ルティ？」

「……えっとですね。泣き腫らした顔なので、見られるのが恥ずかしいと言いますか」

ルティは照れながら答えると、響が魔法力を起動した。緑色の光をルティの身体を包む。

魔法訓練のせいか、起動から発動までがとても早い。おそらくルティの顔を癒やしたのだろう。

ルティは不満そうに顔を上げ、響に向けて唇を突き出した。

「……ヒビキさん、意地悪ですわよ」

「い、いや。泣いてるときなら、まあ良かったんだけど。泣き止んだ状態で、この姿勢ってのは、その、なんだ。困ったことになるというか、なりつつあるというか、なっているというか」

「……………あら。本当ですね。ユイやシェルさんと違って、貧相だと思うのですが」

「その部分の問題ではないのだ」

「言外《げんがい》に小さくて貧相だと認めましたね？」

「……俺が問題視していないのは、その、伝わっていると思うんだけど」

「……そうですわね。あの、嬉しいです。もう少し、このままでいいですか？　勉強になりますし」

「ナニを学ぶんだ？　学んでどうする？　強く抱きつくな、もぞもぞするな。やめろ。やめてくれ」

響とルティが意味深な会話をしながら、いちゃつき始めた。

何を言っているのかわからない。わかるのは、響とルティの心の距離が近付いていることだ。

ルティが見たことがないくらいにはしゃいでる。胸がざわつく。

響がルティにでれでれした視線を向けているのが、寂しい。

何も言うことができないまま二人を見ていると、シェルさんが冷たい笑顔で近付き、響からルティを引き剥がした。そのまま響に抱きつき、匂いを上書きするように身体を擦りつけている。

シェルさんはとても自分の心に素直に動いている、そう感じた。ボクには真似できない。

「……どうしました？　ユイ」

響とシェルさんから目を逸らしていると、ルティがボクに声をかけた。ルティは優しく微笑んでボクを見ている。先ほど感じた感覚から、ボクはルティの目がまともに見れない。

視線を合わせないボクをルティはそっと抱きしめた。そしてルティは耳元で囁くように言った。

「……私は、ちゃんと認めましたよ？　ユイはいいのですか？」

何を？　と聞けなかった。ルティから響の匂いが微かにする。

ボクはこんなに鼻が鋭かっただろうか、それとも響の匂いだから反応できるのか。わからない。

「シェル、そろそろ離れてくれ」

響がシェルさんをぺいっと脇に放り投げた。シェルさんはベッドに軽く跳ねて座った姿勢となる。

緩んでいた頬を押えて響は胡座をかいて、しばらく深呼吸を繰り返した後、キッと顔を上げた。

「さて、いろいろとこっちは落ち着いた。これからすることも定まった」

「……とても、落ち着いた雰囲気に見えないよ、響」

「そうですわね。ヒビキさん起立してみてはいかがですか？」

顔が赤いままの響に、ボクは呆れた声を、ルティは面白がった声を掛けたので響は溜息を吐く。

やはり本家本元の溜息は違うなぁと眺めていると、響は頬に手を当てて、肘を膝で支えた。

「いや、いいけどな。すべきことについて話すけど、茶化さないで聞いてくれよ」

「はい、わかりましたわ」

ルティがクスクスと笑いながら、椅子に腰掛けた。ボクもルティに倣って座る。

「香織と鋼紀って覚えているか？」

響が口にしたのは、盗賊のアジトに行くときに会った人たちだ。鋼紀という人は響を襲い、酷い目に遭わせたので忘れるわけがない。でもそれがどうしたのだろう。首を傾げると響は肩を竦めた。

「ルティが盗賊に襲われたことに、関与している可能性が高い」

響は懐から盗賊のアジトで発見した手紙を取り出し、ぺらぺらと振る。

二人のことが書かれていたようだ。でも、ボクは不思議でしょうがない。

「ねえ、響？　その二人と今までの調べ物って関係してるの？」

「ああ、ちょっとルティの発信した流行のことで気になることがあってな。結論を先に言うと、香織たちが絡んでいるっぽい」

「へ？　どうして？」

転移者がルティの流行にどう関与しているんだろう。

「そうだな、まず。ルティの本の作者が『ＵＮＯ』って知ってるか？　香織が作者らしい。宇野って名字をそのままにしてたみたいだな。会ったときに、自分で書いていると教えてくれたしな」

あの人が書いているんだ。ルティが本を取り出して見せてくれる。一番最後のページに丁寧に名前と、異世界の住所が書いてある。こっちに来て書いたの？

「ルティに確認したら、香織と面識があるらしくてな」

知らなかった。いつ知り合ったんだろう。でも、ボクがルティに拾われ、色んな話をするようになってしばらく経ってからルティが男の人同士の恋愛について熱くなり始めた気がする。

ボクは、会ったときのことを思い出しながら、ルティを見る。

ルティは、あの当時、ボクが語る学校の話とか、日常の話を大層興味深く聞いていた。

クラスの子が他の学校の男子と付き合ったりした話とか、凄く好んでいたっけ。

何を間違えたら、男の人同士に走ってしまうのか、ボクは未だに悩んでいる。

ルティを眺めていると、目が合う。ルティはボクを見てしばらく考え込んでいるようだった。

何かを決心したように一つ頷いたルティは、くすりとボクに笑いかけた。

「そうですね。カオリさんのスキルについても、知っていますよ」

「そ、そうなんだ。スキルを知ってるって、そんなに頻繁に会っていたんだ？」

「いいえ。そこまでは。ただ、あの本をどうやって作っているのかを訊ねただけですよ」

確かに、どうやって作り出しているのかを考えると、不思議になる。

「香織は『物を作り出すスキル』と『物を複製するスキル』を持っているらしい。能力で画材を作って絵を描き、本を大量生産して、ルティに本を渡していたらしい」

響が説明を続けた。案の定、不思議なスキルを持っているようだ。

香織さんが本を作り、それをルティが趣味を同じくする貴婦人に配る。貴婦人が新たな同志を見つけると、住所にこっそり連絡を取って、本を買うという仕組みだったと、響が補足した。

どうやって広めたのかと思っていたけど、そんな仕組みだったんだ。

「で、ＢＬ本の普及から、スーツも流行ると睨んでいたんだろうな」

「どういうこと？」

「服を取り扱っている商会に香織が出入りしていた。スキルを考えると納得したけどな」

貴族男性のスーツの流行にも香織さんが絡んでいたそうだ。

晩餐会のときに男の貴族が皆スーツを着てたけど、普及が早すぎると思っていた。

服を作るとなると、布の手配から加工など時間がかかる。でも香織さんの持っている『物を作り出すスキル』と、魔法力さえあれば幾らでも服を作り出せるはずだ。

そして大量生産する場合は、『物を複製するスキル』は有効だろう。

「この街の貴族向けの服を取り扱う商会を調べると、まるで怪しめと言わんばかりでな」

響は苦笑した後、話し疲れたかのように口を閉じた。ボクとしては驚くばかりだ。どれほどの情報を調べたんだろうか。目撃情報まで集めていたなんて、信じられない。

「……す、凄いね。調べ物ばかりしていると思ったけど、そんなことまでわかるんだ……」

思わず口に出してしまったボクの疑問に、響は小さく笑う。

「ん？　ああ、うん。いや、元々情報整理して使えるものを使うって仕事してたし」

「……なんの仕事？」

「本当はただのプランニング部署のはずなんだけどね、ただ売上の精査とか、協力企業の信用調査を見て、他の会社からの情報集めて判断して仕事を委託したりとか、なんか、いろいろと」

響は遠い目をして、乾いた笑みを浮かべていた。俗に言うブラック企業に勤めているんだろうか。

「……そんな目で見ないでくれ。やめろ、社畜と蔑むな」

「ち、違うよ、そんなんじゃないって」

「いいか、結衣。ちゃんとお勉強して、ちょっとでも条件の良い企業へ就職するんだぞ……」

とても悲しそうな瞳で響がボクに教訓じみたことを告げる。そんなことを言われても、異世界でどうすればいいというのだろうか。

「ああ、話題が逸れたな。まあ、調べるのは難しくなかったかな？　スーツなんてあれだけ広まっていたら、なんでだよと思うじゃん。怪しいところを調べて、香織の情報を調べていたついでだ」

怪しいと睨んで、お金の動きや人の情報を集めるということが凄いけど、響からすると大したことではないらしい。ただ凄いなぁと響を見ていると、響は照れたのか顔を逸らした。

少し可愛いなぁと思わず笑ってしまう。響は拗ねたように憮然と口を開いた。

「……で、まあ。なんだ。香織のこと調べていたって言ったじゃん？」

「うん。なんかあったの？」

「このサディアの街に着いたって、情報がいっぱい入ってきてさ」

ボクたちを追ってきたんだろうか。鋼紀という人が響を襲っていたことを改めて思い出す。

「もし、俺たちを狙っているんだとしたら、奇襲かけると思わない？」

「それは、そうだけど……。でも情報が入ってきたって？」

「わざわざ領主の文官に、商会にカオリという客人が来ている、と伝えてきたんだ。こっちが領主の力を借りて情報集めてること知ってやってるみたいでな」

どうして、そんなことをするんだろう。ボクは心に浮かんだ疑問を、そのまま口にする。

「喧嘩売ってんだよ、あんたらのいる場所は、わかってるってさ」

響は肩を竦めて疲れたように言った。

でも、なんだろう。響はまだ何か隠している気配がする。

ちらりとルティを窺うけど、なんでもありませんという顔をしていた。ボクと同じように響に疑問を持っても良いはずなのに口を閉じている。

「そんなわけで。向こうは挑発してきている。結衣ならどうする？」

「ど、どうするって言われても、……わからないよ」

訊ねられても、ボクに答えなんて出せない。

香織さんの行動、ルティが泣いていた理由、響とルティがそれに触れないこと。

わからない。この部屋に入ってから、わからないことが多すぎて、すがるように響を見る。

困惑するボクを見て、響は立ち上がる。近寄って頭に手を置くと、慰めるように撫で始めた。

響の手の感触にボクは目を細めつつ、ルティの言葉を思い出していた。


『私は、ちゃんと認めましたよ？　ユイはいいのですか？』

このことだけは、わかる。わかるんだけど、ボク自身の気持ちがわからない。

きっと不安な顔をしていたのだろう、響は優しく笑うと、おどけるように手を広げた。

「下手な挑発をしてきてんだ、せっかくだから乗ってやろうってさ。ただし、今これからだけどな」

ボクの不安を響は勘違いしてくれた。いや、響が言った言葉にも驚いている。今からって。

「シェルは勿論ついて行きます！」

「私も、可能ならばご同行させてくださいませ。幕引きには立ち会いたいです」

シェルさんとルティは手を上げて響に答える。響の目がボクを見る。

「その、結衣は残っていても、構わないんだけど」

「……いやだよ。一人だけ留守番なんて。ルティが行くんだったら尚更だよ」

響に向かって首を振る。響はボクだけに残るかと訊ねた。それが酷く嫌だった。シェルさんはまだしも、ルティもついて行くと言っている。喧嘩と言う以上、戦闘は間違いない。

戦う能力がないルティを守る手段が必要になるはずだ。ボクの『魔法』スキルなら、それくらいはできる。友達を守るんだと強く思う。


それに、もう一つ心に引っかかっていた。

響に不要だと認識されたくない。残されたくない。

置いてかれると考えたら、不思議と胸が強く締め付けられた。

「ボクも、行くよ」

ボクは悟られないように苦笑を顔に浮かべて、響に向けて同行を告げる。

響はきょとんとした顔の後ボクの頭を撫でて、そして立ち上がった。

「じゃあ。いっちょ、喧嘩を買いに行きますか」

第5章「童貞の殴り込み。そして、乙女の自覚」

End Of The Unrequited Life

サディアの街は南北と東西に延びる大きな道路を中心に、碁盤《ごばん》の目状の京都のような造りだった。大路の先、東西と北の端には巨大な門が置かれ、南には領主の館が建っている。響は上空から街の景色を眺めて、ふと思う。

（条坊制って言うんだっけか）

古代の中国の都市建設の基本だったと、日本史の授業で習ったことを思い出す。日本では異民族の侵攻の恐れがないため、街の周囲に城壁が作られた都市はなかったらしいが、この街は違う。東側には巨大な城壁が建てられていた。隣国のフォーゼ公国がある方角だ。

（いつからかはわからないけど、前から隣国には警戒しているってことか）

響はそう考えながら、着地に向けて備える。響は夜の街の空を舞っていた。

家の屋根はどれも斜めだ。雪下ろしに備えているのだろうか。響は今回の騒動が片付いたら、冬の気候について確認しようと思いながら、屋根の上に降り立つ。衝撃を和らげるために深く膝を折り曲げた、丁寧な着地。

「ぴいっ⁉」

背中から悲鳴が聞こえ、柔らかい何かが背中を押す。響は思わず歓喜の呻きを漏らす。

「ひ、ひびき……、アップダウンが激しいと思うんだ」

結衣が響の右横で震えた声で抗議していた。

「と言いますか、二人を背負って移動って、この移動方法は無理がありませんか？」

響の左横から、ルティがおっとりと響に訊ねる。響は今、結衣とルティの二人を背負った状態で屋根の上を跳んで移動していた。

「んなこと言っても、急ぐし。サディアに来るときもこうやって走ってきたじゃん」

「あのときは、こんなに跳ねたりしなかったから。落下時の不安定感が怖いよ」

結衣の抗議の声を聞きながら、響は考える。確かに二人を背負った状態だと、身体の固定が甘くなる。結衣とルティが響にしがみついて耐えていたが、やはり無理があったらしい。悩む響の傍らにシェルが着地する。ミスリルの槍を背負い、響の魔剣を両手で抱えていた。

「どうすっかな……」

響は頭を掻きながらシェルの顔を見る。シェルは首を傾げて提案してみる。

「えっと紐か何かでお二人を縛り付けて固定はどうでしょうか？」

「いや。落下時に紐が身体に食い込んで痛そうな気がする……。ちょっと槍外して、持ってみて」

響は二人を背中から下ろすと、ルティを持ち上げてシェルの背中に乗せる。

「どう？」

「たぶん、大丈夫だと思います。ギリギリ移動できます」

「ギリギリ、か。よし、ルティを頼むな。結衣は俺が運んでく」

響はシェルから魔剣を受け取ると、結衣の背に括《くく》り付けた。結衣は響の背中にしがみつき、足で響の腰をホールドした。密着度に頬を緩める響の耳に、少々不機嫌そうな結衣の声が届く。

「……ところで。真っ先にルティを渡した理由を聞きたい」

「え、いや。シェルってそんなに力があるわけじゃないから、軽い方を痛い痛い痛い」

素直に答えると結衣が響の頬を抓り始めた。ルティが軽すぎることを告げたかったが、結衣はそう受け止めなかったらしい。更に、響の言葉が聞こえたのか、ルティも響を睨んでいた。

「……なに？」

「ヒビキさん。それは言外に、ユイにぶら下がる二つの無駄に重い錘《おもり》を指していませんか？」

「指していない。そうじゃない。そこに反応するな、俺は何も言っていないし思っていない」

首を横に振った響は、シェルに先に行くように告げる。シェルは頷くとルティを背負って移動を開始した。速度は少し遅くなったが、足ぶりを見るとルティの体重の影響はさほどないようだ。

響は安堵しながら、結衣をしっかりと固定するため、腕を背後に伸ばした。

（……うむ!!）

響の手は、結衣の足に触れている。ゴシックドレスの結衣はスカートだ。ドロワーズは穿かない主義らしい。腰に足を回しているからか、響の手は直接結衣の太ももに添えられる。滑らかだった。

「……もしもし、響さん？」

掌に吸いつくようだった。柔らかかった。若さの素晴らしさに涙しそうになる。

「あれ？　もしもしー？　もしもーし」

揉みしだきたかった。太ももだけでなく、このまま手を上に動かしたら？

きっと全てを忘れることだろう。だが今はその状況ではない。響は、可及的速やかに香織一行を逮捕しなければならない。目的が、大事な目的があるのだ。

「響ー？　おーい帰っておいでー？」

顔が近いせいか、結衣の吐息が耳元にかかるのもいけない。先ほどはルティも抱えていたため、意識していなかったが、響の嗅覚は結衣の匂いを感じ取った。香水か何かを付けているのか。甘い香りだった。嗅覚はヒトの感覚の中で一番多幸感に直結しているという説もある。

響は人一倍幸せに飢えている。華やかな女性の香りに心が揺らいで当然だ、当然だった。

「おーい？　どうしたー？　噛むよ？　噛むからね？」

しかし、だ。結衣は溢れる欲望のままに、行動を起こしても良い女性ではない。葛藤する必要は微塵もなく駄目だと理解している。ここまで扇情《せんじょう》的な状態と反するように急を要する状況もある。

ここは制止することが正義だろう。人として進んで良い道ではない。

だが。

だが、男として進むべき道はどこか。果たしてリビドーを抑圧することが正義なのか。膳《ぜん》が据えられているのに、食べないのは男の恥と、昔の人も言っていたではないか――。

「あーん」

響の耳が柔らかな感触で包まれる。二度。三度。歯を立てず、唇を挟んで噛むような痛みの発生しない甘噛み状態でもぐもぐと。響は身体を僅かに震わせた。

「……おう」

「あ、戻った、おかえり。どうしたのいきなり？」

結衣の行動は逆効果でしかないと、響は思った。耳に唇の感触が残っている。だが結衣の無邪気な言葉に全てを抑え込み、冷静な声を出そうと努める。

「あ、ああ。や、やっぱり背負うのは、止めた方が良いかもなって、考えて、いた」

「なんで、ただたどしいの？　でも、うん、確かにこの体勢だと、さっきみたいに怖いし……」

結衣は考えるように響の頭から顔を離す。しばらく考え込んだ後、結衣は声を上げた。

「そうだ！　おんぶがダメなんだ！」

「……それは、またどういうことだろう？」

「ほら、前見えてるから怖いんだよ、きっと」

前を見て、自分がどんな状況かを理解できることが恐怖を煽っていると結衣は口にした。屋根を跳び、高い所にいることや、高速で跳び回る情報、それらが視認できるから怖いと、結衣は言う。

「となると、どうする？」

結衣の言葉は理解できたが、どのような方法を取るべきかと響は首を傾げた。結衣を連れていく以上、そして移動速度を維持するために、結衣は響が持って移動するという前提になる。

「ううん……。あ」

結衣は何かを思いついたように声を出すと、響の背中から降りた。何をするのかと、眺める響の前に結衣は移動すると、少し恥ずかしそうに響を見る。

「……何を思いついたのか、説明してもらおう」

「えっとね、前で抱っこしてもらうって案だけどさ」

結衣は響を上目遣いで見ては、目を逸らすという行為を繰り返している。

「お、お姫様抱っことか、どうかな？」

顔が上を見ているため、危険な移動でも割と気にならないのではと結衣は主張した。響は少し悩んだ後、片手を結衣に向けて伸ばした。結衣は黙って背中に括りつけていた響の剣を渡した。響は剣を背中に二本結び直し、両腕を左右に広げて口を開く。

「……まあ、物は試しに」

「そうだね、お願いするよ」

響は結衣の背中と足の下に腕を回し、結衣の身体を持ち上げる。結衣は身体の固定のために、響の首に腕を回す。思いの外近くに置かれた結衣の顔に、響は頬を引きつらせた。恥ずかしがる紅い瞳を見ながら、沸き躍る心と様々な激情を押し殺す。

「……移動してみよう」

響は力なく言葉にした後、移動を再開することを宣言した。屋根から屋根へと跳びつつ、結衣の様子を響は観察する。腕で結衣に掛かる振動を調整できるためか、先ほどより結衣に衝撃は伝わっていないようだった。また結衣の瞳は響の顔に固定されている。背景に対する恐怖もないようだ。

高速移動の恐怖が結衣にないことを把握した響は、建物の屋根や、塔の壁を蹴り、移動速度を徐々に上げる。結衣の顔に恐怖の色は見えないが、なぜか頬が紅潮し始めた。

（お姫様だっこだもんな。恥ずかしいんだろうな）

響は申し訳なさそうな瞳で結衣を見る。しかし、結衣は慌てて抗議をした。

「ひ、響。あ、あんまり見ないで欲しいかな」

「そ、そっか、ごめん。てか、怖くはないみたいだな。……意外と良い方法だったか」

「……そう、だね。ちょっと恥ずかしいけど、今のところ怖さは微塵も」

「それは重畳《ちょうじょう》」

もはや空を飛ぶかのような勢いで駆け、結衣の振動をひたすら抑えながら移動に専念する。

「ねえ、今更だけど、場所ってわかっているの？」

「ああ、奴らは東門の近くの商社にいるみたいだ」

あと三十分くらいで到着すると、響は目的地を結衣に告げる。領主の文官への香織からの伝言があからさまに怪しかったので、響は調べてみた。スーツを販売する商社に香織は潜伏していた。

（ここまで堂々と居場所を教える、か。罠を張ってるにしても、何を考えているのか）

迎え撃つ絶対の自信があるのだろうか。だとしても明確な煽りの意思を感じ、響は鼻を鳴らす。

香織たちのふざけた自信と意思には、おそらく根拠となる要因がある。どのような隠し球を持って待ち構えているのか、響は思考を巡らせた。

「……多分、戦うことになるんだよね」

結衣も響と同じく香織たちとの戦闘について考えていたのか、ぽつりと不安そうに呟く。

響が「そうなるだろうな」と答えると、結衣の目は響を案じるような色を浮かべていた。

「……大丈夫なの？」

響が鋼紀に追い詰められたことを思い出したのだろう。腕を吹き飛ばされ、あと一歩で殺されるところだった。それを考えると結衣の心配も頷ける。だが響は結衣に向けて不遜《ふそん》な笑みを浮かべた。

「魔法の問題は解決したし。それに、まともに相手しようと思わなければ、やりようはあるんでね」

「……だって、この前は本当に危なかったし」

「大丈夫だって、気にしないの」

着地した響は屋根の上で立ち止まると、結衣の顔に息を吹きかける。目に息を当てられた結衣は軽い悲鳴を上げた後、響の頰を抓って反撃した。

顔は怒っているものの、結衣の顔からは不安な色は消える。響は安堵した後、次の着地地点の屋根に飛び移ろうとした。頰を抓っていた結衣の手が離れ、頰をそっと撫でるように下がっていく。

じっと見られていることを響は不審に思ったが、足を止めている場合ではない。先を行くシェルの後ろ姿を見ながら、結衣の身体が揺れないようにぐっと掴んで、屋根を蹴った。

「ねえ、響？」

「うん？」

結衣の手が響の唇に触れる。着地の準備をしながら、響は首を傾げた。

躊躇ったような結衣だったが口を開いた。

「……キスしたことある？」

響は足を踏み外した。落下しそうになり、慌てて壁を蹴り、なんとか宙に身体を戻した。

「と、突然、何を？」

「い、いや。じっと見てて、なんとなく。大人だし、あるのかなって」

「ねえよ」

「あ、そっか。いや、ほら、でも。大人の男の人が行く、えっちなお店でとか」

「……素人もプロも、俺は経験ないんだ」

「よくわかんないけど、そういうの行こうと思わないの？」

「…………ほら、そういうのって、なんだ。好きな人としたいじゃん」

「そうだね、うん。ボクも初キスは好きな人がいいなぁ。ボクもキスしたことないんだ」

「……それは、それで凄いな。モテそうなのに」

目を瞬く響を見て、結衣は目を逸らしつつ言い辛そうに口を開いた。

「いや、まあ。いろいろと男子からお声掛けをもらうことは多々あったけど」

結衣の容姿は相当優れている。普通に学生をやっていれば、同じ学校の人間からの紹介や、他校の人間など、それは様々な申し込みがあるのだろうと響は思った。

「やっぱり多いんだ。で、一人も良いのがいなかったと」

「う、うん。まあ。はい。顔の良い人もいっぱいいたけど、ね。顔の善《よ》し悪《あ》しには興味があんまりなかったし。それに、あんまりその人のこと知らないのに、付き合うとかボクには無理だよ」

「ああ、性格重視派ですか、そっちの方が良いと聞くから、そのスタイルを貫けばいいと思うよ。うん。と言っても経験のない俺には語る資格があんまりない」

「あはは。でも響も、そんな感じ？　よく知らない人じゃないと付き合いたくない？」

「んー、どうだろう。異性として好意を持ってくれれば、かな。わかんないけどさ」

「ふうん。相手が好意を持ってれば、付き合っちゃうの？　キスとかできるの？」

「わかんないよ、そんな人見たことがない。でも、嬉しいんじゃないかな、たぶんきっとめいびー」

「じゃあ。……好意持ってると仮定して、シェルさんとかでも嬉しい？」

「嬉しいでしょ」

「ルティでも？」

「んー……、まあ、そうだね。好意があれば、やっぱり嬉しいと思うよ？」

「……好意がやっぱり大事なんだね。じゃあ、じゃあだよ？」

「ん？」

「すっごく好意を持ってたら、……ボクでも？」

「きっとはしゃぐな、間違いなく。まあ、あり得ないだろうけどね」

「即答しないでよ、ばか……」

　結衣はそう言うと、響の顔を見て何かを考え込んでいる。結衣の思考内容が読めなかったこともあり、響は視線を前方に向けた。先行するシェルが響を待つように屋根の上に立っていた。響はシェルの横に立って目的地を睨む。

「さて、もうすぐ着くぞ」

目的地の建物が見えていた。商会の規模を示すように、周囲の建物よりも一際大きい館である。門も大きく、大きな篝火《かがりび》が焚《た》かれていた。門番も重装備で構えている。大きな庭にも見回りをしている者がいることが遠目でもわかった。

「……兵隊がいっぱいいいそうだけど、どうするの？」

響は結衣の問いに答えぬまま走り始め、大きく跳躍する。響の後をシェルが続く。屋根を駆けながら響は、先ほどの結衣の質問に答えた。

「今、俺たちはとても勢いがついています。どうすると思う？」

質問に質問で返す響に、結衣は嫌な予感を覚える。顔色を変えた結衣に、響は笑みを深くした。

「夜襲、強襲。門から突っ込むなんて、まともなことをしてたまるか」

徐々に近付く商会の建物。止まることなど考えていないように、響の脚は更に加速していく。このまま走るとどうなるのか。直後に訪れる事態を想像した結衣の顔が強張っていく。

「まさか」

「ああ、突っ込む。シェル!!　続け!!」

響は追走するシェルに告げると、大きく跳躍した。近付く商会の建物。結衣を抱きかかえ、まず照準を合わせるように左足を伸ばした。狙いは四階に並ぶ大きな窓の一つ。次に右足。弓を絞るように、膝が抱えた結衣の背中に当たるほどに大きく曲げて力を溜める。窓が迫る。響は左足を畳み、腰を回し、右足から飛び込む。

派手な大きな音を立てて破壊される窓ガラスと枠。ガラスの破片が降り注ぐ中、響は結衣を破片から守るように前に屈んだ。響の姿勢は獣が獲物を襲う際の姿勢のようになる。降り立った先は廊下。音を聞きつけた衛兵なのか、角から大勢が走り寄る音が聞こえた。

「さあ、喧嘩《けんか》を買いにきたぞ。かかってこいや」

　その言葉に、目の前に集まりつつある衛兵の数に目を白黒させる結衣を無視し、響は衛兵を睨み付ける。シェルも響に続き、屋敷への侵入を果たす。背中のルティを下ろすと、響の横に立ち、槍を構える。眼前には二十を超える衛兵たち。

　刃物を向けつつ徐々に距離を詰めてくる衛兵たちの顔はいずれも余裕に満ち、下卑《げび》た笑みが浮かんでいた。見るからに響が平凡であり、更に格好が戦闘に備えた服でないことが一因だろう。

　響はスーツを着ていた。敢えてスーツ姿でこの場にいる。スーツの販売で荒稼ぎをする商会だ。売る対象は熟知しているだろう。自分の見た目も相まって、油断を誘えると響は睨んでいた。

　現に、目の前の連中はなめた様子で、殺害する意思を全面に出している。

（予想通りのリアクション。扱いやすそうなことで）

　僅か四人で、更に派手に侵入してきた相手。なんらかの戦力があるのかもと疑問を持ってもおかしくないはずだ。だが目の前の衛兵たちは微塵も警戒していない。響は苦笑しつつ片腕を前に突き出した。腕の中の結衣は響の行動に、眉を動かす。

「ね、ねえ。どうするの？」

「狭い通路。相手は大勢。俺の水魔法は∞。選択肢はだいたい決まってる」

　響は口角を上げて魔法力を開放し、両脚に力を込める。

「水激流《トレント》！」

　響の掌から激しい水流が放たれた。中級の水魔法であり、魔法特訓を終えた後、結衣から習った激しい水流を放つ魔法だ。立ち並んでいた衛兵は悲鳴を上げて、瀑流《ばくりゅう》に飲まれていった。

　安全が確保されたため、響は抱きかかえていた結衣を解放する。

「シェル、香織と鋼紀の臭いは覚えている？　この屋敷にいるだろうか」

「はい、覚えています。いるのは間違いないのですが、水で臭いがわかりづらくなってて」

耳を垂れて申し訳ない顔をするシェルの頭をぽんぽんと叩くと、響は探索方法を考え始めた。

臭いや音で一つ一つの部屋を確認していく方法もあるが、時間が掛かりすぎる。一瞬で探し出せる方法が望ましい。

「手段は選んではいられない、か」

呟くように口にした響の言葉に、結衣とルティは不安そうな顔を浮かべた。

「あの、ヒビキさん？　手段を選ばないって……」

「う、うん。忍び込むでもなく派手に殴り込んで、さっきなんか衛兵を水魔法でまとめて押し流していたけど、どれもまともじゃないよ？　最初から手段を選んでないよ？」

「いや。その二つは、まあ喧嘩を買いに来たってアピールだから良いんだけどさ。ま、いっか」

鋼紀と香織が屋敷にいるからこそ選んだ方法だ。香織たちが売った喧嘩を買いに来た。

それをわかり易く伝えることで、相手を挑発することが目的である。

「そうだな、どうせ今更だ。もっと派手にいくとしよう。『起動《スタートアップ》』」

不安そうに響を見る結衣とルティに、親指を立てて響は笑顔を向ける。そして全身から魔法力の光を溢れ出させた。全力で魔法を使うことを察した結衣は響に怯えた声をかける。

「何をするつもり……？」

「はっはっは。必殺ＭＰ無駄使いシリーズだ」

「必殺なんだ」

「『探索霧《ファンブルフォッグ》』」

響が口にすると同時に、響の身体から煙のように白い霧が噴き出した。

「きゃあああ⁉」

シェルは驚いて目を丸くして結衣とルティが悲鳴と共に霧に埋もれていく。

「な、なんか霧が霧じゃない⁉　なんかもっさりしている⁉　変な感じでふにふに、わあああ」

霧の中で結衣たち叫ぶ声を聞きながら、響は得意そうに笑う。霧は廊下を埋め尽くし、割った窓や廊下を伝って屋敷内に広がっていく。辺りが真っ白になった状態で響は静かに語り始めた。

「ふっふっふ。驚いたか、俺の持つ索敵方法。一時キッサ山を全て包んで全生命を怯えさせた妙技」

キッサ山で水魔法の訓練を行っていた際に響は発見した。霧状の小さな粒子サイズの水に魔力を込めて広範囲に展開することで、その場にいるモノを把握することができた。

この魔法に付けた名は、『探索霧《ファンブルフォッグ》』。広範囲を『Fumble：手さぐりする』霧と命名した。

当時は魔法の制御が未熟だったため、木々や洞窟の中をじんわりと探るしかできなかったが、魔法の訓練を終えた今は違う。今は緻密な制御すら可能だった。

霧なので少しの隙間から内部に侵入することが可能であり、簡単な攻撃をしかけることや、言葉通り手さぐりすることと同等に対象の情報を得られた。

「これで建物内を調べれば、把握できるってわけだ」

響は自信満々で結衣たちに伝えるが、霧の中からは可愛い悲鳴しか返ってこない。

「ご、ご主人さま⁉　だ、ダメです⁉　そんなところ……⁉」

「やだあっ⁉　入り込んで⁉　やあっ⁉」

「ひ、ヒビキさん⁉　そこばかり、集中しないで、……ひぅ⁉」

シェル、結衣、ルティの順だ。三人とも反応がおかしい。ただ霧に包まれているだけなのに。

響は首を傾げた。だが、気付いた。仄《ほの》かに感じていた心地良い感触に。響は集中を始めた。

「……？　あっ。おお……。おお……っ!!　いやいや、いかんいかんいかん」

響は霧を通して感じる感触に顔を緩めていたが、慌てて駆け寄りながら腕を横に振った。

腕の動きに合わせて周囲の霧が晴れる。晴れた霧の中心部には女性陣が座り込んでいた。

シェルは太ももの間に手を差し込んでぐったりしている。ルティは胸を押えて息を荒げていた。

顔を真っ赤にした結衣は、涙目で胸と臀部《でんぶ》を押さえて響をキッと睨んでいる。

響はゆっくりと結衣の前に近付くと、沈痛な顔持ちで頭を下げた。

「ええと、すまん。無意識だ。ごめんなさい」

「……なんか、揉み揉みされた！　なんかすっごい揉み揉みされた!!」

「すんませんっ!!　無意識なんです！　なんか幸せで柔らかい感触だったので！」

瞬時に土下座を始めた響は、床を叩くように額を何度も打ち付けて謝罪を伝える。だが結衣の抗議は続く。低くなった響の後頭部をぽかぽかと殴りながら、大声を上げ続けた。

「ちがうもん！　悲鳴上げてからも!!　しばらく続いたもん!!　長かったもん!!　胸とか!!　スカートの中とか!!　その中とか!!」

結衣の指摘に、響は床に当てる額に血以外の冷たい物を流し、硬直する。

「……えっと大変申し訳ないのですが、とても気持ち良かったので、つい。気付くのが遅れました」

「き、気持ちいいとか、やめてよ！　えっち！　へんたい！」

「すんません！　すんません！」

謝罪を繰り返す響をねめつける様に見下ろす結衣。人間とはこれほどまでコンパクトに身を畳めるのだろうかと、結衣が思わず頬を引き攣らせるほどに、響は身を小さくし土下座している。

静かに見下ろされながら、響は結衣の言葉を待っていた。

「……えっち」

蔑《さげす》むような結衣の言葉。響からすると、ここまでの移動中に結衣に理性をボコボコにされていたことに起因する、つい、うっかりと気が緩んでしまった行為だった。が、軽率だった。

「申し訳ありません。今まで動物や魔物にしか使っていなかったので、失念していました。まさかこんなことを無意識でしでかすとは、反省しています。誠に申し訳ありません」

「……ま、まあ。良いのではないでしょうか？　他の人にもしてないみたいですし、その、気持ち良くて、ついと仰っていますし」

猛省する響の様子を見かねたルティが結衣を宥め始めた。響はそっと顔を上げて様子を窺う。結衣はむすっとした顔でルティの顔を見ていた。ルティの頬は赤いが、穏やかに微笑んでいる。

「……ねえ、ルティ。なんか喜んでいる雰囲気があるけど、どうして？」

「ええっと。……ヒビキさんってお胸が好きとわかりました。小さくても良いみたいですので」

結衣が再び響を睨む。強力な視線だった。響は更に顔を地に伏せ、怒りが収まるのを待つ。

「シェルさん!!　シェルさんはどこだった⁉」

「し、シェルのは、その、あの……」

確認作業が始まった。シェルは未だに床に座り込んでいる。恥ずかしそうに太ももに手を挟んだままモジモジとしていた。触った場所の想像が付いた。響は青褪めつつも、記憶を呼び起こす作業に勤《いそ》しんだが、結衣の怒りが更に上がっている。思考の探索を中止した。結衣は響に近付きしゃがむと、両頬を挟んで強引に響の顔を起こす。そして真っ赤にした顔を響に近付けた。

「ど、どこを触ってるんだよ⁉」

「だ、だから無意識だって、本当だ」

「……ちなみに、ボクのどこを触ったか、わかってる？」

響は霧を晴らした直後の結衣の姿勢を思い返す。片手で胸を押え、残る一方で臀部を押えていた。

結衣の悲鳴も思い出す。入り込む、と言っていた。響はごくりと喉を鳴らす。結衣も恥ずかしそうに視線を逸らした。唇がわなわなと震えている。確信を得た響は、口ごもりながら言葉を発した。

「その、両方、なのかな？」

「……全身くまなく隅々まで。響はボクの身体を、あんなところまで、そんなに触りたかったの？」

その通りだ。そう即答で答えることもできたが、思ったことをそのまま告げるわけにはいかない。

響は答えに窮《きゅう》しながら目を泳がせた。結衣は眉を怒らせていたが、溜息を吐くと響を解放する。

「……す、する時と場所を選んでよね。無意識だったようだし、反省してるのもわかったし、ボクは許すけど。……あんまり他の人にしちゃ、やだ」

「はい、誓います。滅多に使いません。きちんと周囲を警戒してやります」

響は結衣の瞳を見ながら、誠心誠意謝罪する。

（……ん？　他ってどういうことだろう）

謝りつつも響は何か心に引っかかったが、顔を上げる。結衣は顔を赤くしたまま横を向いていた。

「そ、それで！　二人は見つかったの⁉」

恥ずかしさを隠すように、結衣は響に向けて大声で尋ねる。

「あ、ああ。見つかったよ」

響がそう言うのと同時に、爆発音が響く。衝撃で廊下が揺れ、結衣は倒れそうになる。響は結衣を抱きとめつつ、視線を下に向ける。

屋敷内の人を全て拘束するように霧を制御していた。その『探索霧』を鬱陶しく思ったのだろう。香織たちを包んでいた霧が火魔法で蒸発されていくのがわかる。だが吹き飛ばされる前に、香織の様子を捉えた。腕を組んで椅子に座っているようだ。響は小さく笑い、結衣を見た。

「香織と鋼紀はすぐ下の階だ。そして、どうやら逃げる気はないらしい」

響の言葉に結衣は一つ頷いた。


――戦いは近い。


結衣の覚悟を決めたような顔に、響は安心させるように肩を叩いて移動を開始する。

霧に包まれる商社の屋敷内を響たちは進んでいく。響を先頭に、結衣、ルティと続き、最後尾にシェル。周囲を警戒しながら階段を移動し、目的としていた大きな部屋に足を踏み入れた。

部屋の中には、椅子に座り足を組んだ香織と、神槍を構え不敵に笑う鋼紀が待ちかまえていた。

「遅いよ。待ちくたびれてフォーゼに帰ろうかと思ってたよ」

香織が笑顔を浮かべ、右人差し指を響に向けた。フォーゼとの関係を隠そうとせず、自ら口にする香織の言葉に、響も笑みで応える。

「ああ、すまんすまん。あまりに証拠が簡単に見つかってな。さすがに不用意すぎるだろうと思って、慎重に情報を探ってたんだ、待たせて悪かった」

「ああ、そうなんだ、大変だったね」

「本当にな、徒労だったよ。これが素だったら馬鹿の所業だからな。そっちの撹乱《かくらん》には恐れ入るよ」

響の言葉に、香織は一瞬不愉快そうに眉を顰めたが、すぐに余裕のある笑顔を作り上げる。

「でも、リーマンさん？　聞こえてなかった？　サーチアンド、わかるよねって？」

盗賊のアジトに向かう前に香織が言った言葉だ。響も笑顔を顔に作り上げ、香織に相対する。

「あんな小さな声で伝えたつもりか？　それにわかんないかもしれねえだろ」

「冗談。そっちにはイヌ族の可愛い奴隷がいるのに、聞こえてないわけないじゃない。ああ、もしかしたら、そのイヌ族の子の能力が低くて伝わらなかったのかな、ごめんね？」

「いやいや。俺のシェルは優秀だぞ？　お前たちが入ってきた情報をすぐにキャッチしたからな。もし劣っているっていうんなら、そんな存在にあっさりと見つかるお前らって、憐《あわ》れだなあ」

香織としている挑発合戦は今のところ響が優勢なようだ。香織の顔が苛立たしく歪む。

「あ、そう。ふーん、鋼紀にボコボコにされたの、忘れた？」

「ああ、そんなこともあったたな。ご覧の通りダメージすら残らなかったから。ああ、ところでトロの味はどうだった？　中々美味かったろ。身体に触れると痒いよな。大丈夫だったか？」

「てめえ……」

響は挑発の視線を鋼紀に向ける。鋼紀も響の言葉に苛立っているのか眉を顰めていた。

「あの後、ちょっと後悔したんだ。醤油も一緒にあげれば良かったなって。悪いな」

響の言葉に、鋼紀が眉を吊り上げる。だが香織が腕を上げて制止した。こめかみを指でとんとんと叩きながら、香織は小馬鹿にした顔で口を開く。

「ていうか頭おかしいんじゃない？　この場にお姫様連れてくるなんて？　護衛しながら私たちを相手にできると思ってるの？」

「ああ、そんなことか。どうだろうね？　ルティを傷付けることができると良いな？」

おどけて肩を竦める響。その様子に香織は鼻を鳴らし、頬に拳を押し当てる。見るからに香織のストレスが高まっていく姿に、響は更なる挑発を続けようと笑みを深くした。余裕のある響の様子に香織は目を不愉快そうな色に変える。

「はあ。それにしてもその無駄に余裕があるのはあれかな？　可愛い子を連れてるから？　それともドランゴンスレイヤーだからかな？」

香織の言葉に結衣が身を震わせる。それは響がスティアの街でダンジョンを攻略したことを知っているという言葉だった。香織は響のことを調べ上げている。おそらく響の対策もある程度準備しているると予測したのだろう。結衣の緊張した様子を見て、香織は唇を歪める。

「そっちに調べる時間があるんなら、こっちも調べる時間があるんだよ？　水魔法のエキスパートの『両刀使い』さんと、イヌ族獣人中型種の奴隷ちゃんと、お姫様の側仕《そばづか》えさん？」

香織は悪意を強く込めた笑顔で告げる。結衣は顔色を変えて、響の袖を引いた。響は口元を緩めて、心配はいらないとその頭を撫でる。

(調べた、ねえ)

水魔法と両刀使い、そしてドラゴンスレイヤー。調べ上げていると挑発するならば、全てを把握していると告げる方が、効果が高いはず。だが香織の上げたキーワードは三つ。響の他の異常性について列挙していない。香織の情報が、どこからどのように仕入れられたものか推測できた。

(スティアの冒険者ギルドの情報ってところか)

響は情報調査の際に、自分の二つ名や情報の伝搬《でんぱん》具合を同時に調べている。それ故に、情報の内容も把握できていた。ギルドは結衣が転移者であると知らない。

「大丈夫だ。問題はないよ」

響は結衣を安心させるように笑いかける。どこまでも余裕を崩さない響の態度に香織だけでなく、鋼紀もストレスが渦巻いてきたようだ。二人とも苛立ちを既に隠さなくなっていた。

「ずいぶんと余裕なことだね。まさか、香織さんが戦闘できないと思ってるんじゃないだろうね」

「おや、スキルは物を作るのと、複製するヤツじゃないのか？　駄目だろ、王女に嘘を吐いちゃ」

「お姫様も口が軽いねぇ。ま、嘘は吐いてないよ、それよりそっちは足手まといを連れてどうする気かな？　お姫様だけじゃなく、そんな側仕えさんまで。かーわいい女の子だね、自慢かな？」

「そりゃ、自慢していいならいくらでもするさ。可愛いだろ、絶世の美少女だぞ。スタイルも良い。声も可愛い。銀髪紅眼の完璧超人だ」

「まあ、確かに可愛いね。女として、羨《うらや》む気が起きないくらいだよ」

「どうだ、すげーだろ。いつも良い匂いもするんだぞ」

「良かったでちゅねー。でもモテなさそうなおじさんが自慢しても虚《むな》しいでちゅねー」

香織は幼児に向ける口調を響に向けた。だが、響は顔色を変えない。平然とそれを笑顔で聞き流す。簡単な挑発では響に効果が少ないと思ったのか、香織は笑顔を消し、不愉快そうに口を開いた。

「で、こっちには転移者二人。そっちは戦えるのは奴隷とあんたの二人。お姫様の戦闘能力がないことは知っている。この世界の側仕え如きの戦力なんてたかが知れている。ねえ、リーマンさん？　この戦力差をどう埋めるつもり？」

「転移者は、一人じゃないよ」

嘲《あざけ》るように響を見る香織の視線を妨げ、結衣が前に出た。香織と鋼紀の眼が驚きの形になる。

「こっちも転移者は二人だ。ボクは未飼《みかい》結衣。転移者だ」

結衣が宣言した。驚く香織たちに満足して、響が結衣の肩を掴む。

「さあ。転移者だけなら二対二だな。こっちはシェルもいるぞ？　戦力差と言っていたな。知っていると思うが、シェルも強いぞ。俺も結衣も大概なもんだ。お前らこそ、わかってんのか？」

響は香織に向けて笑いかける。友好的ではなく、歯を剥く獰猛な笑みを。

思惑が外れ歯を食いしばる香織と、苛立ちが頂点に達した鋼紀に向けて、響は告げた。

「お前らが売った喧嘩を買いに来たんだ。今更取り下げんじゃねえぞ」

それは宣戦布告だった。響の言葉に応じるように鋼紀が炎に怒りを乗せて発射する。

チートスキルを抱えた転移者同士の戦いの狼煙《のろし》が、爆炎と共に上った。


ボクの肩を掴んで響が戦闘の始まりを宣言する。直後に鋼紀さんが大きな火魔法を撃ってきた。

視線を向けると鋼紀さんの顔は不快による怒りで歪んでいる。乗用車並みの大きな火球がボクたちを焼き尽くそうと迫ってきていた。ボクは魔法で対処しようと、魔法力を起動しようとした。

「まあ、もう少し黙ってろ。『起動《スタートアップ》』、『探索霧《ファンブルフォッグ》』」

だけどボクが行動するより早く響が、あのいやらしい霧を発生させる。鋼紀さんの火魔法はボクたちに届かず文字通り霧散《むさん》した。そのまま霧は広がり、鋼紀さんと香織さんを包み込む。戸惑った声が霧の中から聞こえた。動きを制約しているのかもしれない。定期的に爆発音も聞こえた。きっと鋼紀さんが抵抗しているんだろう。

「結衣、シェル、ルティ。行動方針を言う」

そんな中、響が言った。彼は真剣な顔でボクたちを見ていた。

初めて見るそんな響の表情に、少しだけ胸が跳ねる。

「『探索霧』の嫌がらせで閉じ込めてるけど、のんびりと話している時間はない」

場にそぐわない心の動揺を、必死に隠しながらボクは響の言葉を聞く。

「シェルと俺が前に出る。結衣はルティを守りながら後方支援。これで行こうと思うけど意見は？」

その言葉にボクは首を傾げる。

「ねえ、響？　向こうを分断して、個別に対応した方が良いと思うんだけど」

せっかく三人いるんだ、響が鋼紀さんに、ボクかシェルさんが香織さんに対応し、残った一人がルティを護った方が、効率良く戦闘できると思った。響にそう伝えると、響は首を横に振る。

「だめだ、結衣じゃ香織とは、……組み合せが悪い。多分、望む結果に繋がらなくなる」

シェルさんにも一対一で香織さんの対応はさせたくないと、響は口ごもりながら答えた。

「でも、香織さんのスキルだったら、ボクだったら簡単に対応できそうだけど」

ボクの『糸』スキルと『ＭＰ吸収』を使えば、物を作る能力や複製するスキルを持つ香織さんなんて、楽に鎮圧《ちんあつ》できそうなのに。でも、響は首を横に振った。

「違う。問題は相性、というか、あいつの性格だ。結衣が相手をすると困る結果になると思う」

「性格？」

「そうだ。俺と挑発し合ってるのを見て、ある程度わかったと思うけど、あいつの性格は良くない。悪意に晒されたことも、晒したこともないような結衣やシェルだと、確実に拙《まず》い結果になる」

響の言い分に思わずボクは頬を膨らませて抗議する。

「何を根拠に、ボクが悪意経験ゼロだって言うのさ」

「人を罵倒するときに、変態やえっちの二つしか出てこないのが根拠の一つだ」

ボクは拳を握り、拳の腹を響の胸を叩きつける。効いていない。何度も殴る。でも効いていない。

「ポカポカ叩いて抗議とか、そんな可愛い攻撃してくるのも悪意慣れしてない証拠だな」

響は苦笑しつつ、ボクの頭を撫でてあやし始めた。子供扱いされているが、不快感はない。

「いいか、仮に一対一に持ち込むなら香織の相手は、悪意慣れしている俺の仕事だ」

「慣れているんだ……」

「慣れきってる。社会的にも会社的にも。社畜の童貞を舐めないでもらおうか」

「うう……、やだなぁ、社会人になりたくないなぁ」

「きちんと勉強して、優良企業に入れるチャンスを入手するようにねっ」

「明るく言わないでよ、ちなみに響の悪意慣れは、受ける方？」

「そりゃあ、もちろん。放ったことは、どうだろう。そこまでないかも」

「へえ。……じゃあさ、あの香織って人は、やっぱり放つ方？」

「……どうだろうな。あいつの場合は……」

響はそう言うと曖昧な笑顔になった。何を意味しているのかわからなかったけど、なぜか香織さんを理解しているような響の表情に少し苛立ちを覚える。


——今日は情緒不安定だ。

ルティと響が抱き合っているのを見てから機嫌が悪い。いや今日だけじゃない。今日は特に酷いけど、最近は普段から変だ。誰が悪いんだろうと考えるが、原因は目の前の人間に他ならない。

響のせいで、最近のボクは感情が酷く不安定だ。ちょっとしたことで嬉しくなり、楽しくなる。そして、悲しくなり、不安にもなる。怒りっぽくもなるし、それでも結局喜んでしまう。

――だから、きっと響が悪い。

人をからかって、意地悪して。それなのに気を遣っているのが、よくわかって。

ボクはスティアの街で、響とシェルさんの命を縛るようなことをしたのに。それなのにボクを、気にしてくれた。雑な接し方をしてくるのに、ただただ優しい。

だから、おかしくなる。今だってそうだ、ボクたちがついていくと言って、それを容認した。

その後も、ちょいちょいふざけてくる。戦闘前で緊張していたけど、そんなに身は固くなっていない。響が意図してなのか、意図してないのかはわからないけど。

それでも気配りを感じる。……まあ、セクハラ行為はちょっと違うと思うけど。多分。きっと。

全部、響のせいだ。そんな怒りを込めた八つ当たりのような視線を響に向ける。

響は優しく笑うと、ボクの頭を撫でていた手を止めた。

「ただ、香織の相手を俺がするとなると、結衣が鋼紀の相手をしなければならない」

ボクを心配するような眼差しで響はボクの眼を見た。真剣なときはきちんと目を見て話してくれるんだなぁと、普段のあまり視線を合わせない響とは違う姿に少し驚く。

「短時間ならいいけど、あれはあれで厄介だ。もし結衣が一人で相手するとしたら、遠距離で延々と魔法打ち続けて、絶対に近付けないくらいじゃないと」

響は魔法力が足りなすぎると首を振った。その姿にボクは首を傾げる。

十日《とうか》くらい前にあった鋼紀さんと響の戦闘、そしてシェルさんと戦う綱紀さんの姿を思い返しても、そこまで警戒する相手には見えなかった。

「よくわからないけど、急加速と突進だけじゃないの？」

そんなに警戒が必要な相手なのかと響に訊ねたが、響は苦笑した。

「スキルを隠しているだろうな。俺の予測が正しければ、近寄らせると手に負えなくなるかもだ」

個別戦闘は選ぶべきではないと響は締めくくった。でもボクは引っかかりを感じ、眉を顰める。

「それって、二対二が有利だからってわけじゃないよね？　その、やっぱりボクやルティのせいで、不利な戦いを選ぼうとしている？」

そう訊ねると響は困ったように笑った。響の顔が雄弁に答えていた。

——ボクは響の足を引っ張っている。

なんのために、ボクはついてきたのだろう。ルティが行くと言ったから？

違う。そうじゃない。ボクは戦うために来たんだ。

響に要らないと思われたくない、そう思ったからだ。なのに今のボクは足を引っ張っている。

——そんなの、いやだ。

いて邪魔だとか、要らないと思われるなんて、耐えられない。響にそんなことを思われたくない。

ああ、もう。結局、思考の向かう先はそっちだ。

わかった。もうわかった。やっぱりだ。やっぱりそうなんだ。

気付いていたけど、諦めよう。

眼を逸らして、直面するのをイヤがっている振りしていただけなんだ。

状況打破のことを片隅で考えながら、ボクは腹を括る。響の服をぎゅっと掴んだ。

「うん？　どうした？　そろそろあいつらも霧の束縛から解かれるから、手短にな」

霧の奥で暴れている鋼紀さんたちの方向に視線を向けながら、響はボクに応える。正直なところ、今は視線を合わせないでくれることに感謝した。

「ね。魔法力に不安がなくなれば、ボクに鋼紀さんを任せて、響は香織さんに集中できる？」

「あ？　ああ、そうだな。魔法で遠距離から弾幕張るように攻撃してればいいと思うから」

困ったような瞳で響がボクを見る。決意した内容が内容なだけに、目が合うだけでボクの鼓動が速くなる。きっと顔も大変なことになっているだろう。響が心配そうな表情になった。

状況に合わないボクの態度に、響は混乱している。そう、混乱している。とても、ありがたい。

そして響は、ボクが考えていることを思いついたのか、諭《さと》すように言葉を続けた。

「多分、『ＭＰ吸収』を考えてるんだろうけど、実験でわかったろ。糸経由だと吸収効率が悪いって」

その通りだ。例えば糸を響に繋げて、ＭＰ吸収をスキルで行ったとしても、全力全開の魔法戦闘なんて長く続かない。そんなことは、わかっているんだよ。

「実は、さ。『ＭＰ吸収』の、凄い裏ワザを見つけてたんだ」

あの時の実験で、ボクは見つけてしまった。魔法力問題を解決する方法。『ＭＰ吸収』スキルを持つボクと、人外クラスの膨大な魔力を持つ響の二人だからできる裏ワザ。

響にしかできない、いや、響としかしたくない裏ワザを。

「ちょっと響の協力が必要なんだけど」

「わかった、何をすればいい？」

「うん、できたら、霧でシェルさんたちを隠して欲しいかな。あと前屈みになって」

響は訝《いぶか》しげな様子だけど、ボクの言葉に従って、霧と身体を動かす。シェルさんとルティは黙って霧に身を包まれるのに従った。ルティの目が少し笑っていたので、ふいと目を逸らす。

勘が鋭い。何をするかまでは、わかってないとは思うけど、ボクが答えを出そうとしていることに、ルティは気付いたんだと思った。

ここに来る前に、ルティがボクに言った言葉を思い出す。

『私は、ちゃんと認めましたよ？　ユイはいいのですか？』

良くなんかない。ボクも、認めるよ。

「なあ、屈むってこれくらい？」

響の言葉に、ボクは顔を響に向き直した。響は少し機嫌の悪そうな顔でボクの指示を待っていた。

「えっと、もうちょっと頭を下げる感じ」

「これくらい？」

「うん、そう。……じゃあ、目を閉じて」

「……戦闘開始前なんですけど、大丈夫なんですかね」

「だから、早く」

響は渋々眼を瞑った。ボクは響の前で掌を振る。

「……見えてない？」

「ああ、見えてない。何するかわからないけど急いで」

「う、うん。急ぐね。あとは、口を半開きにして」

響は不可解なボクの指示に眉を動かしたけど、すぐに従ってくれた。

「そのまま、待っててね」

響に告げて、ボクは静かに深呼吸を繰り返す。そしてボクは響の懐に入るように近付いた。

何をされるのかわからないから、響は不安そうな顔をしている。

思わずボクは、くすりと笑ってしまう。気持ちは和《なご》んだけど、それでも胸は早鐘《はやがね》を打ち続ける。

胸を押さえるために置いていた手を、響の頬にそっと伸ばした。

響がボクの手の感触にびっくりする。本当に眼を閉じているんだとわかって、また口元が緩む。

こんなときでも、ボクの言葉を聞いてくれて、対応してくれていることが嬉しい。だけど響も言ったように戦闘前だ。いつまでもこのままでいるわけにはいかない。

ボクは最後の覚悟を決めて、息を止める。

響は嫌がるかな。響は望んでないのかも。

不安が多い。不安しかない。

それでも、それでも――もう抑えていたくない。

ボクは背伸びをする。精一杯、大人の響に近付くために、背伸びをする。

自然とボクの眼は閉じていく。閉じる直前、響の眼が見開かれるのが見えた。


――ああ、人の唇って柔らかいんだ。

ボクはそんなことを思って、でも頭の中では一つの解を導いていた。

――ボクは響に恋してる。

鋼紀は、盛大な火炎と共に霧を吹き飛ばすことに成功した。

いきり立った鋼紀が炎を撒き散らしながら、響を蹴散らさんとばかりに、突撃態勢に入る。

背中に炎を蓄えるように大きな火球を用意していた。

だが、炎は霧散する。混乱が魔法を乱した。

目を剥く鋼紀が見たのは、場違いなシーンだった。

冴えない三十代の男と、美少女が、唇を合わせている。鋼紀に理解ができなかった。

何が起こっている？　と頭の中がこんがらがっていた。

困ったときの癖で、鋼紀は思わず香織を見てしまう。香織も呆気に取られていた。

珍しくあんぐりと大口を開いて、驚いていた。それもそうだろう。

散々挑発され、戦いを始めようとしたら霧に閉じ込められた。苦労しながら霧を吹き飛ばしたら、目の前に繰り広げられる、まるで釣り合わない男女によるキスシーンだ。


——長い。


鋼紀がこの風景を見てから十数秒経過しているが、まだ続いている。

結衣の顎や喉が動いていることから、舌を絡めているのだろう。あんな美少女が、ああも濃厚なキスをするのか、と鋼紀は苦笑するが、苦笑の原因は他にもある。

響だ。冴えないおっさんは眼を見開いて硬直していた。

響の手は太もものあたりで、困惑を表すかのように微妙な指の形で固まっている。

両頬を結衣に押さえられて、顔を離すこともできないのか。

頭を真っ白にしていることが丸分かりな顔で、響は結衣の成すがままになっている。時たま、響の指先がびくんと震えているので、二人の間で何かが行われているのかもしれない。

鋼紀は自身の中に怒りが再燃しつつあるのを感じ始めた。

それもそうだ。

これから戦う、というのに、なぜ自分は冴えないおっさんと美少女の濃厚なキスシーンを見せられているのかと、鋼紀の顔は怒りに染まっていく。

怒りを表すように、周囲に火球が発生する。一つではなく、複数の火球が生じていく。

ここまで侮辱されて、どう怒りを発露すればいいのかと、鋼紀は顔を震わせる。

周囲の火球は、大きさを増していき限界に達したとき、鋼紀の怒りは爆発する。

「だせえおっさんが！　濃厚なディープかましてんじゃねえぞ!!」

無数の火球が響たちを焼き尽くさんと高速で移動。

気配を察したのか、ようやく結衣が響の顔から離れた。

唾液が糸のように繋がっている。火球が迫っているのに、二人は回避すら見せない。鋼紀は更に苛立つのを感じていた。しかし、同時にもう一つ、心の端で不安が湧き始めるのを感じる。

突飛な状況を見たことで思わず攻撃したが、軽率だったかもしれない。

余裕を見せつけるように見つめ合っている結衣たち二人の姿に、鋼紀は警戒を始めた。

だが攻撃は止めない。霧の残滓《ざんし》を蒸発させながら、火球はもうすぐ二人に着弾する。

そこでようやく、結衣は顔を火球に、いや鋼紀に向けた。

全身から噴き出すように、眩く黄金の魔法力の光を放つ彼女は、眉を吊り上げている。

「誰が！　ださいおっさんだ!!」

響に向けた言葉に対し、結衣は怒り心頭らしい。

襲い来る火球を払うように、結衣が腕を大きく動かすと、突風が吹いた。

カーペットや家具類を巻き込み、渦を巻く旋風が火球を押し止《とど》める。

だが、結衣の魔法はそこで終わらなかった。

結衣が腕をもう一度振るのと同時に、大量の土砂《どしゃ》が突然、発生する。土砂は徐々に大きくなり、重圧感を増大させて鋼紀たちを襲う。風に巻き込まれていた火球を飲み込み、押し寄せる土砂は、既に二メートル以上の高さとなっている。

鋼紀は香織を慌てて掴み、爆風を利用し宙に逃げた。

――悪寒。

鋼紀は総毛立つような感覚に襲われ、再度結衣に視線を向ける。結衣は目標物を狙うように人差し指を伸ばし、鋼紀を捉えている。

身体の周囲に紫電《しでん》を走らせ、沸々《ふつふつ》とした怒りを顔に浮かべて、結衣が叫ぶ。

「響を、ばかにすんな!!」

その声と同時に、鋼紀に向けて雷が走る。雷光の太さは鋼紀の身の丈ほどはあった。次いで音が鋼紀を襲う。

紫電は壁を貫き天に昇っていく。

ギリギリで回避したそれを愕然として見送った後、鋼紀は眼を丸くして結衣を見た。

結衣は怒りに満ちた顔で、腰に手を当てている。大きく息を吸うと胸を張って口を開いた。

「響は！　凄いかっこいいんだから!!」

怒りつつも、どこか自慢するような顔だった。

鋼紀には結衣の言葉が理解できなかった。それ以前に何が起こっているのかさえ理解できない。

腕に抱えている香織も呆然としている。

これはなんだ？　鋼紀と香織の脳内はその問いだけに支配されていた。


唖然とする鋼紀と香織と同様に、響も呆然とその光景を見ていた。

起こったことは理解できている。

結衣は『魔法』というスキルを持っていた。それはありとあらゆる魔法を扱えるというスキルである。目の前で発生した旋風、土砂、雷光はスキルにより魔法を放ったのだろう。

問題は、その規模だ。

（まるで、俺のＭＰの無駄使いのときの水魔法じゃないか）

旋風は竜巻の如き威力で、土砂は津波の如き規模で、壁を破壊した雷は異常な太さで、耳をつんざく爆音の異常さ。響がＭＰ消費量を無視して放った魔法と、同規模の発動だった。

（なんだ、何が起こっている）

結衣の後ろ姿を放心状態で響が眺めていると、結衣が振り向く。

眼があった。少し熱っぽい赤い瞳。

結衣は顔を真っ赤にして俯いた。唇に指を触れて、沈黙を始める。

響も結衣に倣って俯きたかったが、時間はない。

鋼紀たちに注意を払いながら、結衣に向けて口を開く。

「あ、あのさ」

「う、うん」

結衣の声が少し硬かった。俯きつつツインテールの髪の房の先端を指先にくるめている。

「えっと、あの、さっきの行動とか発言とかについては、あとで話そっか」

「……うん。その、いやだった？」

上目遣いで響の顔を見上げる結衣の重圧に、響は膝を折りそうになる。堪えて首を全力で横に振った。不安そうな結衣から眼を逸らすと、頬を掻きながら響は呟く。

「いや、そんなことは、ない、けど。どちらかというと相手が俺ってことの方が」

結衣が初めて唇を合わせた相手が響であること。

そのことを結衣が問題視しないのかと話そうとした。結衣に強く服の袖を引かれ、響は口を噤む。頬を膨らませ、失言を責める真剣な眼差しで響を見ていた。結衣の無言の抗議に、響はそれ以上の言葉を続けるのを諦め、視線を鋼紀に向けた。

まだ鋼紀たちは宙に浮いたまま何やら話をしている。香織を注視した。

動揺の抜けきらない顔だが、鋼紀に何かを指示している。

（指示できるくらいには、頭が動き始めたか）

余裕はないが、まだ少しばかり時間はあるようだ。響はそう判断すると、結衣に向き直る。

「結衣、ごめん。説明をしてほしい。なんでまた、き、キスとか。簡潔に教えてくれ」

「も、もちろん。あのね、ステータスを見てほしいんだけど」

結衣の言葉に従って、響は自分のステータスを見る。同時に、先日行った結衣との『ＭＰ吸収』

の検証の後を思い出した。ステータスのＭＰ表示の横に、何か浮かんでいたことを。

ＭＰ表示の項目に眼を向けた響は眉を顰め呟く。

「なんじゃ、こりゃ」

そこには『Couple』と記載されていた。

そして、その横には、『23：58』と表示されている。眺めていると『23：57』に表示が変わった。

（どっちだ、連結するって意味か、カップルって意味か）

ステータスから眼を離して結衣に視線を戻すと、結衣は眼を逸らしていた。

響は無言で近付き、結衣の顔を両手で挟み力を込める。挟まれて少々面白い顔となった結衣を睨むように見下ろした。

「落ちつけ。そろそろ落ち着け。ふわふわし続ける状況は今じゃない」

「そ、そうだね。うん、落ち着く。落ち着くから、離して。そして説明させて」

「ＭＰの横の、これはなんだ？　結衣のステータスにも、その、この表示がされているのか？」

響に問われた結衣は頷いた。

「う、うん。今、ボクのＭＰは上限約１３００億になってる。響のＭＰの上限と同じだと思う。そして、今ボクの使ったＭＰ分、響のＭＰから減っているよね、多分」

事実、結衣が言ったように数百万のＭＰが消費されていた。

「これって『ＭＰ吸収』のスキルで、吸収効率が百パーセントになったんだと思うんだ」

「よく、こんなの気付いたな……」

「実験の最中、一度急激に魔法力上がってびっくりして」

結衣が『ＭＰ吸収』の検証中に突如ＭＰが急激に増えたらしい。

それはシェルに煽られるまま試行して、響が結衣の足の指を口にしていたときのことだった。

どこか嬉しそうな響の舌が指の間を蠢き、初めて味わう感覚と、湧き出る妙な気分から、言葉通り目を逸らすため、結衣はステータスを見ていた。そこでＭＰが異常値になったことに気付く。

その状態は響が口を離してもなお数秒間持続した。同じくシェルに煽られて、仕返しと言わんばかりに、響に正面から抱きつき、首筋に噛みつき、舐めているときも同様のことが起こっていた。

そこで結衣は確信した。舌同士で触れ合えば長時間持続することを。

「あの場で口にしたら、試すことになったかもしれなかったから……」

結衣は顔を赤くしながら、そっぽを向く。

（まあ、あのときのシェルなら凄絶な笑みで煽ったかもしれないな）

顎に手を当てて考える。顔に渋面を貼り付ける響の前で、結衣がモジモジしている。

「あとね、横の表示の時間がＭＰ共有状態の制限時間だと思う」

残り時間は約一日分を示している。少なくとも、これから戦闘を初めて終わるまでは問題は生じないだろうと考え、響は頷いた。

「ＭＰの問題は解決した、か」

響は背中に背負った剣舞魔刀を抜きながら溜息を吐く。結衣とリンクしたことで、戦闘におけるＭＰ消費量は一気に上がるが、響には回復手段がある。振れば一割回復する魔剣が頼もしく光った。

「回復は定期的に行う。遠慮なくＭＰを使え」

青く輝く剣舞魔刀《アブソーバー》の刀身を眺めた後、鞘に戻した響は結衣を見る。

「いろいろ突っ込んだり怒ったりしなきゃいけないけど、それは後だ。……その、嬉しかったし」

「う、うん」

「と、とりあえずだ！　霧でシェルを隠せと言ったのはグッジョブだ。助かった」

響はシェルたちを覆っていた霧を払った。

シェルとルティは、目の前に広がる状況に目を白黒させている。

それもそうだろう。

香織と鋼紀は空に退避し慌てて何事かを言い合い、響の前では結衣が顔を赤くして俯いている。

何かあったと疑うのが当然だろう。

シェルは響と結衣の間に発生する不穏な空気を察知し、尖った目を向けていた。

僅かな時間で、響はシェルを誤魔化す方法を考えてみたが、良案が浮かばなかった。シェルの対応は、後で結衣と相談しようと決めた響は、敵に視線を戻した。

視界の端で捉え続けていた鋼紀が床に静かに降り立つ。

鋼紀の顔に既に余裕はなく、代わりに焦りが見えていた。

横に立つ香織の顔には同じように焦燥感が浮かび、加えて不快感も混ざっていた。

良い傾向だ、と響は笑みを浮かべて結衣の肩を掴む。

「作戦変更だ。鋼紀を引きとめてくれ」

響の言葉に、結衣は顔を輝かせた。響が信頼して、鋼紀との戦いを任せたことに、喜んでいる。

結衣のやる気に満ちた顔を見て響は苦笑しつつ、結衣の額を指で弾く。

「いたっ」

「時間稼ぎで良い。香織を無力化したら、すぐ行くから。シェル。結衣のサポートを頼めるか？」

「……はい、お任せください」

シェルが感情を感じさせない声で響に応える。冷や汗を掻く響に、ルティが訊ねた。

「私は、どうしましょうか？」

「そうだな。俺と一緒に、香織の相手をしよう。ルティなら、安心だ。……わかるだろ？」

「……そうですね。わかりました、守ってくださいましね？」

「任せろ」

ルティと無言で頷く姿を、結衣は不思議そうに見ていた。

（お前たちがいると、……命の保証が難しいからな）

響は苦笑しながら、結衣を見た。そしてそのままシェルに視線を向けるが、途中で止めた。

無理だった。直視できそうにない。放たれる威圧感が半端ない。

「それは、そうとご主人さま？」

シェルの言葉に響はびくりと肩を震わせる。浮気がバレたときの男の心境とは、このようなものを指すのだろうかと、背筋を冷やしてシェルの言葉を待つ。

「あとで、何があったのか、おしえてくださいね。ご主人さま？」

「は、はい」

平板な声で告げられたシェルから逃げるように、響は香織に視線を向けた。

結衣も意気揚々と鋼紀を見ている。結衣の視線の先にいる鋼紀は、怒りを表すように燃え盛る炎に身を包んでいた。前傾姿勢ですぐにでも突進しようとしている。

そして、香織はその後ろで響を憎々しげに見ている。

「ところで、響？」

香織への対応を思案する響の横で、結衣が思い出したような口調で問いかけてきた。

響が眼を動かして結衣を見ると、結衣は響に向けて首を傾げている。

「確認するけど、ボクは時間稼ぎをしなきゃいけないんだよね？」

「ああ、そうだけど？」

結衣の様子に響は訝しげに答えた。だが、直後眼を大きく見開くことになる。

結衣は悪戯っぽい顔で笑っていた。

「別に、あの人、倒しちゃっても、問題ないんでしょ？」

唐突な言葉に呆気に取られるが、不敵な笑みを浮かべる結衣の姿が頼もしくて、響は思わず笑ってしまう。

「ああ、おう。いいぞ。思う存分やっちまえ。でも、無茶も無理もすんなよ」

「大丈夫」

結衣は唇に指を添えて、片目を瞑った。

「今のボクは無敵だよ」

爆発音が響く。

慌てて響が視線を向けると、鋼紀が槍を突き出し猛烈な勢いで飛来してきた。

「行くよ！　『起動』‼」

結衣は気合いの声を上げると、鋼紀に向けて腕を構えた。

途端に大量のワイヤーが結衣の掌から発生する。ワイヤーは伸びながら束になっていく。

次第に鎖を形作り、網《あみ》のように広がった。加速する鋼紀は、突如発生した網の存在に口を大きく広げたが、突進を止ることはできない。網に自ら捕らわれに行くように突っ込んでいく。

「うおおああ⁉」

動きが阻害された鋼紀は突進の勢いを処理できずに、床に鎖と共に転がる。

床の上で藻掻《もが》く鋼紀だったが、それで終わりではない。

『糸』スキルの応用なのか、結衣を起点として、鎖の網が大きく円を描くように回転した。

遠心力に伴い鎖が伸び、回転径が大きくなり、速度も増していく。

「ふっとべっ！」

結衣が大きく壁に向けて腕を振り切ると、鋼紀を捕らえた網は壁に向けて放たれる。

「ぐおあっ⁉」

鋼紀は壁をぶち壊しながら屋外へ放り出された。

「じゃあ、行ってくる！」

結衣は響に向けて微笑むと、腕から魔力の糸を伸ばし、蜘蛛《くも》をモチーフとした某アメリカンヒーローのように、移動していく。響は笑いを堪え切れなくなった。顔を押えながら、喉を鳴らすように響は笑う。


——莫大な魔法力を得た恋する乙女のチート。

今の結衣を端的に表す言葉が不意に思い浮かび、響はあまりに酷い形容で笑いに苦笑を混ぜた。

〝我に敵う者、なし〟

そう言わんばかりに戦いに向かった結衣の小さな背中は、頼もしかった。

第6章
「童貞の矜持、その戦い方」

End Of The Unrequited Life

結衣と鋼紀をシェルが追い、室内には香織とルティ、そして響が残される。

結衣と鋼紀が戦い始めたのだろう、遠くで轟音が聞こえ始めた。ぼんやりと結衣たちの向かった先を眺めていた響が、香織に視線を戻す。そこには不快感を隠すことなく、顔を歪めた香織がいた。

「……本当、コケにしてくれるね、リーマンさん。突撃してくるまではまだいいけど。煽るわ、変な霧で包むわ、いちゃつくわ。何がしたいの？」

「……いちゃつくのは、俺の予定とは違う」

香織の言葉に苦い顔をしたあと、顔を押さえた。その様子に香織は眉を顰める。

「なんなの、嫌そうな顔してるけど、どういうこと？」

更に精神攻撃を仕掛けられるのかと、警戒する香織を無視し、響は苦悩した声を喉から出した。

「いや、嫌じゃないんだ、ないんだよ。でも、あれは予想外がすぎる」

「……普通、喜ぶんじゃないの？」

呆れたような顔を向ける香織を睨むように響は見た。

「……どう見ても見劣りしちまいそうで釣り合わない相手に、ガチで好意を向けられたとしてだ。お前だったら素直に喜べるか？」

「……無理だね。残念なことに、その気持ちは、わかるわ。無理だね、そりゃ」

香織は眼に同情の色を混ぜて響を見た。香織は響に向かって歩きながら溜息を吐く。

「何があったのかは存じませんが、少々ユイを煽りすぎてしまいましたか？」

響の背後に控えるように立つルティが苦笑するような声を響に向けていた。

響の知らないところでルティが暗躍していたらしい。響はルティに向けて抗議の視線を送るが、ルティは穏やかに微笑むだけだった。響は唇を尖らせて、心の整理を始めようとする。

結衣の気持ちは嬉しく、響も大いに喜びたいところだが、素直には喜べなかった。

結衣のためにならない、としか思えなかった。

深く溜息を吐く響の肩を、香織が軽く叩いた。

「惚れられちゃったんだねぇ。大変だね、リーマンさん」

戦闘中という状況も忘れて、胸のうちから溢れる不安を口にしていた。

「どうしよ、あんな美少女の初めてが俺だぞ、いいのか、くそが」

「そうだねぇ。美少女ちゃんの思い出にでっかい傷跡を残すようなもんだよねぇ」

「……しかも、若いんだぞ。俺の半分だぞ」

「ああ、それは厳しい。良心の呵責《かしゃく》が凄そうだ」

香織は響を慰めるように肩を揉むと、先ほどの意趣返しと言わんばかりに朗らかに笑顔を向ける。

「ご愁傷様。まあでもよくあるラノベだと、はしゃぎそうなもんだけど、ね。現実は違うんだね」

「なんだ、腐ってるだけかと思ったら、ラノベも読むのか？」

肩に手を置かれたままの響は、興味深そうな眼を香織に向ける。

響の視線を受け取った香織は、得意そうに唇を歪めた。

「読むだけじゃなくてね、書く方もやってるよ。こちとら小説投稿サイトで日間ランキング一位くらいなら取れる実力はあるよ。異世界転生・転移ジャンルは得意なもんさ」

「へえ、そりゃ凄い。大したもんだ」

「だから、こんな異世界転移の世界に来たのは、いろいろ楽しいよ」

香織は口では笑い、だが敵意と侮蔑《ぶべつ》と挑発など、様々な色の入り混じった視線を響に送る。

響はその視線を受け止めて、しばらく黙した後に口を開いた。

「なあ、香織さんや。教えてくれよ」

「なんだい？　リーマンさん」

「そんな知識を使って行う楽しいこととやらが――」

響は香織の腕を掴む。

「――人を貶《おとし》めることか？」

響の問いかけに、香織はしばらくの間沈黙し、そして鼻で笑う。

「なんのことかな？」

「とぼけんな、ルティのことだ。調べは、ついてる」

香織は視線を響の後ろへ向けた。ルティを見て、香織は肩を竦める。

「ああ、そう。ルティ王女をここに残したのは、なんでかなと思ったけど、まさか自分を責めるつもりだったのかな？　貶めるようなことをした相手を前にすれば、謝るとか思った？」

「まさか。お前は、そんな殊勝な人間じゃないだろ？」

「知った口を利くね。リーマンさんは何を知ってるってのさ？」

「そうだな。お前がやったこと、そしてその裏で何が起こってたか、ってくらいかな」

響の言葉に、香織は僅かに眉を顰めた。香織としては響が調べ回り、香織がしたことを把握しているのは想定内だったのだろう。だが、予想していなかった回答が混ざったためだろう。

香織は響の腕を振り払うと、一歩後ろに下がった。険しい顔で響を睨んでいる。

「……どういう、こと？　裏って？」

「どうも、こうも。なあ、ルティ？」

「ええ。どうやら、気付いてないようですので、カオリさんにもお伝えした方が良いようですわね」

ルティは響の横に並び立ち、響に向けて微笑んだ。響は頷くと、指を一つ立てて笑いかける。

「それじゃ、説明しよう。わかりやすく、一つずつな」

香織は、思惑が外れたのか、睨むように響を見ている。だが口を噤んでいる以上、話を聞くつもりでいるらしい。響は香織が攻撃を仕掛けてこないか、さり気なく警戒しながら話し始めた。

「まず、一つ。お前は、ルティに同性愛について描かれた本を渡し、好んで読むように仕向けた」

「……、それが何か？　まさか男色趣味になることを貶めるっていうつもり？」

「んなことは言わねえよ。物語を楽しむ人については、俺は何も言わない」

「なら、なんだって言うの？」

「そうだな。問題は、世間に認知されていないルティの嗜好《しこう》について、市井にワザと流したことだ」

「……よく調べたね」

「噂ってのは馬鹿にならないんでな。お前の意図を調べるために収集させた。そしたら、広まってること広まってること。不自然なまでにな」

調査した内容には平民の中で広まっているということもあった。盗賊から逃げて村に泊まったときもルティに対して良くない情報が出回っているのを認識していた。

「おかしいだろ。この世界では同性愛は知られていないがゆえに悪評に繋がらない。それなのにルティに対する悪い噂は広まっている」

噂を調べると、何かに取り憑かれたのではないか、や、悪い病気に罹《かか》ってしまったなど、心配するような論調で話が出回っている。

「人気者の王女についてのただの悪口なら、嫌悪感が沸くからな。まず広まらない。だが、人間とは面白いものだよな。心配する口調で話されたことなら、信じちまうんだな」

話題の対象に好意を持っているか、悪意を持っているか。

好意を持つ者同士ならば、疑う心は発しづらいことを突いた、悪意のある情報伝搬だった。

「そんな噂なんて、誰かが意図的に広めなければ、こうはならないだろ？」

響は大仰な身振りで肩を竦めて見せた。芝居じみた響の動作に香織は鼻を鳴らした。

「そんなことをして、自分になんのメリットがあるって言うの？」

「お前の目的は多岐《たき》に渡る。そして、いやらしいことに複雑に絡まっている」

響は香織に人差し指を向けて、サディアの街で調べ把握した内容を香織に告げていく。

「一つ目はルティに対する悪評の流布《るふ》。そして二つ目だ」

響は中指を伸ばした。そして、響の言葉の続きをルティが微笑みながら続ける。

「私と同じ趣味に目覚めた貴族の婦人や令嬢。彼女たちからの資金集めが目的でしょう？」

「本の販売と、スーツを急に流行させた上での販売を一点で引き受けて。まあ荒稼ぎだな」

響が香織に苦笑を向けると、香織は唇を歪めて首を振った。顔には僅かだが、余裕が戻っている。

想定していた話題だったのだろう。だが、響とルティは笑みを崩さない。二人の様子を訝しそうに見ながら、香織は否定の言葉を口にする。

「待ってよ。本の売上なんて、大したもんじゃないでしょ。スーツだって。いくら貴族とはいえさ」

「ああ、そうだな。いくらこの世界で紙が普及していなく、本の大量印刷の技術がないとはいえ、本自体は存在している。普及していないから高額なのはわかるが、集まる資金なんて知れている」

それでも多額の金を得ることになるが、香織の本来の目的からすると微々たるものだ。おそらく香織にしても、売上は問題として騒ぎ立てる金額に達していないと言うつもりなのだろう。

「それに、スーツだって同じことでしょ？　貴族相手とはいえ、人数は知れているんだから」

少し早口になった香織の口ぶりに響は唇を歪めて、首を傾ける。

「ああ、そうだ。だとしても資金を稼ぎ、流すことに利用されたということは汚点として残る」

響は人差し指を上下に動かしていると、ルティがその指にそっと手を触れた。

「ここで一つ目の問題に、絡んできました。カンダル王国で私の評判を下げ、同時に私の発言権を下げることが狙いになると窺えます」

「……証拠なんてないと思うけど？　あとごめん。いちゃつき始めんのやめてくんない？」

響に寄り添うように立つルティを不快そうに香織が睨み付ける。だがルティは些末なことと思っているのか、響から離れない。王女ともあろう者が、少々下品に見える仕草だと思う。

（挑発するのが目的なのを理解してるんだろうけど、やりすぎだ。……楽しんでねえか？）

響は視線をルティに向けると、悪戯めいた笑みを返してきた。響は小さく溜息を吐くと、響はルティを好きなようにさせようと決める。効果的なことは間違いない。

響は余裕ぶった笑顔を作り、香織の言葉に応えた。

「そうだな。ルティを貶める明確な証拠なんて残っていない。だが調べてみると面白いな。ルティが国で高評価になった理由って知っているだろ？」

「知らないけど……」

「ルティはな、画期的な方法を取り込んで、国民の生活の手助けをして評判が上がったんだ」

その方法とは、転移者から得た情報が元になっている。

異世界の偉人が行った改革などを転移者から聞き、この世界で扱えるように改変、活かしていた。

「さて、問題だ。報道機関のない世界で、なぜ国政の発案者の情報が市井に回るんだろうな」

考えてみれば、不思議な話だった。

慈善事業などで、ルティが働く姿を見た人々が噂として広めたのなら、まだわかる。

だが、ルティの方策の一つ、税の徴収方法の改変は領主に伝えられ実行された。

事情通で口の軽い領主が広めたのならば話は別だが、全員が全員そうではない。

ルティの存在が広まるとは思いづらい。

「事業の発案者を広めた存在がいるって思ってな。いくつか調べたよ。そしたら行商人から聞いたって人が多くてな。ここの商会に出入りしている行商人ってのも、聞いたよ」

街のおばさんからシェルが集めた情報だった。

悪い噂の情報源は言い辛くても、良い噂について語るとき、人の口が軽くなる。誰から聞いたのかと探った結果、複数の情報からルティの噂には、香織のいる商会が関与していることが判明した。

「いいことじゃない。評判が上がって」

香織が僅かに口を動かした。動揺しているが、まだ余裕を保っている様子だ。響とルティは、香織に残された僅かな余裕を突き崩そうとした。

「そうだな。皆が聞きたがるように仕向けた後に、良い情報の中に、悪い噂を散りばめなければな」

「ええ。私に例の本の情報を伝えたときのこと、覚えていますか？　雑談のついでに幾つか仰《おっしゃ》れた取り入れやすい情報。トヨトミ・ヒデヨシさんの話でしたか？　意図してのこと、ですね」

ルティは香織に向けて、満面の笑顔を浮かべている。それは、香織の悪意について、意に介していないと言わんばかりの表情だ。横で見ている響は、俄《にわ》かに戦慄しながら香織を眺める。

香織は完全に目を丸くした状態で固まった。呆然とする瞳は、それでも思考を回している。

響の様子よりも、ルティに向けて固まる香織は、余裕の原因を考えていることだろう。

(ああ、目的に辿り着くまで、もうすぐだろうな)

響は一度目を伏せ、息を吐いた後、懐から手紙を取り出す。盗賊のアジトで見つけた手紙だ。

「いろいろと方法を間違えたみたいだな。こんな手紙も残されてたしな。見るか？」

響は香織の目の前に手紙を広げる。内容は盗賊への指示が描かれていた。冒険者二人を通じて、詳細な指示を出すということが書かれてあり、冒険者の名前と特徴まで書かれていた。

「……それだけじゃ、捏造《ねつぞう》かもしれないじゃない」

「カンダルの王族の使う封蝋《ふうろう》使ってまで捏造ね。ああ、ルティの使っている封蝋とは別の物だぞ」

封蝋とは、手紙を封じる際に、蝋を垂らして印璽《いんじ》を捺《お》すものであり、差出人の証明となる。

盗賊どもは、後で差出人を脅すつもりだったのだろう。本来ならば、開封した際に蝋が砕けるため、証拠は残らない。盗賊は、封筒を切り取ることで証拠を残していたようだ。

「ちなみに、そんな精巧な偽造なんて、こんな短時間でできねえよ。王族って不便だよな。普段、側仕えが周囲に必ずいるから、鍛冶屋《かじや》と接触していないことが簡単に証明できる」

少なくともルティが絡んだ捏造だとは疑われない。

盗賊たちの残した、ルティ襲撃に香織が荷担した証拠は否定できない。

「……最悪」

「お前らが手紙を消そうとしていたのは正解だったがな。香織、お前が自分で行くべきだったな。

そうすれば、戦いよりも手紙の奪取を優先しただろうに」

「後は、そうですわね……。それなりに評判の高い私の悪評を、貴方がたは国民に広めようとしていた、その理由について言及しましょうか」

「そうだな。『国を代表する王女が、変だ』と伝われば、不満も積もってくしな」

響はルティと雑談をするように、香織がしようとしていた内容について指摘を始める。

農作物を、税金を納めるのが、国民の務めだ。

「さて、考えてみるか。戦とかの有事の際、非常徴収をしたとしようか。国民の不満が高かったら、素直に応じてくれるだろうかね？」

「応じてはくれるでしょうが、更に不満を募らせるでしょうね。反乱の火種になりかねないので、安易に徴収することはできなくなりますわね」

「あと、有事と言ったら、国民を歩兵として招集するよな。従うもんかね？」

「招集したとしても、士気は低いでしょう。逃亡に気を配らなければいけません。戦力として扱うのは、難しいでしょうね……」

頬に手を当てて、ルティは悩ましそうに目を伏せた。

「それ以前に、悪評を流布された王女がしていた服の流行。これが、実は他国に資金を回すことに繋がることの方が、きっと問題になりますわ」

「だろうな。隣国と商会が繋がっていて、怪しげに資金が動いて、更に帳簿まで残っている。調べて見つけてくださいって感じだ」

「国の視点で見れば、少額です。それでも王女の汚点になりますものね」

響はルティと顔を見合わせて、深く溜息を吐いた後、香織に視線を移す。

香織の顔色は、真っ赤になっていた。一つずつ丁寧に説明することは、全てを見抜いている証である。策を弄してきた身からすると、馬鹿丁寧な解説は侮辱に感じるのだろう。

悔しそうに歯を食い縛る香織の姿を見て、響は目を細めた。

「なあ、香織」

静かに香織の名を呼ぶと、香織は響を睨むように見た。響は頭を掻いた後、口を開く。

「……フォーゼ公国は、カンダルに戦争でも仕掛ける気なのか？」

香織は少し眼を泳がせるが、響に視線を定めた。悪足掻《わるあが》きをするらしい。取り繕った笑みに、少し震える声で、両手を開いた。

「ま、まいったね。よくたかが情報だけで、そこまで辿り着いたね」

「初めて会ったときに、変な挑発してきたからな。疑ってかかるさ。お前が迂闊なんだ」

香織が妙な発言をせず、盗賊のアジトで鋼紀をけしかけなかったら、と考える。

響はルティたちと、今でも逃亡していたはずだ。自信に満ちた香織と鋼紀が悪意を向けてきたからこそ、掴めた事実だった。

「あいにく、悪意には慣れていてな。人を利用しようとする悪意には敏感なんだ」

「……で、問題なの？　戦争を仕掛けようとするんだから、事前に準備して、本番で有利にことを運ぶためには、多少の汚いことはするでしょ普通」

「そうかも、しれない。だが、お前は知らないし、……まだ気付かないのか？」

侮《あなど》るように歪んだ顔の香織に向かい、響は強く言葉を発する。

「お前は、ルティを舐めすぎだ」

「……はあ？」

響の言葉に香織は不愉快そうに顔を歪めた。おそらく響の言いたいことが繋がっていない。

「わかってんだろ？　お前の企みを、俺たちは把握している」

それを伝えるために、懇切丁寧に説明してきた。

「だけどな、いつから、全てを把握していたと思う？」

「……は？」

「考えてみろ、調べ始めて一週間ってところなんだが、どうだ？　早すぎだと思わないか？」

香織が大口を開ける。そして顔色が変わっていく。気付いたようだ。響は首を鳴らす。

「もっと前から、ルティは気付いていたんだよ」

響が調べた内容で判明したのは、これまで説明してきたことの半分だった。ルティの部屋を訪れた際に、調査内容を話したところ、ルティは残りについて教えてくれた。

「お前のことを聞いたとき、ルティがなんてお前を表現したと思う？」

響は話ながら、ルティから受けた素養当ての問答を思い出す。

その中の質問に、『有益』の反対はと聞かれた。本来、有益の反対は無益だろう。

だが考え方によっては有害という答えも出てくる。

益をもたらす存在に対するのは害をもたらす存在。対極にある存在である。

「ルティはな、端《はな》からお前の魂胆を見抜いていたぞ？」

「……どういうこと？」

「お前は、『有益』だが、『有害』だってよ」

「それって……」

「ああ。お前が悪意を持って近付いていたことを知っていた。最初からってことだな」

「さ、最初から⁉」

香織が声を荒げる。最早取り繕う余裕すらないようだ。響は少し気分を良くしながら笑う。

「貴族というか王族って、言動からその中に潜む感情を探すのに慣れているんだわ。俺らよりも酷いレベルでな。どういった環境ならそうなるんだか、酷い世界だ」

「意味わかんない、馬鹿じゃないの⁉　バレてて……、は？　なんで策に乗っかったの？」

「情報の有益な使い道がわかれば、そうするだけさ。」

相手と身内に害が及ばなければ、響も同じことをする。

「お前だって同じだろ？」

香織は曖昧な表情で頷く。

「ルティは凄いぞ。好意的な評価が広まっていく段階から、いろいろと計略を練っていやがった」

調査した内容をルティに突きつけたとき、彼女は素直に白状した。

香織が接触してきて本を入手した段階で、フォーゼ公国に密偵を送り、情報を探っていたと。

香織は呆然として膝を突く。相手を小馬鹿にするように、そして幾重にも目的を含んだ計略について、早い段階で見抜かれていた。既に対策が準備されていることも悟ったのだろう。

自信に満ちていた香織の姿はそこにはなかった。

だが響は口を止めない。許せなかったからだ。

「なあ、被った損害を埋める策を練っていたルティが、国民への悪評の埋め合わせに、考えていた対抗策ってわかるか？」

響は一度、ルティに視線を向ける。ルティは困ったように笑うと小さく頷いた。

「自らを処刑する道も視野に入れてたんだ」

誰かから罪を指摘される前に、自ら開示し、極刑を望む。

ルティとの会話で、事の納め方をどうするつもりかと訊ねたところ、ルティはそう答えた。

（確かに、ルティが処罰されれば、影響は大きいが……）

王族が権力を持った状態で、身内を処罰することは有り得ない。しかも国を栄えさせるために尽力した姫を、殺すまでもないような罪で極刑に処す。

他の王位継承権を持つ王子や王女は震え上がり、他者を貶める行為を控えるだろう。

身内すら厳しく処断する国王に対しては、国民は畏敬《いけい》の念を抱くだろう。

（かと言って、そんな判断を安易に選べるほどに、ルティは追い詰められていたんだな……）

自ら死を望む選択肢が、恒常的に存在する精神など、不健全極まりない。

ルティを保護してから、十日ほどが、響は不自然なほどに活き活きとしたルティの姿を見てきた。

まるで解き放たれたように、ふざけるルティの姿を響は思い出す。

響に薄い本を朗読させせて興奮したり、結衣をからかったり、結衣を煽るように、響と接触したり。

王女としては、ありえない行動だった。

（生き辛かった、か）

ルティの部屋での会話を思い出す。なぜ、このような自分を犠牲にする策を考えていたのかと、問い詰めたときにルティは、そう口にした。

（国民からの期待、政略結婚を控える身。他の王位継承者は妬んでばかりで何もしない。息が詰まり、身動きも取れない。それでも、立場上、毅然としなければならない）

その心労は、どれほどのものなのか。響には計り知れなかったが、ルティはそれでも笑いながら響に語った姿を思い出す。生き辛い、それだけなら、誰もが多かれ少なかれ感じている話だ。

（だけど、追い込まれた理由を考えると、さすがに容認できない）

端から見れば辛い環境でも、当人が気付かなければ、存外耐えられるものだ。響は長いサラリーマン生活でそれを知っていた。他社の環境を知らなければ、自分が辛い場所にいると気付かない。

ルティも、そうであるはずだった。だが、知ってしまった。

「……ここからは推測なんだが、ルティに結衣を近付けたのも計略のうちか？」

「え？」

香織は驚きの声を上げた。響は片眉を動かして、考える。ルティが香織と面談したきっかけは、結衣の言葉からいろんな有益な情報を察したからである。

結衣の語る学校生活に興味を抱き、語られた恋物語にルティは憧れた。

（結衣が路頭に迷ってルティが保護したことが疑わしいんだ。結衣みたいな綺麗な女の子を放り投げるほど、男は馬鹿じゃない。優しくして旨みを得ようとしてもおかしくない）

だが、策の考案者と睨んでいた香織の表情は、何を言っているかわからない、そう語っていた。

香織の自信を砕いてから提示した内容なだけに、嘘を吐く余裕はないはずである。

（こいつは知らない、なら、裏に何か潜んでいるってことか）

それは香織を捕まえて尋問すればわかるかもしれない。そもそも逃す気はないし。

「まあ、いいさ。お前の企みは、水泡《すいほう》に帰すぞ。一年くらいか。無駄な時間を過ごしたな」

「……ざけないでよ」

香織は俯いた状態で呟いた。震える声に込められた感情は怒りだった。

対する響も視線に怒りの火を灯らせる。胸ぐらを掴んで、膝を突く香織を引き、顔を上げさせた。

「ルティを貶めた原因はお前だ。でも、それだけじゃ収まらない」

一連の話題にルティが興味を持った原因、それに及んでしまうと、響は告げる。

「転移者の情報も、悪評に繋がる王女の言動も全て、結衣が伝えたんだと、思う連中は多いんだよ」

悪意は恐ろしい。人の集団は責任の所在を誰かに求める。

結衣は平民なのに側仕えとなったぽっと出の転移者だ。周囲に疎《うと》む者がいることは想像に容易い。元凶《げんきょう》の香織と同郷だと知られれば、更に結衣の立場は悪くなる。

ルティがただ罪を認めたならば、結衣も巻き込まれると思われた。

個人間の感情の裏を読むことは長けていても、他の貴族との交渉で舌戦を熟してきたとしても、民衆の悪意に晒されたことのないルティは気付けなかった。

「結果として、ルティだけでなく、結衣まで巻き込まれちまう。お前の策で、二人の女の子が死罪に追い込まれてしまうって、わかるか」

殺気を込めた目で響は香織を睨むと、香織は怯えた瞳を向けた。その戸惑いの瞳から、人の命を脅かす覚悟が香織には不十分だったことが伝わる。

響の怒りは更に強くなる。殴りたくなる拳を握りしめ、衝動を抑える。目を閉じた響は、ルティに指摘をしたときの、彼女の表情を思い出す。

ルティは自らが責任を取れば、周囲に害は及ばないと考えていたらしい。だが結衣への被害の可能性を告げたとき、愕然とした表情をルティは浮かべた。

「……ルティはな、泣いたんだ。人前で感情を隠して、いつも作り笑顔をする女の子がだ」

震えた声で響は香織に告げる。押し殺す声に込められた響の暗い感情に、香織は言葉も出ないようだった。響は視線だけで射殺《いころ》さんと香織を睨む。

ルティは幼子のように声を上げて泣いた。

所詮、権謀術数の世界に生きる王族とはいえ、子供だ。ルティの想定の範囲が甘かった。

（だが、それは良い。気付かないまま生きられるならば、それに越したことはない）

同じことを結衣にも響は思った。ルティがどれほどの危険地帯を歩いて来たか、結衣は知らない。

それでもルティを大切に思い、友達として扱う姿は見ていて好ましい。

そんな二人を、碌な覚悟もないまま、計略に嵌《は》めようとした人物が響の目の前にいた。

綺麗な世界に住む人間を、悪意により貶めようとする人物が、響の目の前で怯えた顔をしている。

「俺は、お前らを、捕まえる」

意思を込めて、響は宣誓した。

「実行犯を捕まえれば、責任の所在はお前らに集中できる。悪いが、全ての目をお前たちに集め、ルティたちの被害を最小限に抑えてみせる」

話は終わりとばかりに、響は掴んでいた香織の服から手を離そうとする。

だが、香織は離れる響の腕を掴み、余裕を取り繕った顔で笑った。

「そ、そんな必死になるのはなんでさ。アレかな？　さっきの美少女ちゃんだけでなく、お姫様も手中に納めたいとかいう下衆な欲望のせいかな？」

黙って何を考えていたのかと思えば、出てきたのは程度の低い発言だった。響は呆れた視線を香織に返しながら、ふと思い出す。香織の言葉は響が元の世界で言われていたことに似ている。

なぜ、人を助けようとするのか。様々な人に呆れながら言われ続けた言葉。

（ふっ、またこの類いの質問か）

元の世界で訊ねられたときは、曖昧な笑みで返事を濁していた。だが、今は違う。

ここは異世界。かつての報われないまま過ごしてきた世界とは異なる。

報われない人生を漫然《まんぜん》と受け入れるのは、もう終わりだ。

(だから、矜持《きょうじ》だ。矜持を示そう)

憤怒の感情を排除して、響は笑った。

「情けは人の為ならず」

残った片方の手の人差し指を天に向けて、響は欣然《きんぜん》とした表情で言葉を続ける。

「情けは他人の為でなく、巡り巡って自分の所に返ってくる。だから、人には親切にしろって言葉だな。そのうち、なんか良いことあるんじゃないか?」

「……マジで言ってんの？　そのうちって、来るかもわかんないのに……」

「おうよ。それ以前に困っている人がいたら、手を差し伸べる。当たり前だろ?」

巡らなくても、人は助けるもの。それは当然のことであり、誰かに非難されることではないと、響は主張する。そして一呼吸置き、上げていた右手を固め、強く自身の胸を叩く。

「そもそもだ、女性が最も可愛いのは笑顔だ。泣いている姿なんて嬉し泣き以外、容認しない」

哀しむことが辛いのは誰よりも知っている。そんな辛さを他の人に感じさせたくはない。

慣れて、処理方法を知っている人間が、哀しめばいい。取り除ける災厄《さいやく》など払う。

「こちとら生粋《きっすい》の童貞よ」

胸を張り、恥じることなど微塵もないと言わんばかりに声を張る。

「目の前で女の子が泣いたんだ」

それだけで理由としては十分だった。その女の子に特別な感情を持っていないとしても。

「女の子を笑顔にさせるためなら！　一も二もなく、全力を尽くすに決まってんだろうが!!」

それが男だと響は口にする。

「童貞を、舐めるな」

響の戦う理由を聞いた香織は、理解できないように眼を丸くしていた。呆気にとられる香織の顔を見て、響は留飲《りゅういん》が下がり、心地良さを感じる。

「あ、……呆れた主張だね」

沈黙の後、やっとのことで声を出した香織は頬を引き攣らせる。その顔を響は満足そうに眺めた。

「そいつは、どうも」

響と香織の距離は近い。香織の手は響の腕を掴んだままだ。いつでも戦闘に移行できる距離。言葉による戦いは終わりを迎え、続く戦闘に向けて、響は最後に口にした。

「一応、聞く。降伏する気はあるか」

「冗談。なんで負けることがあり得ない状態で、降らないといけないの」

香織は響の提案を鼻で笑う。響は片眉を上げて、香織の言葉の続きを促す。

「異世界のチート小説を数多く読み、書いてきた自分が、チート合戦で負けるわけないでしょ」

「そりゃあ、なんとも。凄い自信だこと」

「考えたらわからない？　自分からこんなに敵に近付くって不自然と思わない？」

「さて。何をする気だ？」

香織は大きく開いた壁の穴に視線を向ける。外の様子が見えた。

火炎や雷が飛び交い、時たま爆音が遠くに聞こえる。響の身体からは魔法力が抜け続けていた。

結衣の奮戦を理解するのと同時に、鋼紀を倒せていないことも窺える。

「今の状況は、一見拮抗《きっこう》しているように見える」

結衣と鋼紀が戦いを続け、響と香織が膠着《こうちゃく》している状況だ。香織はにやついた笑みを浮かべる。

「だけど、鋼紀が負けることはない。あんたに晒した以外に、まだスキルを持っている」

鋼紀のスキルは火魔法のみだった。あとは神槍という転移時に賜った武器のみを見せていた。

「まあ、そうだろうな。少なすぎる」

「隠していたスキルを使う以上、負けはない。いかにあの娘が善戦しようとも、いつかは勝つ」

鋼紀のスキルに絶対の自信があるのか、香織は不敵な笑みを浮かべている。

響はルティに手で、後ろに下がるように指示をした。遠ざかっていく足音からルティが離れたことを認識した響は、香織の行動を見逃さないように集中する。

「そして、自分もね。自分のスキルも。リーマンさん相手に、負けることはない」

響が掴んでいる香織の腕が光を放つ。魔法力の光だ。

発光していることから、相当な魔法力を解放していることが見て取れる。

「余裕を見せすぎだよ、リーマンさん。それだから必勝の好期を逃すんだよ!! 『複製《コピー》』!!」

香織の手が紫色の光を放つ。同時に響は身体の内側を弄《いじ》られるような不快さを感じた。

光が収まると同時に、香織は叫んだ。

「『水激流』!」

香織の手から激しい水流が放たれ、響がその水に弾かれ後方へ吹き飛ばされる。

だが響は慌てることなく数度床に転がると、立ち上がって刀を構えた。いつもの吸生血刀《ブラッディソード》ではなく、剣舞魔刀《アブソーバー》を抜いて香織の出方を窺う。香織は腰に手を当て満面に笑みを浮かべる。

「お姫様から自分のスキルは聞いていると思うけど、改めて教えてあげるよ。持っているスキルは二つ。『創造《クリエイト》』と『複製《コピー》』って言ってね。卑怯極まりないスキルだよ」

香織は懐から小さな石を取り出した。鋼紀が戦闘中にＭＰを切らしたときと同じ物だった。

「『創造』スキルは、思い描いた物を作り出す能力。お姫様は画材とか既にある物を出す能力だって伝えたろうけど、世の中に存在しない物を生み出せるんだ。このMPを回復する『魔石』とかね」

香織は魔石を開放し、MPを回復した。砕けた魔石の破片を払いながら響に人差し指を向けた。

「魔石はまだまだいっぱいあるからね、持久戦をしかけようとしても無駄だよ」

響は感心したように、ほうと口を開けて、驚いた顔を作る。

香織が調子よくスキルの正体や戦略について話すならば、このまま語らせるべきと思った。

響の思惑通り、香織は気分を良くしたのか、もう一つのスキルについて語り始める。

「どう、驚いた？　自分のスキルの『複製』、物を複製することができるって聞いたと思うけど。それだけじゃない。複製できるのがモノだけじゃない。スキルすらコピーし自分の物とする。それが自分の能力、『複製』レベル∞の力さ」

その言葉を示すように、香織は指先に水球を発生させ、響に向けて射出する。響は同じように水球を射出し、香織の水魔法を相殺《そうさつ》する。

「名声を響かせるのも考え物だね！　情報が出回ってるお陰であんたのスキルは知り尽くしているんだ、水魔法を駆使する『両刀使い』さん？」

響の二つ名を口にする香織は、響のことを調べ上げていると主張した。

「ドラゴンを一蹴《いっしゅう》したらしいじゃないか、凄いね。でも、水魔法と剣術スキルのお陰でしょ？」

香織は両手を前に突き出す。そして『創造』スキルを使い、両手に二振りの刀を生み出した。日本刀のような刃が反った、打刀だ。切っ先を響に向けて、香織は得意げに笑う。

「あんたみたいなしょぼいサラリーマンが、ドラゴンを倒すなんてチートスキル以外、考えられないじゃないか。それくらい想像は簡単だよ。あんたのスキルなんて、調べてるんだよ！」

ステイアダンジョンの攻略情報を香織は得ているようだ。おそらく、香織は冒険者ギルドや、そこに繋がる情報源から、響の戦力を調べ上げたのだと予測する。

「自分は異世界転移のチートには誰よりも詳しいんだ！　多少の制約はあるけど、相手と同じスキルをコピーすることができる。最低でも千日手に持ち込める」

千日手。それは将棋などで拮抗している状態で、同じ局面が延々と続く。他の手を指すと不利になり、同じことを繰り返すか、睨み合う他なくなるそんな状況。

「本人以上にチートスキルを駆使できる知識！　自分には勝つか引き分け以外ありえない！」

香織は叫ぶと刀を響に向けた。響は憮然とした表情で、戦闘の準備を行う。

「『起動《スタートアップ》』、『武装《イクイップ》』」

魔法力の発動により、剣舞魔刀の柄に仕込まれた鈴が鳴り響く。

大きく刀を振り、青白い刀身が光の軌跡《きせき》を残し、鈴の音の残滓と共に消えていく。

結衣が消費した魔法力が補充され、身体に魔法力が満ちていく。響は歩みを進め、香織に接近した。大きく踏み込み刀を振れば当たる様な距離。

「のこのこ近付いてきたけど、馬鹿じゃないの？」

「ほう、どういうことだ？」

「自分のスキルの怖さを、碌に理解してないみたいだねってこと。水魔法はこう使うんだよ！」

香織は高笑いしながら、刀の先に水球を作る。

水球は大きさを増し、直径三メートルにも及ぶ球体ができあがる。

その水球は急速にその大きさを縮めた。圧縮され、密度を上げていく。

「この世界に、こんな魔法はきっとないだろうね、あっちの世界の知識だからね！」

超高圧状態の水球が、宙に浮かんでいた。

「知っている、リーマンさん？　高圧の水流は鉄をも切り裂くって！」

愉悦に浸るような笑みで、香織は刀を押し出した。

動きに合わせて、水球の一点から水が噴き出す。急激な勢いの水が響に向けて放たれた。

噴出点を中心に周囲に水煙が立ち込める。

響はバックステップで距離を取ろうとしたが、遅かったようだ。水流の直撃を響は受ける。

「ヒビキさん⁉」

ルティの悲鳴が響き渡る。

直撃した響は悲鳴を上げることもせず倒れ、その姿は水煙に包まれていく。

それでも香織の放った水流はしばらくの間、勢いが止まず、水球が消滅するころには、周囲は水煙と静寂に包まれていた。水煙を見ていた香織は、堪え切れなくなったかのように肩を震わせる。

「はんっ！　理系知識を持ってることが、最近のラノベ作者の必須だって知らないみたいだったね。自分に敵うわけがないんだよ！　高説垂れてたくせに、ざまあないね！」

笑いが止まらないのか、香織は前屈みになって腹部を抱えている。

だが、ふと香織は笑いを止めた。水煙が晴れない。

異変だった。怪訝な顔色の香織を嘲笑うかのように、鈴の音が鳴る。

そして、水煙に一筋の縦線が走り、その線を境に水煙が左右に分かれる。

分断された水煙の間には、響が立っていた。

水煙を自分の水魔法で制御しているのだろうか、響の頭上で渦を巻くように集まっていく。唖然とする香織に、響は静かな声で語りながら歩み寄った。

「ウォーターカッター。正式にはウォータージェット工法だな。四千気圧にまで加圧し、小さなノズルから水を噴出し対象物を切断する方法だな」

響は無傷だった。服すらも。香織は目を剥き驚愕した。響は半目の視線をそのまま香織に向け、剣舞魔刀の峰を肩に置き、溜息を吐く。

「たしかに日本でも特殊工作車で採用されてるな。自動車のフレームとか切ったりと、事故で挟まれた救助者を助けるために、消防に採用されてるけどさ」

呆れたような響の声が、室内に響く。

「そんな攻撃手段が有効だとしたら、水が大量にある前提の海軍とか海自で採用されるんじゃね？」

「……は？」

「お前知らねえだろ、ウォーターカッターが使われてる現場ってなんだと思う？」

ぽかんと口を開く香織に、響は蘊蓄《うんちく》を語る。

「ウォーターカッターの利点って、火花が出ない、熱が出ない、だ」

利用される現場は、熱に弱い物質の加工工場、あるいは火花が散らせない作業場所だ。

「基板って知ってるか？　電子部品の載ってる板だ。あれを特殊な加工するときに使うな。あとは紙やらゴムとか非金属とか。どれも精密な加工を必要とする場合に使われるんだ」

金属を使った工作機械では摩擦で変形・変色することがあるが、水ではそれが起きない。

「なんでも切れることは重視されていない。そもそもなんでもは切れない。更に言うと正しいイメージは水の当たった部分を吹き飛ばすことだ」

水の放出圧で削るため、放出点から距離が離れるほど精度の高い加工はできない。

流体が高圧で細い放出口で噴き出され、速度が維持できる距離は短い。

「そんな苦労しなくても刃物で切れば良いだろ」

更に水の勢いが弾かれるような硬い物質には使用できない。水に研磨剤を混ぜることでダイヤモンドの切断も可能になるが、水単体では硬い素材は切れない。

「今みたいに距離があったら、ただのすげえ勢いの水鉄砲だな。『水激流』の凄い版だ」

噴出口付近では最大マッハ三で放たれる水。距離が離れると、水はみるみる減速し威力は失われていく。それなりに怪我を負うことはあるだろう。だが望む効果は得られない。

「どこで齧った知識かわからんが、大した理系だな、作家様。水を使うチートとくればウォーターカッター。元の知識はゲームか？　アニメか？」

響の嘲るような言葉に香織は顔色を変える。

「別に流体力学を学んで来いとは言わないさ。でも多少は調べろよ。実用物でもなんでもさ。他人様の創作物で見た物を、そのまま真に受けんなよ」

香織の持っていた自信の根拠は知識である。

響はそれを浅はかだと一笑に付した。その態度に香織は激昂し、刀を振り被る。

響は香織の動きに合わせ剣舞魔刀を構えた。

鋭く振り下ろされた香織の刀を響は峰で受け、当たった刀身は下にずれ、鍔元《つばもと》で止まる。

鍔迫り合いの形になった香織は渾身《こんしん》の力で押した。だが響はそれを冷めた目で見下ろす。

「剣術スキルもこれじゃ意味ないだろ。この状態だと単純に力の比べ合いだぞ」

響は魔剣を上に一気に押し上げた。握っていた力が弱かったためか、香織の刀が宙を舞う。

「魔法をコピーしても、活かしきれない。スキルを奪っても、土台がないから活かせない」

響は宙を舞う刀の行方を眼で追う。回転しながら床に刺さるのを確認し、再び香織を見た。香織は悔しそうな顔で後ずさり、響から距離を取る。響はゆっくりと香織に近付いた。

「どうした。もう終わりか」

香織は慌てて魔石を開放しＭＰを補給すると、手に武器を生み出す。

マスケット銃だった。まさかの古い銃を香織が選択したことに驚きつつ、響は万が一に備えて、回復魔法をその身に満たす。既に弾と火薬は込められているのか、腰の引けた姿勢で銃口を響に向けた香織は、迷わず引き金を引いた。上げられていた撃鉄が作動する。先端のフリントが火花を発し、弾が射出された。丸い弾丸は、響の脇を通り彼方へと消える。

「……射撃訓練もしていないのか。スキルで作れば、技量なしで扱えると思っていたか？」

銃の反動に耐えられずに床に尻を付けている香織を見下ろし、響は深く息を吐いた。

思い返すキッサ山での修行、スキルを把握し、ある程度使いこなすための日々。

結衣とシェルに二人と行った魔法特訓、そしてＭＰ吸収の検証もそうだ。結衣も特訓や検証など練習を重ね、有事に備えていたのだろう。シェルだって日々の修行で力を付けていた。

「次はなんだ。いいぜ、来いよ」

響はまたゆっくり歩き出す。香織は必死に次の手を考えるが、咄嗟に思い浮かばないのか後退を続ける。香織の下がる速度に合わせるように、響は歩いて追いかける。

「な、なんなのよ！　あんたは⁉　何がしたいのよ⁉」

考えた結果思い浮かんだのは火炎瓶だったらしい。点火済みの瓶を投げつつ香織は叫んだ。

「なんだと思う？　想像してみろよ」

響は水球を作り火炎瓶の火を消す。瓶を掴み、遠くへ放り投げた。

次の手を必死に考えるように呟き、後ずさる香織は何事かを思いついた。

顔色を変えて、胸元を押さえた。響は鼻で笑う。

「卑猥《ひわい》なことでもされると？　エロ同人みたいな展開か？　俺が？　言ったろ、童貞だって」

香織は黙っていれば、間違いなく美少女だ。男ならば、そう思うかもしれない。

「確かにしてみたいと思うが。だけど、お前をどうこうするより、だ。俺には身近に奴隷の美少女がいるんだぞ？　調べてんだろ？　する気があるなら、まずシェルとしてるっての」

殺そうとせず、積極的に戦おうとせず、ただただ香織を追い詰める響。香織は響の意図が読めずに、困惑を続けていた。恐怖に近い感情を眼に映し、響から逃げる。

だが響は香織を逃亡できないように動いた。時には水で逃走経路を塞ぎ、時には先回りし、香織を追い詰める。いつまでも続くかと思った一連の行動は、響の深い溜息と同時に中断された。

「気付かないか、まったく」

頭を掻いて吐き捨てるように言った響の言葉の続きを、香織は俄かに怯えながら待っていた。

「何をしても敵わないことを徹底的に教えている。そこから俺が何をしたいかって考えてみな？」

響の言葉に、香織は眉を顰めて考え込む。だが香織には答えが思い浮かばないようだった。

響は肩を落とし失望感を全身で表現した後、やれやれと口を開く。

「心を潰す。それが目的だ」

これまでの香織の行動を思い返す。

策略については、練ってはいるが、返されたときのことを考慮していなかった。

人を貶めることは考えても、響に殺意を向けられれば怯《ひる》み始めた。戦闘でも、優位性を保とうとペラペラと語っていたが、敵わないとなると逃亡を選ぶ。

響は香織から性格の歪みを感じていた。

性格は生半可な努力では矯正できるものではない。短期で修正するためには荒療治が必要と思われた。だから響は凄絶な笑みを浮かべて、香織を見た。

「お前には俺の説得も説教も通じないだろ？　なら、心を摘み取り、圧《へ》し折り、潰してやる」

香織には響の言うことが理解できなかった。その言葉は、簡単に要約するとこうなる。

『強引な荒療治で、香織の性格を矯正する』と。

大仰な言い方をするならば、香織を救おうとしていると響は口にした。

ルティを策略に嵌め陥《おとしい》れ、画策し戦争を引き起こす手助けをした香織をだ。

響の表情からは善意が読みとれない。ただひたすらに攻撃的だった。

だからこそ香織の理解は進まない。響の言葉と、それに反する行動や表情に困惑している。

響は悪意に晒される人生を送ってきた。おそらく香織もそうなのだろう。初めて会ったときの香織の不要な挑発はそれが原因だったと思っている。香織の態度や言動が推察でき、やたらと癇《かん》に障ったことを覚えている。それは同族嫌悪という言葉が合致する負の感情だ。響が感じているように香織も同じなのだろう。そんな同族が香織を救うというのだ。信じられるわけがない。

「……な、なにを企んで……」

疑いの眼差しを香織は響に向けた。だが響は何を当然なことを、と言わんばかりに眼を丸くする。

「まだ若いんだ、矯正できるなら、した方がいいだろ？　これ以上、同類を生み続けてどうするよ」

それだけの理由だった。唖然とする香織を前に、響は言葉を続ける。

「矯正する場合を考えるとな、単純な力に屈せさせるのは良い手法じゃなくてな。力で接すると、心まで攻撃が届かないんだ。だから、直接的な暴力はしない。傷は負わせない」

響はこの場に現れて以降、香織に攻撃らしい攻撃を仕掛けていない。

「ルティがこの場に来たことで、少しは気付いてほしかったもんだ。頭は使ってなんぼだぞ」

戦闘前の挑発行為。ルティも積極的に香織を挑発し続けた。

「全ては、心を摘むためだ」

計略家ぶった香織の高く伸びた鼻を圧し折り、自信の根拠を潰すことに協力してくれた。

「苦労したぞ、お前の安全を確保することが最後の課題だったんだが」

「あ、安全……？　安全って……？」

香織は鸚鵡《おうむ》返しに響きの言葉を呟く。響は深く頷き、苦笑を浮かべる。

「結衣やシェルが、お前と戦うのはマズかったんだ」

仮に香織が結衣と戦った場合を考えてみる。

おそらく香織は『複製』スキルを使う。結衣に近付くため、言葉で挑発するのが予測できた。

「どうせ、悪意をぶつけちまうんだろうな」

結衣は、見るからに挑発に慣れていない。精神も年相応に未成熟だ。下手に挑発をすれば、簡単に怒りは頂点に達することだろう。シェルが相対した場合については言うまでもない。響を引き合いに挑発すれば、逆上することは間違いない。

「結衣たちの怒りを買ったら、お前、どうなると思う？」

「どうなるって、……え？」

「お前は、殺されてたよ」

それ故に、戦わせられなかったと響は続けた。

「ルティがついてきたのも、本当はお前の自信を奪うためだったんだけど」

予定とは違い、結衣が予想外すぎる方法でＭＰ問題を解決してくれた。

「お陰で、上手くお前から遠ざけられた、良かったな。お前は生き残れる」

響は咳払いを一つし、指を立てる。

「もう一度言おう。単純な力でねじ伏せはしない。心に刃が届くように、精神的に攻める」

その言葉に、青褪める香織の前で、響は魔法力を全開にする。

「呪え、自分の歪みを」

そして心の中で響は感謝する。

響の情報を詳細にギルドに報告しなかったスミスに対して。

異常な力を有する響が、情報公開されることで負う不利益を考慮して、正確な報告をせずにいてくれたのだろう。お陰で香織は、響を調べて危険な事象に気付くことができなかった。

スミスが間接的に響を守ってくれた。お陰で響は事を有利に進められた。

「いいか、聞け。そして、覚悟しろ」

スミスが秘匿《ひとく》してくれた響の持つ膨大な魔法力。

「俺は今からお前の心を完全に折るために、全力で嫌がらせをする」

黄金の光に包まれながら響は魔法力を展開する。

「俺は――」

響は掌を上に向けて腕を伸ばす。身を包む黄金の光が、真紅に染まり輝きを増した。

「お前が泣いて謝るまで――」

響が選択したのは、料理魔法。異界の門が開き、響の掌に出現するのは、白い物体。

「パ・イ・を――」

ケーキのスポンジに盛られた白いホイップクリーム。バラエティ番組のパイ投げに使われるクリームパイ。出てきたそれを片手に響は大きく振り被った。何が起きたのか、これから起こるのか。

察した香織は逃げようとした。だが遅かった。

「投げるのを止めない――」

響はクリームパイを香織の顔に向けて投げた。小気味良い音が鳴り響き、クリームが香織の顔を中心に周囲に撒き散らされる。振り下ろした姿勢で、響は唇を歪めた。

「――決してな」


響はパイを投げ続けた。

勢い良く香織の顔に当たるように。時として香織の鼻にクリームが侵入するように角度を変えて。

呼吸をするために香織は必死に鼻を塞ぐパイを腕で拭《ぬぐ》い取る。

その鼻先に響はパイを叩きつける。

鼻あるいは口を開けるために、もがくように香織は手でパイの残滓をかき分け、呼吸口を作る。

空いた瞬間を狙い定めるように、響はパイを叩きつけた。

投げる場所がなくなるくらいにパイが重なると、響は水魔法で瞬時に洗浄する。

綺麗な顔になり、呼吸ができる状態になった香織は安堵した。

その香織の顔に、響はパイを叩きつける。

黙って立っていても、顔にパイを叩きつけられるため、香織は逃げようと走り出した。

瞬時に響は先回りし、香織の顔にパイを叩きつけた。

ホイップクリームだからダメージはないと、被弾覚悟で香織は走り去ろうとする。

響はクリームパイだけではなく、時たまアップルパイを織り交ぜて投げた。

アップルパイは香織の鼻先を掠めて飛んでいった。香織の動きが硬直する。恐るべき速度だった。

クリームに比べて固く、遥かにダメージの大きな攻撃の存在が香織の選択に楔《くさび》を打ち込む。

敢えて被弾するという香織の選択肢を潰していた。

香織は『創造』スキルを使い、フルフェイスのヘルメットを作り、顔の保護を始めた。

直後、響は赤く光る魔剣でヘルメットだけを破壊する。

切りつけられたと思いきや、ヘルメットだけを斬る神業とも言える行為に、香織は完全に硬直した。動きが止まった香織に、響はパイを叩きつけた。

懸命に避ける努力を続けた香織だったが、何一つも効果を得られない。

顔はクリームに占有され、洗浄され、そしてやっぱりクリームに占有される。

延々と繰り返されるベタツキと不快感。服すらもクリームでベタついていた。肌にまで浸透し、下着まで酷いことになり、全身がくまなくベタついていた。

白くベタベタな半液体に包まれる感触。鼻に染みつくような甘い香り。

そして止むことのない不快感。逃げても逃げても繰り返される行為。

逃げても逃げても回り込まれ継続される行為。逃げることは無理だと香織は悟らざるを得ない。

響に追われ続け走り続け、既に体力は限界だった。

響の背後に浮かぶ周囲の空間全てを埋め尽くすようなパイが、更なる恐怖を香織に与える。

震え始めた足は言うことを聞かなくなり、逃げようとした香織は崩れるように床に倒れ込む。

状況は拙《まず》いと理解していた。だが、何より呼吸を欲している。

うつ伏せに転がる香織は喘ぐように呼吸した。

数度、後頭部にパイを当てられた後、肩を掴まれ響に強引に仰向けにされる。

響は香織に馬乗りになった。

香織の両手首を重ねて片手で抑えると、残った手でパイを振り被る。

そこからは、酷い物だった。

響の投擲《とうてき》だけでなく、宙に浮かんだパイが無数に降り注ぎ、絶え間なく続けられた。

魔法の同時発現は数が増えるほど魔法力の消費が上がる。鈍《にぶ》る頭で、香織は響の魔法力の異常さをようやく知ることとなった。

繰り返される行為。終わらない凌辱《りょうじょく》。

初めに香織の心を満たしたのは恐怖だった。次に屈辱が心を支配する。

決して屈してなるものか、心だけは反抗するんだと、抵抗する心も生まれていた。

敵愾心、対抗心、様々な感情が心を支配し、心の感情が遷移《せんい》する中でも、パイは止まない。

繰り返し繰り返しパイが香織を襲った。心でいかに怒りを燃やそうとも意味をなさない。

次第に心の中を彩っていた怒りの感情は、勢いを失っていく。感情の炎の弱まりと同時に心も萎え始め、香織にできることは考えることだけとなった。それも一つしか考えられない。


――なんで、よく知らない男の人に、パイをぶつけられているんだろう。


考えても考えても、新たなクリームが香織の顔に広がり思考の邪魔をする。

答えなど出す暇がない。意味がない。考えていく傍《そば》からパイがぶつかった。

どうでも良いと思うことすら許されなかった。執拗にパイが香織を襲う。

休むことなく。馬乗りで手首を押さえられている。四肢の自由はない。

終わることをただ待ち続けた。リズミカルにも思える振動が身を襲う中、香織は思う。


——なんで、こんなことされてるんだろう。


そう思ったのが最後だった。無性に悲しくなった。

瞳から涙が溢れるのを止められない。手は押さえられて動かせない。

涙を止める気力も消え果てている。それでもパイは止まらない。


——泣いてもダメなんだ。

鈍る頭で香織は理解した。


——ああ謝らないと、と、ようやく思い至る。

凌辱が行われる前に、響はそう口にしていたはずだった。

泣いて謝るまで、パイを投げることを止めないと。

響きの言葉に絶対の保証はなかった。しかし浮かんだことを検討する余裕なんて、既にない。

香織は、微かに唇を動かす。

パイの猛攻が、止んだ。

香織はほんの少し安心する。

心に僅かな余裕が浮かんだ。そこが限界だった。ダメだった。

途端に心が折れる。これ以上、もう凌辱なんてされたくないと思い、謝罪の言葉を告げようとするが、嗚咽《おえつ》がそれを邪魔した。

「ひっく……、っく……」

このままでは、またパイを投げられる。また苦難の時間が再開されるのかと、香織の目から滂沱《ぼうだ》の如く涙が溢れる。膨らむ恐怖に後押しされ、更に嗚咽が激しくなり、泣きじゃくり始めた。

止めどなく涙が溢れ、前がよく見えない。涙で滲む視界に、パイを持った男の姿があった。

もう止めて欲しかった。それでも謝ろうとし、香織はしゃっくりの間で懸命に言葉を紡いだ。

「……っく、ごめ、んなさい、っく、なさいっ、ごめんなっ、さい。う、うわああああああ」

激しく泣きじゃくりながら、白いクリームの海の真ん中で香織は大声で泣き始めた。

総数、三万を超える数のクリームパイに、香織は屈服した。

頭に思い浮かべるイメージは燃え盛る炎を掻き消す暴風。

数秒でイメージを固定した結衣は空中で腕を目標に向けて伸ばした。腕の延長線には米粒ほどの大きさの対象がいた。対象は一度盛大に炎を巻き上げる。

結衣は瞬きを一つした。小さかった相手の姿が、一気に大きくなる。獰猛な笑みを浮かべる姿が視認できるほどに鋼紀が近付いていた。

結衣は頭の中のイメージを解き放つ。

歯車の噛み合う感触と共に、イメージと同じ風の奔流が鋼紀に襲い掛かった。

鋼紀は咄嗟に身体の側面から炎を吹き横へ逃げようとするが、風の範囲が大きすぎた。鋼紀の姿は風に押し流され小さくなっていく。

（もう！）

安堵する間もなく結衣は魔力の糸を後方上部へ射出する。糸を商会の屋敷の屋根に止めたとき、視界の端で赤い光が大きく光る。結衣は急ぎ糸を収縮させた。屋根へ向かって結衣の身体は急加速を始め、引き上げられていく。結衣が移動したその下を、赤い焔《ほのお》が通りすぎた。後に残った熱を感じながら、結衣は顔を歪めて呟く。

「やりづらい」

鋼紀を屋外へ放り投げた後、結衣は商会の庭内で空中戦を繰り広げていた。

当初はシェルを交えて戦っていた。しかし先日の森での戦いを鋼紀は思い出したのか、シェルが参加できない空中戦を鋼紀は選ぶ。そうなればシェルの活躍する場はない。

結衣はちらりと視線を地上に向けた。庭では、シェルが戦闘に参加できる機会を窺っている。

結衣は響の指示通り、一時たりとも鋼紀を自身に近付けないように、魔法で弾幕を張った。溢れる魔法力を十全に使い、『糸』∞スキルを駆使し、庭の木や建物の屋根や外壁を飛び交いながら、鋼紀を牽制し続けた。

距離を取ることを第一の目的として、突風で鋼紀を追い払い、無数の土の槍を降らして牽制し、炎を撒き散らしながら接近する鋼紀に瀑布《ばくふ》のような水を浴びせ、距離を取り続けた。

だが鋼紀はいくら遠ざけても一瞬で距離を詰めてくる。

(なんなの？　あの人。めちゃくちゃ丈夫だし)

結衣は庭の木に魔法の糸を伸ばし、空を舞いつつ、鋼紀の姿を目で追う。

空を舞う元気な姿に、鋼紀がダメージを負っていないと理解する。

どんなに魔法を放っても、効果的なダメージを与える前に効果範囲から離脱されていた。

結衣は必死に目を凝らす。大量のＭＰを瞳操作のスキルに注ぎ込み、視力を限界まで上げる。

戦いに酔っているかのように、鋼紀の顔には笑みが浮かんでいた。

なまじ顔が良いだけあり、戦いながら歯を剥いて笑う姿には狂気を感じる。

(元気にも程がある)

鋼紀は懐から石のようなもの取り出し、定期的に砕いている。

響から聞いた話では魔法力を回復するアイテムらしい。既に戦闘を始めて一時間が経過していたが、殆どの時間を鋼紀は飛行している。消費するＭＰは相当な量だと推測できるが、一向に鋼紀の顔から焦りの色が現れない。魔力はまだまだ回復できるのだろう。先日響が行おうとした鋼紀のＭＰ切れを待つ戦いは、望めそうにない。

結衣は小さく舌打ちしながら、自身のＭＰに意識を向けた。

(すっごい減ってる)

結衣が放つ魔法は無茶苦茶な使い方のためか、一度に放つ魔法の使用ＭＰは、時として数百万を超えることもあった。そんな規模の魔法を何度も繰り返している。

この短時間で消費したＭＰは一億を下らない。それでも供給元は人外のＭＰを持つ響だ。結衣が、後先考えず魔法を思いつくまま放とうとも、響からすると微々たる消費となるはず――。

(――だったんだけど。千億もMPを消費してるなんて)

ステータスを確認すると、MPの現在値を表す数値の一番左端の数値が減っていた。果たしてどのような魔法を響が使っているのかと、結衣は眉を顰める。

(苦戦してるのかな)

回復魔法を千億も使うほどの劣勢になっているのかもしれない。自覚した恋心を向ける相手の苦戦を思うと、結衣の心は締めつけられる。

だが。

結衣は口角を上げる。MPが減っている、それは一つの事実を指していた。

(まだ、響は頑張っている。戦っている)

MP表示の横に表示された『Couple』の文字に更に口元を緩める。

(好きな人が頑張ってるんだ、ボクも戦わなきゃ)

結衣はそう思い、緩んだ口元を引き締める。

響と張り合うことが目的ではなく、対等であるために。

結衣は改めて鋼紀の姿を視界の中央に納めた。何度も繰り返し見た風景。それがまた再開される。

遠くにいる鋼紀の背中が巨大なバックファイアを放ち、一呼吸の間に急接近する風景。

結衣は魔力糸を操作し、身体を横へと急移動させた。

同時に牽制として大きな炎の壁を作る。鋼紀の姿が結衣からは視認できなくなる愚策でもあるが、同じく鋼紀からも結衣の姿が見えなくなる利点もある。

結衣は鋼紀と自分の体の間に、極細の鋼線を張り巡らせた。

常に鋼紀は戦闘行動の際は高速移動で突撃する。常に直線的に突撃を繰り返していた。

その進行方向に、網上の鋼糸を突撃の進行方向に張っていたならば、どうなるだろうか。

結衣は頭の中で、突き棒で押し出されるトコロテンを思い浮かべた。

それを人に置きかえてみた——しかめっ面になる。凄惨《せいさん》な結果が予測できたが、躊躇いはない。

躊躇して危険な目にあったこともあった。

殺《や》らなければ殺られる。覚悟は完了している。

そして殺意を向けられている。結衣は鋼紀を倒すことに、怯みはしない。

（相手が、勝手に罠にかかるんだ。死にたくなければ突っ込まなければ良い）

鋼紀の攻撃特性を考えると、最も効果の高い罠だと考えていた。

壁にした炎の揺らめきを見ながら、結衣は鋼紀の突撃に備える。目隠しとしていた炎の壁を突き破り鋼紀が飛び出した。そして結衣が巡らせたトラップに鋼紀が向かう。

だが鋼紀は罠の前で急制動し、炎を噴き散らして急上昇した。

（またなの⁉）

結衣は歯噛みし、現在地から移動する。同時に大量の水球を鋼紀に向けて放った。攻撃に気付いた鋼紀は炎を身に纏い、全ての水球を蒸発させる。蒸気が鋼紀の周囲に立ち込め鋼紀の姿が隠れた。

鋼紀の視覚を塞ぎつつ、結衣は鋼紀の背後へ向けて移動を行い、対策方法の検討を始める。

（何度やっても、なんで攻撃がばれるの⁉）

結衣が殺傷性の高い攻撃を仕掛ける度に、鋼紀はその全てを回避していた。致命的な罠を仕掛ければ事前に回避し、魔法での狙撃はどこから撃っても防ぐ。どんどん攻撃の幅は狭められていく。

（次の方法は……、方法は……）

響からの助言に伴い、遠距離から攻撃を仕掛けていたが、効果的な戦果は得られていない。この攻撃では埒《らち》が明かないと、ほぼ結論がついていた。いかなる手を尽くしても、鋼紀を倒しきれない。どうして近距離戦闘はしてはならないのかと、結衣は不満を抱き始める。近付ければ、取れる選択肢はあった。対転移者用の攻撃方法を結衣は持っている。

（鎖で拘束して、ＭＰ吸収すれば終わるのに）

転移者の攻撃はスキルに頼ったものが多く、現に鋼紀もスキルを駆使し戦っている。鎖を通してＭＰ吸収スキルを全力で放ち、ＭＰを枯渇させてしまえば、転移者には何もできない。

（なんで、遠距離なのさ）

響は時間稼ぎをしてほしいと結衣に伝えた。おそらく結衣の安全を考えてのことだ。

（少し過保護すぎるよ、うん）

大事にされてはいる理解していたが、過小評価されているようにも結衣は感じていた。

（むう、扱いは嬉しいけどさっ。それに、響にかっこつけちゃったし。むう）

このまま遠距離で戦い続けても倒すことは困難だった。

だが結衣は鋼紀を倒した姿を響に見せたい。

安全か功か……悩む結衣の前で、蒸気を炎と共に噴き散らし終えた鋼紀が背中を晒す。

鋼紀は緩やかに落下しながら結衣の姿を探している。隙だらけだった。

そんな鋼紀の姿に、結衣は唇を舌で湿らす。

（……やってやる）

鎖で搦《から》め捕ることは、鋼紀に対して既に成功していた。離れた状況ならば操作が甘くなり、逃げられる可能性は高いが、近付けば細かい操作も可能だ。

近付いて一気に鎖を巻きつければ、それで終了する。

鋼紀が地面に着地しようとする。シェルが、今が好機と言わんばかりに突進していく。

シェルに気を取られた鋼紀は、未だに背後に目を向けない。

（チャンスだ）

結衣は魔力糸を使い、静かに加速する。距離にして三メートル程度。結衣が魔力を開放し、鎖を放とうとしたそのとき、鋼紀が接近に気付きそうになる。

焦りはしたが、結衣に分《ぶ》があるタイミングであり、鋼紀が逃げる余地はない。

事前に備えてない限り、この鎖からは逃れない、と結衣は唇を舐めながら必勝を確信する。鋼紀は足元から湧き上がる気配を感じたのか、振り向いた。


——その顔に浮かぶのは愉悦。


「やっとかよ」

鋼紀は嬉しそうな声を上げると、足下に火魔法を生み出し爆風と共に跳び上がった。

（うそでしょ⁉　でもまだ！）

結衣が慌てて鎖を伸ばし搦め捕ろうとするが、鋼紀の身体は逃れる。

無数の鎖を、鋼紀は絶妙なタイミングで全て回避した。

まるで、どの位置が危険なのか知っているかのように。

結衣はある可能性に気付いた。だが遅い。戸惑い動きを止めた結衣に、鋼紀は獰猛な笑みを浮かべ爆炎と共に襲いかかろうとした。

回避はできない。防御もできない。手詰まりだった。

結衣は鋼紀を見ながら、思いついた可能性を考えていた。

なぜ、鋼紀は背後からの攻撃に気付くことができたのか。そして無数の鎖を全て逃れられたのか。どうして鋼紀は高速で飛んでいるのに、不規則に移動する自分に攻撃を当てることができるのだろうか。動いている小さな身体に、正確に照準を合わせることができた——その理由。

結衣の中で一つの答えが導かれていく。

鋼紀はスキルを隠していたはずだ、そう言っていた響の言葉を思い出した。

火魔法と神槍以外に持っているチートスキル。その正体に結衣は気付く。

しかし遅かった。

結衣に向けて鋼紀の槍が迫っている。結衣は思わず目を瞑った。両腕で顔を覆い、襲い来るはずのダメージを予想し恐怖に身を固くした。だが、結衣を襲ったのは痛みではなく、

「だから、離れて遠距離から弾幕を張れって言ったでしょ」

水飛沫《みずしぶき》だった。同時に耳に入るのは呆れたような声。

結衣は腕を下ろし、目を開ける。目の前に鋼紀はいない。あるのは水の残滓だけだった。

結衣が首を横に向けると、鋼紀が遠くまで押し流されている。水から、はみ出た神槍の先端が見えていた。目を丸くしながら、結衣は反対側に首を向ける。

響がいた。ルティを連れて、香織を抱えた響が、呆れたような顔で立っていた。

「ひ、響……」

驚いたような、安堵したような声が結衣の口から漏れる。

響は結衣には視線を向けず、鋼紀を見ていた。

水魔法で押し流された鋼紀も、何事もなく立ち上がり、響を睨んでいる。

(俺、というより、こいつか)

響は視線を下に向ける。両腕に抱えた香織がいた。

(さて。抱えている限り、攻撃をして来ないだろうけど)

恒例の炎による加速での刺突攻撃を響に行えば、抱える香織を巻き添えにするだろう。奇襲はないと踏み、響は結衣に視線を向けた。結衣は俯いて、肩を震わせている。

(攻撃される寸前だったからなぁ、怖かったのかな)

響は一度息を深く吐くと、声をかけようと結衣に近付く。香織の体勢を調整し左手のみで支え、空いた右腕を伸ばし結衣の肩に響は手を乗せる。その腕を、結衣が掴んだ。

「ねえ、響……?」

華奢な外見からは考えられない握力に響が驚く中、結衣が静かで底冷えのする声を出す。

「それは、どういうこと?」

骨の軋む音が聞こえるのは幻聴なのだろうか。響は腕の痛みに言葉を詰まらせる。それ以前に結衣の指摘に理解が追いつかない。それとは何を指すのか、頬を引きつらせ、結衣の言葉を待った。

「なんで、その女の人を、お姫様抱っこしてるの……?」

結衣の言葉に、響は改めて香織を見る。確かに響は今、香織を抱きかかえている。

「なんで、その人、服着てないの?」

響はワイシャツにネクタイ、下はスラックスという姿になっていた。スーツの上着は香織に着せている。そして香織は響の上着の下には何もつけていない。響が脱がせたからである。香織の服はクリームに塗れて、洗浄しても意味のないほどに衣服はべたべたになってしまった。このままでは不快であろうと、そしてクリームに怯える香織には酷だろうと、已《や》むなく響は香織の服を脱がせた。

そして女の子が全裸でいることは余りにも可哀想なので上着を着せた。

「なんで、その人、なんかベタ付いてるの？」

それは洗浄しなかったからだ。結衣の身を案じた響は、最低限の処理をして助けに来たのだ。

「なんで、そんな白くてベタベタに？」

それはクリームだ。スポンジや大きな塊は拭ったが、クリームは残っている。少し溶けた状態で顔や髪に付着していた。結衣の言うように、唇や頬に白くドロドロした半液体状で。

「なんで、そんなに、その女の人泣いてるの？」

響の腕の中で、香織は泣きじゃくっている。お仕置きがすぎたのか、香織には泣きやむよう様子が見えなかった。その状態でほおっておくわけにもいかず、なだめる時間もなかったのだ。

「ねえ、ひびき……？」

結衣が顔を上げる。目に光が見えない。怖かった。感情の消えた瞳で結衣が響を見る。虚ろとも言える瞳に捉えられ、響は竦む。戦慄する響の前で、結衣は口を開く。

「そのひとに、なにを、したの？」

響は眼を瞬いて結衣の言葉の意味を咀嚼する。改めて、響は現状を再確認した。

響の腕の中で怯え泣きじゃくる香織。全裸。顔を中心に白いナニかでベタ付いた顔。

そして気付く。

「ち、違うわ！　そんなことしてないし!!」

「なに？　なにが、ちがうの？　なにを、かんがえたの？」

慌てて声を上げる響に、平板な口調で結衣が返す。

「何をって、おまえ、違うから。違います」

「ねえ、なにが、ちがうの、ねえ？」

「そっちだって、何を考えてやがるんですか。なあ」

「ついさっき、きすしたばかりで、もうほかにいっちゃうんだ。へえ」

「ああ、聞いてないんだ。聞いてほしいなー。それに待ちな。童貞にそんな可能性を考えるな」

「ねえ、どうして？　ねえ、なんでそんなひわいなことを？　なんで、ほかのひとにするの？」

「他の人って、どういうことだ。結衣にならない、その、して、いいのかな？」

「…………。…………えっと」

「だ、黙らないでね。でも俺の声は聞こえてたんだ、じゃあ俺の話を聞いて、ね？」

「はなし？　もしかして、いいわけ？　いいわけするってことは、やっぱり、なんかしたんだ」

「……いいか、結衣。こんなに全身ベタベタになるまで、男の人一人で出せないんだよ」

「…………………………え？」

結衣は顎に手を当て、考える素振りを見せる。そして困惑した色の瞳を響に向ける。

「……え、でも。友達の見せてくれた薄い本の漫画だと、なんか、もう一人で凄い量を」

「何を見てるんすか。けっこうハードな内容の読みましたね。すげーです。違います。あれはフィクションです。ちがいますよー、もっと量は少ないんですー」

再び困惑したように顔を伏せる結衣に響は肩を竦める。

「まったく、最近の女子高生様は想像がたくましいですねー」

響の言葉に驚き、結衣は慌てて顔を上げた。

「ち、ちがうもん！　その人の服を脱がしているし！　響、えっちなこと好きだし！」

「……えっちって。何を根拠にそんな断言を」

「シェルさんを見る眼とか！　シェルさんに着せる服の極端な選択とか!!」

「ぐっ……」

否定できなかった。響は稀にシェルを慈《いつく》しむように見ている。頻繁にとも言えた。

更に先日の『ＭＰ吸収』の検証でも調子に乗って、シェルに思い浮かぶ一通りの制服を着させた。

ポーズも取ってもらった。網膜に焼き付けと言わんばかりに、見つめ続けたことを思い出す。

「あと、……ボクがワイシャツ一枚のときの食い付き具合とか」

もっと否定できなかった。結衣が響の視線に気付いているのは重々承知していた。

しかしあの姿の結衣を見て、何も考えない男は健全ではない。正常な男なら当然の反応である。

「……それは、仕方ないだろ。鏡見ろよ、この美少女が」

響の言葉に結衣は顔を赤くして俯く。狂気を見せたり照れたりする結衣の言動に、響は頭を抱えたくなるが、ふと思い到る。はたして今の状況を見て、勘違いするのは結衣だけなのだろうか。

響は顔を横に向けた。視線の先には鋼紀がいた。瞳は響を睨み、身体からは言葉通り炎を巻き上げていた。ＭＰの消費を心配する程に、激しく高く炎を上げつつ近寄りつつある。

「ああ……」

響は溜息と同時にうめき声を上げた。目の前で一人の男が憤怒《ふんぬ》の炎に包まれていた。

とりあえず響は香織を腕から下ろす。香織はその場で体育座りになり膝を抱えて顔を伏せる。泣き止むのは、まだ先となりそうだった。

「結衣。念のため、香織を拘束してくれ。というか『ＭＰ吸収』をしておいてくれ。あとルティを連れて下がって、シェルと後ろで控えていてよ。あれの相手は、俺がする」

「え、あ、うん」

響の言葉に頷くと、結衣は指から糸を伸ばし香織の腕に糸を巻きつけ、ＭＰの吸収を始める。

（これで、たとえ香織が再起動したとしても、相手にならないはず）

香織を糸で拘束し、その場から離れる結衣たちを響は見送った。

香織を追うかもしれないと備えていたが、予想に反して鋼紀は響に向かってきていた。

「てめえ……」

響に声が届く距離まで鋼紀が近付く。絞り出すような鋼紀の声に、響は溜息を吐きたくなる。

だが鋼紀は響の様子など目に入らないのか、響のネクタイを掴み上げた。

げんなりした顔で鋼紀から顔を逸らす響だったが、鋼紀の怒りの焔の温度は上昇する一方である。

全身から熱を放つ鋼紀は、響にダメージを与えていた。

距離を取ればいいのだが、ここで距離を取れば無駄に話が拗《こじ》れそうである。

響は、仕方なく水魔法を使い、全身を薄く霧で包んだ。

「よくも、よくも香織を剥きやがったな、何しやがった⁉」

怒りに唇を震わせる鋼紀は、響に詰問した。響はどう答えるかと考えたが、とりあえず鋼紀が、先ほどの結衣と同じ想像をしていると仮定して口を開く。

「あー、考えてるようなことは何もしてねえよー。なんだ最近の若いもんは考えることが同じか」

「ふざけんなよ、あんなべたべたになるまで、あんなに泣くまで執拗に何しやがった‼」

「あー……、ちょっと一言では言えないような」

鋼紀の瞳を見ることが響にはできなかった。

確かに響は香織にパイ投げを執拗に繰り返した。広い意味で凌辱行為である。

それはそれで怒られそうだと思い、響は口を噤んだ。

響の態度に鋼紀の怒りは加速し、誤解も進んだらしい。

鋼紀の身体から発せられる炎の熱が増し、響を包む霧が蒸発していく。あまりの熱量に肌を焼かれたが、そっと回復魔法を発動させた響にダメージはない。

「言えないことだと⁉　クソ野郎が！　許さねえ!!!　よくも香織に‼」

目の前で顔の良い男が、香織が凌辱されたと思い怒りを燃やしている。

ふと疑問に感じた響は理由を検討し始める。

仲間想いなのだろうか。しかし、鋼紀の発言内容は香織に破廉恥な行為を働いたことに向けられている。このような男の態度には覚えがある。

直感的に導き出された結論に、思わず手を叩き、思った言葉をそのまま口にする。

「ああ、そうか。お前香織に惚れてて、んで振られてんだな」

ある男を思い出した。

その男が告白し振られた後に、その女性は彼の友人と交際を始めた。飲み会の場で周りに乗せられて、性生活について女性が語り始めた際に、席の端に座る振られた男の顔と似ていた。

予測は当たっていたらしく、鋼紀は顔色を変えていた。恥辱に似た表情であり、響は溜息を吐く。

（さて、どうしたものか）

香織同様に鋼紀も、心を折り屈服させる予定だった。

若い者が力を得て調子に乗っているだけならば、更生するに越したことはないと考え、香織と同じく心を摘むために戦おうと思っていた。

だが予定は狂う。頭に血が上った鋼紀に、香織と同じような攻撃は通じないと思った。

結衣と協力して、地面に大穴を開け、鋼紀と共に大量の鱧《はも》を放つ嫌がらせ。

鮒《ふな》寿司やイナゴの佃煮《つくだに》で埋め尽くす嫌がらせ。

男だから多少の火傷は容認するとして、アツアツのおでんを投擲する嫌がらせ。

検討していた嫌がらせの全ても、鋼紀の心を摘むには足りないと、響は判断する。

（それ以前に。嫌がらせだけじゃ、こいつには効果がないかもしれないし）

鋼紀の装備や言葉、そして行動を改めて思い返す。

パイルバンカーのような浪漫武器を持ち、浪漫武器での戦闘を前提としたような構成のスキル。

戦いを楽しむような言動。そして人を侮るような態度から、鋼紀の性格と系統を導き出す。

（こいつは、俺ＴＵＥＥＥ系の人間だ。そんな男の心を摘むには）

響は鋼紀の腕を払う。そして鋼紀の身体を突き飛ばした。崩した体勢を戻しながら再び響に掴みかかろうとする鋼紀の鼻先に、響は魔剣を突きつける。

「てめえ」

剣先を睨んだ後、鋼紀は憎しみに満ちた眼を響に向けた。響は顎を持ち上げて鋼紀を見返す。十人いれば十人が、酷く腹を立てる表情を作る響に、鋼紀は怒りを煮えたぎらせる。

「言いたいことがあるんだろ？　文句があるんだろ？」

顔に浮かべた表情と同じような口調で響は鋼紀を煽る。やり慣れない態度を演じるのは思わぬ疲労感を生む。響は苦笑を浮かべそうになるが、今は堪える。

（こういう輩《やから》に対しては得意分野で相手をして、敵わないと思わせる方が効果的だ）

自信を過剰なまでに持つ人間。

響は鋼紀について、そう判断していた。容姿だけでなく、圧倒的なスキルを得たのだ。

己の力についても過信しているに違いない。我は無敵なりと。

（ならば、その自信の分野で、屈服させる必要がある）

香織のような悪意に慣れ小知恵の働く人間は、卑屈な要素も持っている。

それ故に、得意な分野で敵に上に立たれても、格別な効果はない。早々と卑屈な理論を展開し身を守り、反省することなくほとぼりが冷めるのを待つ。有効な方法は予測し得ない手段で虚を突き、思考の隙を突き、その上で追い詰める。現に香織の心は、圧し折れた。

だが鋼紀のように得意分野を持ち、自信や誇りを己の精神の支えとする者には、搦め手からの精神攻撃は通じない。相手の得意な分野だから負けただけ、こっちの土俵ならば決して負けないと、心を折らず決して諦めない。

だから同じフィールドで叩き潰し、力の差を見せつけ、言葉ではなく実感させる必要があった。

自信の元を折らないと、屈服し得ない。

（だから、倒そう）

自信が必然と言えるほどに、鋼紀の戦闘能力は高い。

予測はついているが、鋼紀はまだスキルを隠し持っている。それは、複数かもしれない……。自分が鋼紀を圧倒できるか、響は自分の胸に何度も問いかけた。それでも回答は出ない。

（だけど、倒す）

覚悟を決めた響は魔剣を構える。魔法力を展開し、臨戦態勢に入る。

「さあ、突っ立ってないで来いよ、イケメン野郎。童貞なんかに負けるのが怖いか？」

努力して蔑むような眼を作り、響は鋼紀を挑発した。

鋼紀が挑発に乗るか否かは、すぐにわかる。

鋼紀の背中、そして構える神槍の先端から抑えきれない炎が溢れ出した。

（いくぞ）

童貞とイケメンの戦いが、始まる。


突撃と同時に突き出された神槍が、響の胸を掠める。肌が避けて、血が撒き散った。

（本当、めんどくせえ戦闘だな）

高速で接近しては離れていく鋼紀の姿に、響は舌打ちをする。

空中で大きく軌道を変更し、そして再び炎が大きく煌《きら》めく。ヒット＆アウェイの戦法は、必然的に様子見をする時間が増えていく。

（時間は有限だ。有効活用する必要がある）

響は鋼紀を睨む。度重なる攻撃で服は削がれ上半身は既に裸同然となっているが、緊急を要するような傷はまだない。血は流れているが、まだ回復はしなくて良さそうだった。

（試すか）

響は左手に持った剣舞魔刀《アブソーバー》を一度大きく振った。大きな鈴の音が鳴ると共に、ＭＰが回復する。

響は一度息を深く吐き、そして大きく息を吸うと、赤い魔剣を鞘から抜き放った。

「『武装《イクイップ》』！」

吸生血刀《ブラッディソード》の柄から管が伸び、響の腕に深く突き刺さる。

急速にＨＰを吸い上げられ、虚脱感が響を襲う。

展開していた回復魔法により、吸い上げられた虚脱感はすぐになくなるが、平行して魔剣は響の体力を奪っていく。吸生血刀は吸い上げたＨＰの値に応じ、攻撃力を増す魔剣だ。

繰り返される吸収と回復により、吸生血刀は眩いまでに光輝く。

身震いするほどの光と威圧感を持つ魔剣を、響は右斜め下に向けて構えた。

迫り来る鋼紀も響の魔剣の輝きは気付いているだろう。だが鋼紀は止まらない。

ブーストという言葉がしっくりくりするその姿と加速。

地で構える響に向けて、歯を剥き轟音を立てながら、鋼紀が落下してくる。

何度も鋼紀からの攻撃を受け続けたことで、攻撃のタイミングは既に覚えていた。接近する鋼紀に攻撃を当てることは、もう難しくない。大ダメージを覚悟した相討ちを響は狙う。

（避けるか、否か）

鋼紀は直線的な軌道で攻撃をしていた。

相手が止まっていれば、問題はないだろう。だが戦闘では相手は動く。

加速する前に定めた狙いは意味をなさない。そして己自身が高速で移動することで狙いは定め辛くなる。速度が上がれば、その視野は狭まるのだから。

（よほど訓練した人間か、あるいは特殊なスキルを持ってないと、狙いなんて付けられない）

偏見が多分に混ざっているが、鋼紀が慣熟訓練を行うとは思えない。

そして過剰なまでの自信の根拠を考えると、所有しているスキルがよほど優秀なのだろうと、響は考える。響は刀身の輝きで顔を照らされつつ、唇を引き締めた。狙うは神槍。

（鋼紀の胴体をぶった切ることは多分できる）

だが敢えてそれを選択はしない。単純に鋼紀に攻撃を当てれば殺してしまう。

（そして、まず行うべきは鋼紀の保有するスキルの当たりをつけること）

故に、響は武器破壊を狙う。

（神槍と称する以上、魔剣と同格以上だろう）

消して折れぬ、傷がつかない魔剣と同格以上ということは、傷をつけることはできないはず。

吸生血刀は響の生命力を大量に吸い、攻撃力を異常なまでに増していた。決して折れぬ普通の矛と、決して折れぬ上に凶悪な攻撃力を増した矛。これがぶつかれば、どうなるのか。

（上手くいけば、お慰み。上手くいかなくても、情報は！）

視認し難い速度で鋼紀が迫り来る。響は足に力を込め、シェルとの戦闘訓練で培った速度を十全に活かし、弾けるように跳ぶ。炎の赤い光と、吸生血刀の輝く紅い光が交錯した。

「なるほど、理解したぞ」

着地した響は、振り返りながら口を開く。

鋼紀は着地したまま響に背中を向けている。鋼紀の身に異常は見られない。

それもそのはずだ。響の攻撃が当たる直前、火魔法を使い鋼紀は回避した。

鋼紀は振り向かずに響に応える。その声の色は楽しそうだった。

「……理解って、何をだ？　おっさん」

「お前のスキルだ。隠しているスキルがわかった」

鋼紀のスキルを響は、視力に関するものと考えていた。

人外とも言える動体視力を持たない限り、自分自身のあまりの移動速度に視野が狭まり、敵の行動を把握できない。敵のカウンター攻撃を見切ることができない。逆に言えば、高速で移動する状態で相手の攻撃に備えつつ、動く相手に正確に当てるためには、良く見える目があれば十分だ。

「最初、お前の持つスキルの可能性に、瞳強化があるのかと思っていた」

だが、違った。鋼紀は神槍に攻撃を当てる直前で、爆炎を利用し横に避けた。

「お前は神槍に絶対の自信を持っている。俺の攻撃と神槍がぶつかっても、神槍が破損するとは考えないはずだ。なのに、俺の攻撃を回避した」

吸生血刀は光り輝いていた。

攻撃力が増している証拠だが、初見でそれは判別できないだろう。

端から見ていれば、魔剣の効果が働いていると思うだろうが、回避する程の理由にはならない。

自分の力に自信を持つ鋼紀のことを考えれば、尚更のことだ。

「俺の攻撃の威力がどれくらいか知っていないと、普通取らない行動だ」

先ほどの攻撃では、鋼紀は高速で移動していた。

更に、響も鋼紀程ではないまでも、尋常ではない速度で跳び出した。

双方の移動速度、双方の攻撃力、それが合わさった場合、どうなるのか。武器は砕けないと仮定しても、それを持つ腕は、身体はどうなるのか。

（肩から根こそぎ腕がもがれても、おかしくはない。どんなに軽微でも骨は折れる）

「賢明な判断だ。あまりに賢明で、頭に血が昇った今のお前が選ぶとは思えないくらいに」

響がひたすら煽り、鋼紀から冷静さを剥奪《はくだつ》し続けていた。理論による行動で判断できないように誘導していた。仮に鋼紀の持つスキルが瞳の強化だけならば、響の攻撃を避けるはずがない。

「あれほど冷静さを欠いていたのに、避けた。冷静に俺の攻撃力を予測しやがった。それは、お前の持つスキルが、動体視力を強化するなんかよりも、とんでもないってことだ」

視覚情報だけでわからないことを察知する能力。起こることを事前に知るような能力。そのスキル故に、鋼紀の自信は強固なのだろう。香織の自信にも繋がる。響は確信し、鋼紀の能力を告げた。

「お前のスキルは、未来予知に類するものだな？」

響の言葉に鋼紀はびくりと身体を震わせた。沈黙が続く。暫く無言でいた後、最初は微かに、徐々に大きく鋼紀の肩は震え始めた。

「くっ……、くっくっく……」

そして聞こえ始める、喉を鳴らすような音。

「くふっ、くは、ははははは」

徐々にその声は大きくなった。大きな笑い声が響き始め、そして鋼紀は振り返る。鋼紀は口を押さえて笑っていた。手の上の瞳はギラギラと輝きながら響を見ている。

「すげえな、すげえよ、おっさん。よくもまあ、そんなに頭が回るな、あんたすげえよ」

笑いながら鋼紀は響を褒める。その言葉は、未来予知のスキルを有していることを肯定しているようだった。響は肩を竦めながら、鋼紀に向けて口を開く。

「認めたんなら、詳しく教えろよ。その未来予知的な何かって、そんな先まで見えないんだろう？」

「正解だ。的な何かじゃない。名前もそのまま『未来予知』で、無論スキルは∞だ。ＭＰの消費が激しくて、やっても五秒先までってところだな。でも、戦闘で五秒先の未来が見えるって凄くね？」

「ああ、凄いな。どこに何が移動して、どうなるかが見えれば、戦闘は有利で楽だろうな」

敵の位置を把握し、己に振りかかる危険を察知する。戦闘において、このスキルは有効だ。卑怯とも言う。これこそがチート・ザ・チートと言っても過言でもないスキルだった。

「一つ、聞いていいか？」

「なんだ？」

「香織の『複製』スキルで、なんであいつはコピーしてなかったんだ？」

「ああ、なんでも扱いが難しいらしい。一度試して以降、したことはないな」

「なるほどな。で、そんな難しいスキルを、お前は使いこなせているのか？」

「まだ、煽るのか。すっげえな、おっさん。ある種尊敬だわ」

「俺だって、お前の浪漫武器にかける思想には尊敬すらしてるさ」

「どうでもいいけどな。じゃあ再開するか。俺の『未来予知』を知って、どうするんだ？」

「さあ？　なんとかするさ」

相手のスキルが判明した。実際のところはそれだけだ。

響の状況は、さほど変わっていない。元々鋼紀のスキルはある程度予想していた。

それが的中しただけなのだ。

（やることは、変わっていない）

響の目標は、あくまで戦闘で鋼紀を圧倒することである。

状況を改めて分析する。鋼紀の隠していたスキルは判明した。しかしスキルを暴いても鋼紀に焦りは見られない。はたして、隠しているのは一つだけだろうか。

警戒は解けない。そう判断した響は唇を引き締める。

（暴かなければならない。その上でぶっ倒す）

苦難の多い方法を選んだ響を笑うように、鋼紀の突進攻撃は再開された。

『未来予知』のスキルのためか、響のカウンターは一度たりとも鋼紀に当たらない。フェイントも意味をなさない。罠を張っても意味をなさない。回避できない範囲の規模の水魔法を放てば当たる物の、火魔法を持つ鋼紀に、効果的なダメージは与えられない。

（五秒先の予知は厄介だ）

殺傷力の高い攻撃は、軒並み回避される。

五秒以上先に起きるように仕掛けても、接敵時間は短い。

それに鋼紀の戦闘にかかる時間は、そもそも五秒を超えない。駆け抜けるように行われる突進攻撃に五秒を超える攻撃をしかけるのは困難だった。

（仕方ない。やるか）

響は諦める。事前に考えていたことについて覚悟を完了させる。

とても選択したくない内容だ。やりたくなかったがこのままでは埒が明かない。

響は両手に持った魔剣を、大きく横に広げた。

そして空を旋回する鋼紀に身体を向ける。自分はここだと、的はこれだと主張するように。

（さあ、来い）

響は穏やかに微笑みつつ、鋼紀を見上げた。


（何を狙ってやがる）

鋼紀は上空で響を睨む。未来予知を駆使しても、響の動作に異常は見られない。

（何があっても、事前に回避はできるはず）

神槍を腰だめに構えて鋼紀は突撃体勢に入る。身を包む鎧の胸部が大きく吸気を始める。

大量に空気を吸いこみ、取り込んだ空気は鎧内部で圧縮される。圧縮された空気を鋼紀は火魔法で燃やす。加圧された空気は爆発し、大きな排気流が鋼紀の背中のノズルから吐き出される。鎧から漏れた炎を盛大に巻き上げつつ、鋼紀の身体が急加速した。

（詳しい原理は理解できないけど、ジェットエンジンみたいって、香織が言ってたな）

加速のＧに歯を食いしばりつつ、鋼紀は響に向かって飛んでいく。着弾まで五秒もかからない。

その瞬間、『未来予知』が五秒後の響の姿を伝える。

神槍が響の腹部を貫く姿だ。

今まで未来予知は外れたことはない。

勝利を確信し口角を上げる鋼紀は、『未来予知』を止め、攻撃に集中した。

『未来予知』はＭＰの消費が激しく、使い続けられない。

響の最期の姿を予知できたし、これ以上続けるのは無駄だ。後は貫くのみ。響は防御どころか回避する素振りも見せない。

鋼紀は秘匿するもう一つのスキルの恩恵を受けながら、神槍を引いた。

響の姿が迫る。だが、響はまだ動かない。

突進の速度を乗せた神槍の突き。更にパイルバンカーの如く、シリンダー部から爆炎が上がる。

爆発力により射出される神槍。全ての運動エネルギーが響を襲う。

手に生じる感触、そして顔にかかる液体の感触に、鋼紀は唇を歪めた。

加速されすぎた身体は、両足を地面に踏ん張っても止まらない。

鋼紀の足は地面を削り、周囲には土煙が舞った。盛大な音を立てて停止した鋼紀は、瞳を細める。

口から大量の血を流し、神槍に深く貫かれる響の姿、未来予知で見た姿と同一だった。

胴体を引き千切れなかったことを鋼紀は少し不満に思いつつ、響の様子を確認する。

管で繋れた右手の魔剣は手中にあったが、左手の魔剣は吹き飛ばされていた。

顔は力なく俯き、弛緩する身体は鋼紀の槍に支えられている状態だ。

成人男性一人の重さに辟易しながら、鋼紀は左腕で神槍を持つ。

油断はしてはならない。何かを仕掛けている可能性がある。

だが、ここまでの惨状。力なく身体を貫かれている響には、どうすることもできないはず。

鋼紀は、自分の勝利を確信した。

「未来予知は、絶対だ」


「……って思うじゃん？」

響は空いていた左腕で鋼紀の神槍を掴んだ。

弛緩《しかん》していた四肢にも力を込め直す。鋼紀の目が信じられないと見開かれた。

愕然とする鋼紀の表情が響には愉快だった。

「五秒先までしか見えないなら」

響は明るい口調でそう言った。内臓からの出血が激しく、口から血液を零しながら響は笑う。

「なんてことはない。攻撃を受けて五秒経過するまで耐えれば良いだけなんだ」

半身がちぎれかけ、血塗れなのに笑顔を向ける響。

スプラッター映画でも中々見られない風景に鋼紀が硬直している。

その隙に響は全力で回復魔法を放つ。足下に魔法陣が展開され、生命活動が維持される。

槍は腹部に深く刺さっているため、致命傷には変わりない。だが回復魔法により死ぬこともない。脊椎《せきつい》を避けて槍が通っていたことが響にとって幸いした。身体を動かすことだけはできる。

吸生血刀を持つ右手に力を込める。

「さあ、予知しろよ。このままでいたならば、どんな未来になるか」

鋼紀ははっとし、すぐに響から槍を抜こうとした。だが槍は抜けない。

響が渾身の力で掴んでいる。その上、自身の体重をかけて抑えつけているので、槍はぴくりとも動かないのだ。

――気にせず、突き進むか？

無理だ。この至近距離では、加速するよりも早く響の魔剣が鋼紀を裂く。


――槍の先端から炎を上げるか？

無理だ。火の噴出口である先端は、響の背後から突き出ている。

内部から響を焼くことはできない。水魔法で対応される可能性がある。

鋼紀の葛藤が、響には伝わっていた。未来予知を使うまでもない。

神槍を使った戦闘は手詰りだった。鋼紀は状況を悟ったのか、響を睨む。

対する響は油断しない。鋼紀の態度が理由だ。慌て方が穏やかすぎる。

ただ悔しそうにしか見えない。多大な自信の根拠であるスキルを潰したのに、反応が薄すぎた。

響は内心、葛藤する。このまま相手が諦めるのを待つか、それとも魔剣で鋼紀を無力化するか。

（考える必要はない）

手早く切り捨て、死なないように回復魔法をかければ良い。

しかし響の脳は警鐘を鳴らしていた。まだ、これで終わるとは思えなかった。だからと言って、このままというわけにはいかない。

響は吸生血刀を横薙《よこな》ぎに振る。が、なんの感触もなかった。

響の眼が見開かれる。

いつの間にか腕に固定されていた神槍を外し、拳を固めていた鋼紀。身体を下げたことにより響の魔剣は鋼紀の頭上を通過する。槍を腹部に刺され、重心が通常と異なる響の身体は空振りにより大きく流れた。隙を見せた響の懐に、鋼紀が入り込む。

「ぐうっ⁉」

脳天を貫くような衝撃が響の顔に走った。

「くそ野郎め、神槍でスマートに勝ちたかったのによ」

鋼紀が響に打ち込んだ左腕を戻しながら、悪態を吐いた。

「ここまでやるなんて、思わなかったぞ！」

鋼紀は叫ぶと、再度左手でラッシュ。

高速で放たれた拳は何度も響の顔を弾く。仰け反り後退する響を追い打つため、鋼紀は更に大きく踏み込み、その勢いを乗せた右腕を振り抜いた。

響の頬に当たった右ストレートは、響の歯を折り、空に白い破片を飛ばした。

だが、鋼紀は止まらない。右腕を引き戻す力を乗せた左拳を、下から上へと弧を描くように振り上げる。続けて拳だけでなく、肘、脚、膝。それらを使って響を打ちのめす。

「ぐぅっ⁉　このっ」

腹の槍に動きを邪魔されながら響は反撃の刃を振るう。鋼紀は紙一重で避け、回し蹴りを放つ。

「手も足もでねえな！　おっさん！」

響を乱打しながら鋼紀は愉悦の笑みを浮かべた。

「まさか手札全部晒すとは思わなかったぞ！」

響は防御することもできぬままに、鋼紀の攻撃に晒され続ける。

「これが、俺の最後のスキル！　『近接戦闘』∞だ！」

鋼紀の持っていたのは近接戦闘のスキルだった。

（ああ、確かに。戦闘か体術スキルがないと、『未来予知』があっても、槍なんて当てられないか）

響は鋼紀の拳を受けながら、鋼紀のスキルについて納得した。

高速で飛行中、相手も動ける状態では未来を予知したとしても身体動作を補助する強力なスキルがなければ、正確に攻撃を当てることは難しいだろう。

鋼紀は攻撃を命中させるために使っていた近接戦闘スキルの恩恵を受け、今、響を襲っている。

拳や脚は的確に響の急所を捉え、響の反撃を流麗《りゅうれい》にかわし、追撃してくる。このような戦闘が続き響のみにダメージが溜まれば、響に勝算はない。


――だが。

響は攻撃に晒されながら、必死に腹の槍を抜こうとする。動きの邪魔だった。響の足掻きを鋼紀は愉しむように妨害をする。時に槍を蹴り上げ、響がやっとの思いで動かした槍を嘲笑うかのように押し込み直す。

響は吸生血刀を手放していた。

邪魔だった。自由になった両腕で防御しても、隙をついて鋼紀は攻撃を繰り返してくる。避けようとしても、先回りした回し蹴りが響を襲う。だが響は諦めない。諦める理由がなかったからだ。

響はやっとのことで槍を抜く。抜いた神槍は水魔法で包み、大きな氷塊として閉じ込める。


——だがな。


鋼紀に向けて響は拳を放つ。鋼紀とは違い、予備動作も大きく素人のような殴り方だ。

そんな攻撃は近接戦闘スキルを持つ鋼紀には当たらない。響の拳をすべらすようによけた鋼紀の拳は響の顔を殴りつける。そして響の顔にめり込み、止まる。

響はぴくりとも動かない。響をノックダウンしたと思ったのか、鋼紀は愉悦を濃くして笑う。

「俺に敵うわけないいんだよ、おっさんで童貞のくせに」

鋼紀が勝ち誇るようにそう口にした。火魔法でダメ押しする気もないようだ。『未来予知』も使っていない。これで終わり、と思われたその時、響は——、

「効いてねえんだな、これが」

——笑った。

鋼紀は眉を一度動かし、無言で拳を振ることで響の言葉に応じた。響の顔は更に拳で打たれ、大きく横に振られるが、響の笑みは消えない。響の変わらぬ様子に、徐々に怒りが増す鋼紀。

感情が拳に現れ、攻撃は激しくなった。だが、呼応して響の笑いは大きくなる。笑い声すら上げ

始めたことが癇に障ったのか、鋼紀は耐えきれず怒りの声を上げた。

「てめえ！　どMかよ⁉」

「へっ。ふざけんな、男に殴られて喜ぶMは、マゾどころじゃなく違う分類だ」

「それじゃあ！　笑うんじゃねえ！」

鋼紀は怒りを乗せた拳を再度、響の顔に叩きつける。

同時に鋼紀の顔に痛みが走る。

「……あ？」

疑問の声を上げた鋼紀は目をを下に動かす。響の拳が鋼紀の頬にめり込んでいた。

「普通に攻撃すりゃ、俺には当てられないだろうな、『近接戦闘』∞さんよ」

鋼紀の身体がぐらりと揺れる。顔を押さえながら数歩後ろに下がった。困惑している鋼紀の思考に染み込ませるように響は言葉を続けた。

「だったら、相討ちで殴ればいい。そのうち当たるだろ」

現に当たった、と響は言いながら拳を引く。ねっとりとした血が、鋼紀の鼻と響の拳とを繋いでいた。鋼紀は顔を押さえ、踏鞴《たたら》を踏むように更に後ろへ下がる。

「ふ、ふざけんな、お前……。なんだよ、さんざん、ボコったのに」

「ん？　ああ、まあそうだな。でも、お前は一発でへろへろ。俺は攻撃を受け続けたんだけどさ」

言葉に反して、響は平然と立っている。

「しこたま殴られて蹴られて、わかった」

響は顎から手を離し、指を立てた。

その指に鋼紀は視線を向ける。痛みからなのか、それとも驚きからなのか鋼紀は響の言葉に耳を傾けている。自分の何が把握されたのかと響の言葉を待った。

「お前、力、弱いわ」

呆気に取られる鋼紀に向けて響は言葉を続ける。

「拳が軽いしな。蹴りも。体重のせいかもな。歯を砕かれたけど、あれか。近接戦闘スキルってすげえな。あんな力でもタイミングが合えば見事な破壊力だ」

響が噛み締めるようにしみじみと頷く。

「でも、まあなんだかなぁ。体捌《たいさば》きは良いにしても移動速度も並みだし。防御力もないし」

鋼紀は響の撃った拳一発でよろめいた。それ以前に痛みに戸惑っている。顔など初めて殴られたようなリアクションだった。響は指先を鋼紀に向けた。

「お前、鍛えてないだろ」

響はそう言いきると足を進める。鋼紀は響から逃げるように、響の歩みに合わせるように後ずさる。少し話をしようと響は肩の力を抜いた。

「今までは、チートスキルだけで圧倒できるんだろうし、それで圧倒してきたんだろうが」

鋼紀は『未来予知』と神槍、飛ぶための機構を備えた鎧だけでも無敗でいられた。スキルが余りに強力すぎたため、敵も自分も今まで気付かなかったのだろう。

「能力だけあれば勝ち続けられるほど、世の中は甘くないぞ」

響は香織との戦闘を思い出す。

剣術スキルをコピーし、武器を作っても筋力がなく、歯が立たなかった。

水魔法を使っても、机上の空論に囚われ効果のある戦法で戦えなかった。

銃を作っても、射撃訓練をしていなかったため、弾を当てられなかった。

通常なら思い浮かばない『創造』や『複製』スキルの使い方をしていた香織だ。まだやりようはあったはずだが、その万能性ゆえに思考を止めてしまったようだ。

「考えてみろ。スキルが通じない相手だったらどうするんだ？」

現に鋼紀のチートスキルは響には通用しなかった。

突進攻撃と『未来予知』の組み合わせは、響の回復魔法任せの強引な方法で破られる。

神槍と火炎魔法を組み合わせても、水魔法∞の響には効きそうにない。

最後の攻撃手段として近接戦闘を仕掛けたが、これも響には効果がなかった。

「お前の攻撃なんて、ご覧の通り。実は即座に癒やせる」

響は回復魔法を発動し、負っていた怪我を全て治した。

一撃で絶命に至る攻撃をしない限り、鋼紀は響に勝てない。響はそう証明した。愕然とする鋼紀に向けて響は溜息を吐く。

「なあ、お前はどれだけ戦闘をしてきた？　どれだけ訓練を行った？」

響は転移した直後から魔物でひしめく魔山で修行をしていた。

危険な場所で生き延びてきたことで、強くなければ生き残れないという感覚を得ている。山を下りて以降も、鍛錬を欠かさない日はなかった。旅の間は、日々シェルと修練に勤《いそ》しんでいる。それなりの力量を持っていると自負していた。

だが、その自負と尋常ではない魔法力に胡座をかいていた結果が、鋼紀との戦闘の敗北だ。

魔法の発動が遅いことに気付かず、鍛錬を怠っていた。方法を知らないからと後回しにしていた結果である。響は猛省し、魔法の訓練も日課に加え、研鑽《けんさん》した。

「攻撃が通じない相手に直面したからこそ、足りない力を鍛える。また痛みを受けることで耐える力が付く。お前がどんな生き方をこれまでしてきたのかが、透けて見えるぞ」

響の言葉に、鋼紀は歯を食いしばるような顔を浮かべる。

「まだやれる、もっとできる。今の自分を信じすぎんな、若者。自信を持つのと過信は違うんだ」

響の言葉を理解し、そして否定されたのが悔しいのか、頭を掻き毟《むし》りながら鋼紀は後退する。だが、その足取りは徐々にしっかりとしてきていた。響の拳のダメージが抜けてきているんだろう。

（ただの一発だったから、すぐに抜けるんだろうけど、遅いよな）

鋼紀の様子に響は鼻を鳴らす。痛みに慣れていないことが窺えた。響からすると驚きだった。

顔が良いことで、おそらく人に殴られた経験などないのだろう。蹴られたことも踏まれたこともないのだろう。悪意を向けられたり、攻撃を受けたことのない人間は、なんて幸せなのだろうと響は羨ましく思った。しかし、それに対して妬む心は生じない。

ただ、だからと言って、悪意を放ち他者を害することは良くない。

悪意を放てば、いつかそれが返ってくる。

今、香織と鋼紀が心を折られるほど、悪意を向けた人物の仲間から攻撃を受けているように。


〝情けは人の為ならず〟


恩は巡って返ってくる。では、その反対は？　恩とは逆に恨みを与えたら、どうなる？

目の前の若者が、それすらも知らずに生きてきたならば、誰かが教えねばならない。

響は苦笑し、両の拳を胸の前で叩き合わせる。その音に鋼紀が怯えた。

「さあ、そろそろ良いな？　戦いを終わらせよう」

目的は忘れていない。鋼紀の心を折り、更生を促すこと。

既に鋼紀の心は折れつつある。あと一押しだ。

恐怖に顔を歪ませた鋼紀は、怯えと共に響へ叫んだ。

「なんなんだよ⁉　なんなんだよ⁉　ブサメンのくせに！　おっさんのくせに！　童貞のくせに！」

鋼紀は最後の抵抗なのか、自身の持つ優位性を叫ぶ。

そして大きく拳を振り上げて、響に殴りかかってきた。

近接戦闘スキルが働いているとは思えない、素人のような殴り方だ。響は難なく拳を避ける。

（童貞か、その通りだよ。俺は、顔も悪く、社畜で、童貞だよ）

そして、心の中で鋼紀の言葉を反芻《はんすう》した響は、にっこりと微笑む。

「ああ、そうだ。イケメンチート」

響は拳を握り、振り被った。

人の良い笑顔は、獰猛な笑みに姿を変え、そして響は総括を述べる。

「お前は、回復魔法を得た童貞のチートに負けるんだ」

そんな存在に負けるのか、絶望的な表情の鋼紀に向けて、響は拳を振りきった。

白目を剥いて倒れるイケメンと、それを見下ろす童貞。

銀髪美少女と、金髪王女を取り巻く騒動は、こうして終焉《しゅうえん》を迎えた。

エピローグ

「回復魔法を得た童貞チートは、ハーレムを得る」

End Of The Unrequited Life

「はあ、疲れたねぇ」

響は小さいグラスを口にしながら気の抜けた声を出す。

中身は温めた大吟醸《だいぎんじょう》の日本酒だ。猪口《ちょこ》が手に入らず、風情《ふぜい》のなさに寂しくなるが、目の前の光景を前にしては、その程度は些末《さまつ》なものだと響は頬を緩めた。

(早いもんだ)

香織と鋼紀との戦いが終わり、一週間が経過していた。

後始末に時間を取られ、ルティを巡るトラブルの解決の宴会を開けないまま今日に至る。

ようやく諸々が落ち着き、響たちは祝賀会を開催することができた。

響たちが囲む食卓には大きな鍋が置かれ、中に入ったスープが火魔法で温められている。

ウニを溶かし込んだ出汁《だし》だ。湯気と共にウニの香りが充満する。

響の対面には結衣とルティ。横にはシェルが座り、瞳を輝かせて時が来るのを待ち構えていた。

それぞれの手元には、鯛の刺し身に海老の剥き身、ホタテの貝柱やウニなどの海産物をこれでもかと皿に積んでいる。そわそわするシェルの耳と結衣の肩を眺めていた響は、出汁が沸騰する寸前になりつつあることに気付いた。

「そろそろ良いぞー。魚や海老を、出汁の中でしゃぶしゃぶして、ある程度火が通ったら食べろー」

「はーい！」

シェルと結衣が響の言葉に元気良く返事をし、箸《はし》を動かした。ルティはまだ箸の扱いに慣れてないのか覚束ない手つきだったが、鯛の刺し身を出汁に潜《くぐ》らせる。三人が口に入れるのは同時だった。

「んー!!」

三人共、美味しそうに唸り、思い思いのリアクションで美味しいと表現する。そして、口の中の海産物を咀嚼し飲み込むと、次の獲物を出汁に入れる。

「喜んでもらえて、何より」

響は三人の喜ぶ姿に目を細めながら、グラスに酒を補充する。

三人から、お祝いするなら美味しいご飯が食べたい！　と主張され、今まで食べた料理の中で、美味しくて華やかで楽しい、それでいて少々お高い食事を思い出し、料理魔法で生み出したのだ。

期待通り、三人は大喜びで食を進めている。

特に結衣とルティが笑い合っている姿を見て、思わず目元が緩む。別に誤魔化す必要はないが、どこか恥ずかしい。響は顔をそっと逸らして、黙って酒を飲もうとした。

だが舌鼓《したつづみ》を打っていた結衣と目が合う。結衣は響を見て喜色満面の笑みを浮かべた。

「響、これ美味しいね！　どこで知ったのってくらい美味しい!?」

「ああ、ウニしゃぶって言う、なんか贅沢な料理でな。赤坂って街で見つけて、よく食べてた」

「へー。……デート？」

「残念だが、男同士だ」

「なるほど、デートですね」

「違うわ、そっちの趣味はなくならんのか」

ルティが口を挟んでくる。未だに趣味は絶好調なようだ。響は呆れながらルティを見る。

「なあ、ルティよー。その趣味は卒業してもいいんじゃないか？　もう必要ないだろ」

「ええ、まあ。お陰様で、政略結婚どころか、王族として扱われることもないでしょうし」

言葉の内容は暗いが、ルティは心からの笑顔を響に向けていた。

「普通の恋をしても、誰にも文句は言われない立場になりました。ですけど、それはそれですわ。恋と男性同士のソレを楽しむのは別腹というものです」

「……いや。まあ、いいんだが。あまり傾倒しすぎないでもらいたいんだけど」

「あら、ヒビキさんが一番よく存じていると思いましたが。私が……恋に夢中だと」

意味深な言葉を、とても幸せそうな顔で口にするルティから逃げようと、シェルに視線を逸らす。

シェルは、蕩けるような顔で食べていた。美味い飯に、可愛い女の子の笑顔がある。

それらを肴に飲む酒は美味いに決まっていた。響はほくほくと酒を進めるが、ふとシェルの耳がピクリと動いた。直後、ドアノッカーの音が鳴る。誰かが訪れたらしい。

「ご主人さま、シェルが出ますね」

「いや、俺が行くよ。食べてて」

食事中のシェルたちに気を使った響が玄関に出向く。ドアノッカーを使って来訪を知らせるのだ、警戒などする必要はない。響は扉の前から、来訪者に向けて声をかける。

「はい、どちらさま？」

「お届け物ですー」

この世界にも宅配業者があったらしい。響は軽い感動を覚えつつ、扉を開ける。

そこにいたのは、

——ダチョウだった。


帽子を被った男の後ろに立つダチョウの姿に、響は頬を引き攣らせた。

男の顔にも見覚えがある。ルティを襲った盗賊の一人だ。

響が口をパクパクさせていると、男も気付き、笑顔で響の肩を叩いた。

「ああっ、あんた！　よく会うな」

「な、何をしてんだ、盗賊じゃねえのか？」

「んー。二回連続であんたに邪魔されて失敗して。このまま盗賊を続けるべきかと皆で悩んでな」

腕を組んで男は懐かしむような顔で笑う。どことなく男を感じさせる渋い表情だった。

「相棒たちを活かした別の仕事考えて、試しに始めてみたんだが。意外と好評でな」

「そ、そうか。ダチョウは速いからな……」

「ダチョウ？」

「ああ、その鳥の名前だ」

「へー、知らなかった」

「ダチョウ宅配便とか名乗るといいぞ」

「いいな、それ！」

「ところで、何をしに来たんだ？」

「ああ、書状が届いてるんだった。ほい、これな。ここにサイン書いてくれ」

ダチョウ宅配便は「またのご利用をー」と笑顔で去って行った。

（ま、まあ。更生できたみたいだし、良いことだ。うん）

頬を掻きながら見送っていた響は、受け取った書状を開く。

内容を確認すると、国からの通達だった。

（国が使ってるくらいに知られているんだぁ……、すげえな）

ダチョウ宅配便は、恐るべき速度で知名度を上げているらしい。足を洗った盗賊たちへ、心の中で更なる発展を祈願し、響は部屋に戻る。書状に書かれていた内容について考えながら。

（後始末は、順調と。ルティと関係各所を延々と回ったからなぁ）

香織と鋼紀を捕縛した後、ルティは奔走した。響も補助として手伝った。その結果、元々後始末として備えていたルティの計画通りに物事は動き、思い通りの成果を得ることができた。

まず香織と鋼紀の扱いについて。二人は王女を計略に嵌めた犯人として、犯罪奴隷となることが決まった。正規奴隷よりも制約の厳しい奴隷紋を身に刻まれる。

そのときの風景を響は思い出す。

鋼紀は響を睨み続け、奴隷紋を刻まれ、契約儀式が始まっても声を出さずに耐えていた。

逆に香織は激しく抵抗した。特に奴隷紋を書くためのインクは、正規奴隷よりも塗る範囲が広い。全裸となる必要があったため、響に対して激烈な抗議と文句を放った。

『その眼をやめて』

『もっと可愛い女の子が周りにいるでしょ』

『ねえ、なんで胸ばっか見んの？　童貞って大変だね』

『……ねえ、言ってるよね。見ないでって』

『鼻の下っ!!　伸ばさないで!?』

『だから‼　食い入るように見んな⁉』

『なんか喋ってよ⁉　ねえ‼　怖いから⁉』

『う、うっさい‼　微妙に褒めんな‼　だから胸ばっか見んな‼』

『いや違うって⁉　下を見ろとは言ってないから⁉　見るな、見ないでよ⁉』

『あっ！　もうっ！　手を拘束されてなければ⁉』

『なに⁉　文句あるの⁉　体質なの‼　生えてないからってなんなの⁉』

『へ？　パイをパーンとしたのは、正解だった⁉　うるさあああいっ⁉』

顔を赤く染めながら、怒濤《どとう》のような文句を香織は言い続けていた。

(まあ、パイを見るとまだ怯えるけど、元気になって良かった良かった)

奴隷契約時の香織を思い出し、響は慈しむような表情を浮かべ、穏やかに頷く。

心を折りすぎたか、と悩んでいたが、存外に香織はタフだったようだ。

日常会話でも響に対して怯えるような素振りは殆ど見せなかった。ただ響が促したこともあり、香織はルティに謝罪はしたらしい。

(で、そのルティだが)

ルティたちが食事をしている部屋の扉の前で、響は立ち止まる。溜息を吐いたものの、いつまでも部屋の前に立っていても意味がない。響はドアノブを掴み、扉を開けた。

見えたのは海老を咥えているルティの姿だった。響と視線が合うと、ルティは顔をさっと赤く染める。可愛らしい元王族の姿を見ながら、響はルティの処遇について考える。

原案ではルティは自らを処刑する道を選ぼうとしていたが、響の助言によりルティは王族としては前代未聞の方法を取った。

自らの奴隷落ちを宣言したのだ。

その報に、王侯貴族のみでなく、平民にまで衝撃が走った。当初の目論見《もくろみ》とは変わらずに、罪を隠そうとせず明らかにすること、そして身内すら処断する王に民衆は驚き、そして敬意を払った。

王族の権威が失墜することは防止できたようだ。

(さすがに犯罪奴隷じゃなく、正規の永久奴隷の紋章を刻んだけど)

香織とはある意味、真逆のルティの奴隷契約を思い出し、響は頭を押さえたくなった。

『あら、下は脱がなくても良かったんですのね』

『お恥ずかしいです。あまり大きくなくて』

『え？　隠す？』

『……でも、こんな粗末な物でも大喜びされているみたいですし、いいかなって』

『その、良かったら、……後で触ってみますか？』

(なんだ、ちくしょう。あの夜から態度変わりすぎだろ)

戦いの翌日から、二人っきりのとき限定ではあるものの、ルティは積極的になってしまった。

幸せそうな笑顔の美人から迫られる状況は、響にとって精神衛生上、よろしくないものだった。

(精神衛生上、宜しくないと言えば……)

仲良く談笑している結衣とシェルを見て、響は溜息を吐く。

あの日以降、結衣とシェルの響に対する攻撃も過熱しつつあった。

ただしルティとは違い、常に響の周囲で争う、という形だったが。

それは睡眠時にも及び、響が様々な意味で安眠できる状況がなくなるほどだった。

互いをけん制し続ける二人に辟易する響だったが、ルティの暗躍で事態は変わる。響を排して行われた会議により、三人が響とベッドを共にする規則が定められた。

案を受け入れた二人、そしてちゃっかり加わったルティと、響は日替わりで共に寝ることになる。

この裁定により女性陣は快適な睡眠時間を得ることとなった。ただし響の睡眠は保障されない。

（つーか寝れるか、アホが）

シェルは響を敬愛しているが、男として見ているかは疑問だ。

そんな上位の立場から、性的な行為を希望すれば、それは命令だ。行うなら異性としての好意を向けられてからだ。

結衣は、響に強く好意を抱いている。それは明らかだ。

しかし異性の理解者に対する感情を、恋と認識してしまっているのではないだろうか。更に元の世界で結衣は未成年だ。せめて最後の一線は、越えずに踏み止まらなければならない。

ルティは、言うまでもなく王族だ。

奴隷に落ちたものの、いずれ王族に復帰するだろう。それを考えると、ただの平民の響が手を出しては、ルティにとって消せない汚点となる。

響の現在は、美少女三人に昼夜を問わず囲まれ、寄り添われるという歓喜に満ちた歓迎すべき状況だった。だが、実際のところ、手を出してはいけない地獄でもある。

（生殺しなんだよなぁ、ちくしょう）

童貞を煮詰め尽くした響だったが、大人の男として本能の赴くままに動くわけにはいかない。

響にとって理性を保つ戦いが、これまでの戦いの中で一番厳しいとは――。

深々と溜息を吐いて、酒をちびちびと飲む。

「あらあら、お疲れですね。大丈夫ですか、旦那様？」

「あのなぁ……、その呼び方はなんとかならない？」

疲弊する響に、ルティが笑いかけた。

ルティがふざけて口にした言葉に、響は苦笑を浮かべる。

だが続くルティの発言に、響は苦笑から、ただ苦い顔に変わった。

「あら、いやですわ。何も間違ってはいませんし。あ、『ディーネ卿』とお呼びしますか？　それとも『ヒビキ＝Ｄ＝タカナシ準男爵』、もしくは『サーＤ＝タカナシ』とお呼びしましょうか？」

響は王女を助け、他国の工作員の行動を阻止したことにより、功労者にはある程度の恩賞を与えられた。ルティはどさくさにまぎれその恩賞に、様々な内容を混ぜ込んだ。

その結果が『ヒビキ準男爵』である。

「平民から見ると、誰もが羨む褒美で、王侯貴族からすると影響のない階級らしいからなぁ」

「ええ。対外的にも、内部の抗争的にも影響がない、良い落とし所でした」

端から見れば、響は隣国の計略を未然に阻止し、王族の権威を守り、隣国の戦支度を妨害した。

これを一冒険者が成し遂げたのは、通常では考えられない功績らしい。

異例ではあるが、恩賞が必要だった。

ルティと響は、敢えて微妙な階級である準貴族の栄誉称号に目を付け、利用することにした。

準男爵は世襲できるものの、扱いは平民なため貴族として土地を封じることもできない。

しかし、なんらかの報償と役割を与える必要がある。

首謀者の二人の犯罪奴隷の監視と管理。そんな面倒極まりない職務を与え、誰もが触れることを躊躇していた自ら奴隷落ちした第三王女と、側近の結衣の保護観察を混ぜ込んだ。

ついでに、ルティの行っていた冒険者の管理や保護といった、諸々の事業も引き継いだ。

ルティしかできない業務であり、端から見れば響に面倒ごとを全て押し付けた形になる。

目論見通り、周囲からの文句は一切出なかった。

こんな無茶な案を通すためにルティはどんな交渉をしたのか。

少なくとも王位継承権を持つ他の王子と王女が、誰一人処罰を受けなかったことから、そのあたりを交換条件にしたのかもしれない。

隣国のフォーゼ公国と繋がりを持ち、ルティを貶めようとしていたことは、香織の証言からも明らかになったが、ルティの自由な奴隷生活の実現のために、不問にしたようだ。

（フォーゼ……、フォーゼ公国なぁ）

フォーゼ公国のキナ臭い動きは、既に察知していたようで、上層部は驚かなかった。

しかも響はこの先も、フォーゼがらみの案件に関わることが決定している。

それでも、響は問題ないと考えている。

ルティと結衣に影響を与えないことと引き替えに、国の使い走りになるつもりだった。

「……ヒビキさん。その、ご迷惑をおかけして……」

考えていたことが顔に出ていたのか、ルティが申し訳なさそうな顔で謝罪する。

「気にすんなって。元の世界では社畜っていう仕事に勤しむだけ存在だったんだからさ」

「あれ、お魚なくなっちゃった」

結衣の言葉に、ふとテーブルに視線を戻す。

空になった皿を持って、結衣とシェルが悲しげに響を見ていた。

込み上げる笑いをおさえきれず響は、口角を上げながら鍋の上に手を伸ばす。

「日本人たるもの、鍋料理の楽しみ方を忘れてはいまい」

料理魔法を発動し、出汁の張られた鍋に冷や飯を入れる。匙で掻き混ぜた後、卵を落とし、弱火で煮込む。鍋に蓋《ふた》をしながら、結衣とシェルを見て、にやりと笑う。

「締めは雑炊《ぞうすい》と決まってるだろう。ウニの出汁に今までの魚介の旨みが染みて、これが美味いんだ」

「さすが響！　素敵だよ‼」

結衣はにまにまと頬を押えて鍋を見ていたが、ふと思い出したように響を見た。

「ウニと言えば思い出すね。ボクたちが再会したとき、盗賊に向かって出した大量のウニ」

そういえば、そうだと響は考える。そして、結衣とルティを手助けすると決めたことを思い出す。


――情けは人の為ならず。


あのとき、己のモットーに従った。そして、かけた情けがどのように巡ってきたのかと考えた。

「……ヒビキさん」

響は首を動かす。ルティは中断した会話を続けるのではなく、潤んだ瞳を向けていた。

泣いてしまうのかと響は慌てたが、すぐに息を飲む。

ルティの顔は微笑みの形に変わっていた。

「ありがとうございました」

ウニで始まり、ウニで終わった一連の騒動。響が得たのは、美少女の笑顔のようだ。

「響っ、まだ⁉　早くっ、早くっ‼　ぐつぐつ言ってるよ！」

「ご主人さま！　ご主人さまっ！」

二人の美少女が笑顔で催促してくる。結衣とシェルの興奮する声に、響は一度目を瞑る。

——いいもんだな、異世界は。

十分すぎる報酬に響は肩を竦めると、ルティに笑みを返す。

「……どういたしまして」

口にしたものの、気恥ずかしくなり響は窓に視線を移す。

窓から満月が見えていた。

季節は秋であり、中秋《ちゅうしゅう》の名月という言葉が思い浮かぶ。

デザートは月見団子でも出すか。それとも目の前の美少女たちが喜ぶように、ウサギを模した饅《まん》頭《じゅう》を出そうかと検討していたところ、ふと悩む。

異世界でも月にいるのはウサギだろうか。

ウサギの饅頭を食卓に並べても、理解されないかもしれない。

響は、後で誰かに聞こうと決め、鍋に視線を戻す。煮える音が頃合いだと響に告げている。

雑炊の完成である。にっと笑うと響は蓋を開けた。

完成した雑炊に少女たちは注目し、立ちこめる湯気は窓を曇らせ、覗く月から響を隠す。

珍しく苦笑ではない、心から笑う響の幸せそうな顔は、誰にも見られることはなかった。

あとがき

ありがとうございます！　ありがとうございます！　更にタイトルがアレになったのに、手に取っていただき、ありがとうございます！　あなたの勇気に、多大な感謝を!!

そんなわけで、お久しぶりです。ダブルてりやきチキンです。くっくどぅるどぅー（挨拶）。

本作は「小説家になろう」に投稿している『回復魔法を得た童貞のチーレム異世界転移記』の二章を改稿した物になります。元々も酷いタイトルですね。買ってくれた方には重ねて感謝を。

二人の役に立とうとして生きてきた三十路《みそじ》社畜が、童貞臭い主張を引っ提げ、二人の美少女の困りごとに首を突っ込み、助けるために奔走するお話です。

魅力溢れる女の子たちの過度な接触に鼻の下を伸ばしながらも、命をかけて戦ったり、社畜で培った能力で調べたりと、活躍する童貞社畜の姿を楽しんでいただけたら、幸いです。

「なろう」に投稿している内容からは、大幅に改稿しています。もはや書き下ろしと言って過言でもありません。ですが、「なろう」で人気のあったシーン。王女の素養チェックに水遊び。敵への折檻方法。これらは残っています。ご安心を……わあい、九割くらい書き直ししたー。

こうなったのにも理由があります。元々の内容を手直しした段階で、気付きました。

――あかん、どう考えても一冊に収まりきらない。

書籍用に体裁を整えた場合、膨大な分量となり、ちょっとした削り作業では太刀打ちできない。

そう考えて、編集さんに相談しました。

「さすがに、多いよ」

「で、ですよねー……。か、書き直していいですか？　こんな感じで（プロット案を見せる）」

「いいけど、大丈夫？」

「やってみせます（キリッ）」

すみませんでした!!　本当にすみません！　予測が甘く、すっごく遅れました。

編集さん、ふーぷさん。そして制作に関わった関係者の皆様。

私のわがままで大変シビアなスケジュールとしてしまったことを深くお詫びいたします。

ご迷惑をおかけしまして、誠に申し訳ありませんでした。

読者様におかれましては、大変お待たせしました。心よりお詫び申し上げます。


タイトルが変わった経緯も、色々ありました。

両親に本が出たことがバレ、親父殿から「これは、親には言えないな。でも、おめでとう」と優しい言葉をかけられ、母からも「すっごい読みやすかったよ！」と褒められて。

穴があったら入りたいと思っていた私は、編集さんに相談しました。

「やっぱりタイトル変えたいです！　変えさせてください！　なんでもしますから!!」

「よかろう。案を考えてきたまえ、考えてやろう」

私ははしゃぎながら、案を考えました。親に見られても恥ずかしくないカッコイイ題名を。

「できました！　ご査収ください！」

「うむ。会議通してくるから、待っているが良い」

そして仕事をしながら結果を待つ社畜な私。

メールが届きました。

「決まったよー」

メールに書かれていたのは、『童貞チート　最強社畜、異世界にたつ』。

「うおおおおおおおおおいっ⁉」

私は思いました。——見透かされた……！　童貞という言葉を消そうとしたのを見透かされた！

思っていることが十全に伝わる、以心伝心な編集さんとの息の合った関係。

羨ましいでしょう？　えへへ（目元をそっと拭いながら）。


さて。今回、新キャラが三名出ました。

ふーぷさんの描かれた鋼紀と香織のイラストを見たときの、編集さんとの会話はこうです。

「……主人公とヒロインだね」

「正統派のラノベの主人公とヒロインですね」

親指を立てて、頷き合う編集さんと作者。ふーぷさんの仕事はいつも完璧です。

特に香織。可愛すぎなので、ヒロインに昇格するでしょう。やったね。


さて。料理紹介。

今回はラストシーンで響たちが食べたウニしゃぶについてです。

東京は「赤坂時シラズ」というお店で食べた食事です。店長から紹介してねーと言われたので。雰囲気が良く、デートにぴったりなお店です。……ええ、私には相手がいませんが、皆様ぜひ。日本酒が豊富で、だいたい全ての料理が実に日本酒に合います。海老もとても美味しいです。なんだ海老とウニの大喧嘩という品は。けしからん。詳細はＷｅｂで。


最後に謝辞を。

前作を購入された皆様。お陰で二巻目を世に出すことができました。

「なろう」版で暖かいコメントをいただいた読者様。もし、本書が面白いと思われたならば、皆様の感想で、内容を鍛錬していただけたことが、一番の要因です。これからもよろしくお願いします。

前作よりも更に魅力的なイラストを描いていただいた、ふーぷさん。活かすことができたでしょうか。描いていただけることが、執筆の活力となりました。

制作にあたりご尽力いただいた、編集のＳさん。そして宝島社の皆様。

本当に。本当に、ありがとうございました。


それでは、この辺で。再びお会いできることを心より祈っています。

どうぞ、よしなに。

二〇一七年三月　ダブルてりやきチキン

ダブルてりやきチキン
北の大地で霧と雄大な自然に囲まれて飼育され、10年以上熟成した苦みの利いた社畜産のタレ、強めの酒で照り焼きにした脂ののった鶏肉です。お客様の要望にお応えするためダブルにしました。皆様のお口に合えば幸いです。

イラスト ふーぷ
広島に住みついているファンタジーとロングヘア好きのひよっこイラストレーターです。普段はゲームを中心に活動中です。

※本書は「小説家になろう」(http://syosetu.com/)に掲載されていたものを、改稿のうえ書籍化したものです。
この物語はフィクションです。実在する人物、団体等とは一切関係ありません。

童貞チート
最強社畜、異世界にたつ
(どうていちーと　さいきょうしゃちく、いせかいにたつ)

2017年3月27日　第1刷発行

著者　ダブルてりやきチキン

発行人　蓮見清一
発行所　株式会社 宝島社
〒102-8388　東京都千代田区一番町25番地
電話:営業03(3234)4621／編集03(3239)0599
http://tkj.jp

印刷・製本　中央精版印刷株式会社

ISBN978-4-8002-6929-4